U0097418

古典詩歌研究彙刊

第二三輯

龔鵬程 主編

第 6 冊

元代南方詞壇研究

陳 海 霞 著

國家圖書館出版品預行編目資料

元代南方詞壇研究／陳海霞 著 — 初版 — 新北市：花木蘭文
化事業有限公司，2018〔民107〕

目 2+254 面；17×24 公分

（古典詩歌研究彙刊 第二三輯：第 6 冊）

ISBN 978-986-485-284-0（精裝）

1. 詞論 2. 元代

820.91　　　　　　　　　　　　　　　107001412

ISBN-978-986-485-284-0

古典詩歌研究彙刊
第二三輯 第六冊　　　　　　ISBN：978-986-485-284-0

元代南方詞壇研究

作　　　者　陳海霞
主　　　編　龔鵬程
總 編 輯　杜潔祥
副總編輯　楊嘉樂
編　　　輯　許郁翎、王筑　美術編輯　陳逸婷
出　　　版　花木蘭文化事業有限公司
發 行 人　高小娟
聯絡地址　235 新北市中和區中安街七二號十三樓
　　　　　　電話：02-2923-1455／傳眞：02-2923-1452
網　　　址　http://www.huamulan.tw 信箱 hml 810518@gmail.com
印　　　刷　普羅文化出版廣告事業
初　　　版　2018 年 3 月
全書字數　166836 字
定　　　價　第二三輯共 14 冊（精裝）新台幣 22,000 元　　版權所有·請勿翻印

元代南方詞壇研究

陳海霞　著

作者簡介

陳海霞，女，1979 年生。漢族，山西懷仁人。文學博士、高級講師。2002～2005
年於山西大學攻讀碩士學位，師從中國社會科學院文學研究所楊鐮研究員，主攻
元明清文學研究方向。2006～2009 年於中國社會科學院研究生院攻讀博士學
位，師從中國社會科學院文學研究所劉揚忠研究員，主攻詞學方向。曾發表《論
元代邵亨貞詞》、《論元末隱士詞人》、《論張翥的詠物詞》等多篇學術論文，參與
撰寫《高中文言讀本》和《古詩文閱讀》等書籍。目前，就職於北京市應用高級
技工學校。

提　　要

　　元代南方詞壇的興起不僅是文學積累的結果，也是文人主動選擇、宋元士風
轉移之結果。正是在這樣幾個因素的共同影響之下，南方詞壇確立了自己的中心
地位。本文將元代南方詞壇分為本土詞人群、大都詞人群和遊寓詞人群。文章在
揭示元詞地域性的同時，通過懷古詠史詞、節序詞和詠物詞，表現出了南方詞壇
所蘊含的地域風情，本文指出元代南方詞壇是一個以江浙詞人群為主、江西詞人
群為輔的地域性詞壇，這兩個詞人群共同構成了元代的南方詞壇。同時，文章通
過北方詞壇衰落、南方詞壇獨盛這樣一個發展歷程，說明了南北詞壇發展過程中
的不平衡性；對南北詞壇的創作主體和詞風進行比較，正是南北詞壇創作主體身份、
所選題材和審美趣味的不同，造成了南北詞壇在詞風上的差異。在和北方詞壇的
對照當中，南方詞壇趨雅的詞學追求和清雅的詞風更加突出。但是，處於新的時
代當中，詞的曲化也成為元詞發展當中的一個重要現象，由此也引發了對詞的地
位等一系列問題的思考。元詞確實不能比肩兩宋，但自有其不可替代的研究價值。
由上可見，南方詞壇正是在元代確立了自己的主導地位，並且決定了在明清詞史
上的核心地位。所以，元代南方詞壇在中國詞史上有著承上啟下的重要轉折意義。

目次

緒　論

第一節　元詞及元代南方詞壇研究現狀

　　元詞研究是和金詞研究共同成長起來的。因此，對元詞的研究更多是一種宏觀的整體觀照。總體而言，可分為三個階段。第一階段是元詞研究的開創期，即 1949 年以前。在這一時期，輯印了大量的詞集，也出現了一些論詞的專著。王鵬運編刻的《四印齋所刻辭》，繆荃孫編選的《宋金元明人詞》，吳昌綬的《景刊宋元本詞》，朱孝臧的《彊村叢書》，陶湘輯的《景刊宋金元明本詞》，劉毓盤輯校的《唐五代宋遼金元名家詞集六十種輯》，趙萬里的《校輯宋金元人詞》，周詠先的《唐宋金元詞鈎沉》等書都出現於這一時期。論詞專著有劉毓盤的《詞史》，王易的《詞曲史》，吳梅的《詞學通論》，盧冀野的《詞曲研究》等著作。但是，這一時期的成果集中在元詞的輯佚、刊印和評析上，多是點式、零散式的論述，元詞並沒有受到更多研究者的重視。

　　第二階段是元詞研究的低迷期，即 1950 年至 1978 年。受國內政治環境的影響，這一時期的元詞研究基本處於停滯狀態。雖然，鄭振鐸先生的《插圖本中國文學史》和劉大杰先生的《中國文學發展史》

對元詞都有涉及，但是，元詞的價值和地位並未得到提升。1963 年，香港大學出版社出版了饒宗頤先生的《詞集考》。在這部書中，饒先生對元代詞籍和詞人進行考證和辨析，並且徵引前人的序跋和評論，無疑成為元詞研究的重要資料。

第三階段是元詞研究的逐步繁榮期，即 1979 年至今。這一年，唐圭璋先生出版《全金元詞》，共收錄金元 282 位詞人的七千多首作品，為元詞的進一步研究提供了較好的平臺。受當時條件的限制，書中難免有所疏漏。於是，出現了一些商榷補遺論文，這些論文無疑是對《全金元詞》的進一步補充和完善。至此，元詞研究進入了一個嶄新的階段。進入九十年代以來，關於元詞的論文和專著相對多了起來。論文不再贅述，專著有鍾陵編的《金元詞紀事會評》（1995），趙維江的《金元詞論稿》（2000），陶然的《金元詞通論》（2001），丁放的《金元詞學研究》（2002），崔海正主編的《金元詞研究史稿》（2006）。2007 年，中國社會科學出版社出版了牛海蓉的博士論文《元初宋金遺民詞人研究》。在這些著作中，作者從詞史、詞學等角度還原金元詞，從而拓寬了金元詞的研究視野。

在這百年的時間裏，元詞研究取得了很大的進展，但同宋詞、清詞研究比起來，元詞研究還是明顯不足。研究者更多地將元詞和金詞放在一起研究，因而，元詞研究就有籠統、模糊之嫌。同時，《唐宋詞史》、《明詞史》和《清詞史》都已問世，關於宋詞，又出版了《北宋詞史》和《南宋詞史》，而我們卻沒有看到一部獨立的《元詞史》。當然，這裡有元詞本身的原因，但是，人們觀念中過份注重金元詞的一體性，則無形中桎梏了對元詞的認識和定位。因此，在不忽視金元詞相沿性的基礎上對元詞進行獨立觀照也就成為元詞深入研究的需要。

在以往的研究中，研究者更多圍繞元詞的分期、風格、地位和詞人詞作等方面進行論述。研究者所站角度的不同，致使元詞分期的差異。至於元詞的風格，由於長期以來受金元相沿文化觀念的影

響，我們更多地看到了元詞豪放質樸的「北宗」風範，而對另一類婉約清麗之詞卻重視不夠。同時，受「詞衰於元」這一詞學觀念的影響，很長一段時間我們在元詞的定位上也存在極大的偏差。爲此，陶然在《金元詞通論》中專列《「詞衰於元」辨》一章，他指出「詞並不衰於元，而衰於南宋，導致詞體衰落的諸多因素在南宋業已展現。元詞是宋詞的延續與餘波，延續了它積極的一面，也延續了它不可避免的衰頹趨勢，然而不能就此認爲詞的衰落是從元代開始的以及元代詞壇只是一片衰闌景象。」〔註 1〕我們姑且不去討論元詞是否「衰於南宋」，他的這一論斷無疑爲我們提供了一個認識元詞的新角度。詞人詞作研究多集中在元好問、白樸這樣的詞人，但是，受某一時期時代環境的影響，有些論述依然不夠深入。同時，對元代其他詞人的研究較少涉及，在以後的研究中仍然有待深化。

就元代南方詞壇而言，除陶然專列「元代中後期的浙西蘇南詞人群」一節外，還很少有人論及。在以往的研究中，常常將遼金元三朝文學視爲一個整體，認爲這三朝詞是北方文化的產物。爲此，趙維江提出「北宗詞」的概念，他認爲金元詞就是北宗詞創立、完善、高峰、繁榮和衰微的一個歷史過程。再加上元朝本身又是北方蒙古族建立的統一王朝，因此，我們的研究焦點就放在以北方詞人爲代表的「北宗詞」上，對南方詞壇的研究則明顯不夠。然而，南方詞壇不僅孕育出屬於自己時代的優秀詞人，同時也經歷了一個與北方詞壇並存，最終取代北方詞壇的發展階段，至此奠定了明清南方詞壇的主導地位。因此，元代南方詞壇在中國詞史上有著重要的轉折意義。對元代南方詞壇的研究，將有助於我們對元詞進行正確的定位以及對元詞相關問題做深入的剖析，這也是本篇論文的意義所在。

〔註 1〕陶然：《金元詞通論》，上海古籍出版社 2001 年版，第 100 頁。

第二節　元詞分期問題

　　元享國不足百年，嚴格說元代文學沒有明顯的歷史分期。張翥生於 1287 年，此時的元王朝剛剛定鼎中原。而他去世是 1368 年 3月，這一年的正月初四，朱元璋在南京正式稱帝，建立明朝。由此可見，不管如何給元代文學分期，我們都無法將張翥歸入具體的某一期，他的一生跨越了整個元代。這一現象，在唐宋明清這樣的朝代中是沒有的。儘管如此，面對紛繁複雜的詞人詞作，我們還是試圖對元詞進行大致分期。么書儀先生在《元詞試論》一文中，較早地對元詞進行了獨立分期。她認為：「元詞的創作，按照內容的基本特點和時間的先後，可以劃分為三個時期：一、出生於元一統之前的詞人之作；二、出生於元一統之後，死於元亡之前的詞人作品；三、元末明初的詞。」〔註2〕黃兆漢《金元詞史》、趙維江《金元詞論稿》和陶然《金元詞通論》則將金元詞放在一起分期。

　　在《金元詞史》中，金詞和元詞又各分為三期。元詞第一期為太宗七年到世祖至元三十一年，即 1235～1294 年，這一時期的作品多抒發詞人的身世之感和故國之痛，悲涼感慨，以白樸、王惲、趙孟頫等三十多人為代表；第二期由成宗元貞元年到文宗至順三年，即 1295～1332 年，這一時期的詞趨向「閒適曠達」，「豔詞麗句」的作風較為普遍，以曹伯啟、陸文圭、張翥等三十多人為代表；第三期由惠宗元統元年到元朝末年，即 1233～1368 年，這一時期的詞或「感慨興亡，哀傷身世」，或「遁世逃情，嘯傲山林」，以謝應芳、邵亨貞、韓奕等四十多人為代表。

　　趙維江《金元詞論稿》在基本肯定以上兩種分法的同時，指出「文體發展史的分期不僅應該反映出在一定的社會政治階段內創作的基本風貌，更應該顯示出這種文體本身隨著社會變化而演進的軌跡。」〔註3〕因此，他以北宗詞為中心去考察元代詞壇的面貌及變

〔註 2〕么書儀：《元詞試論》，《天津社會科學》，1985 年第 2 期，第 78 頁。
〔註 3〕趙維江：《金元詞論稿》，中國社會科學出版社 2000 年版，第 60 頁。

化，他認爲：「整個兩個半世紀的金元詞史，基本上是北宗詞興盛和衰微的演進史，這其中包括了北宗詞體派從創立、完善、繁盛，直到走向敗落的不同階段。」〔註4〕

在《金元詞通論》中，陶然將金元詞分爲五個時段，即借才異代期（1127～1150）；氣象鼎盛期（1151～1232）；遺民悲歌期（1233～1300）；延續傳承期（1301～1350）；曲終奏雅期（1351～1368）。同時，提出了金元詞斷限的基本原則和標準：以創作爲主導，依事蹟而推定，原心跡爲輔助，取兩存以兼顧。作者指出，「這幾條標準的關係不是平行並列的，而是由高到低的四層」，當上一條標準不適用出現例外的時候，就用下一條標準進行衡量。經過這樣的篩選，基本上就不會有什麼例外了。

我們看到，陶然在元詞的分期上更加融通，尤其對於易代之際的詞人歸屬更具有參考價值。由於本文將元詞作爲一個獨立觀照對象，所以借鑒了么先生對元詞進行獨立分期的做法，將元詞分爲三個時期：前期（1260～1294），中期（1294～1351），後期（1351～1368）。之所以以 1260 年爲界，是因爲就是在這一年，忽必烈採納劉秉忠等人的建議，按照中原封建王朝的樣式稱帝，建立「大蒙古國」，並於 1271 年，正式定國號爲「大元」。所以，1260 年以前的學術和文學，可以看作是蒙古割據政權下的學術和文學，它是元初文學的前奏。而 1260 年以後的文學，則是向統一王朝邁進的元代的學術和文學。而且，元代的學術和文學就是在這一時期所奠定的基礎上向前發展的。

對於元代文學何時進入中期，也存在著爭議。1294 年忽必烈去世，元成宗即位。第二年，以大都爲中心的北方戲曲家馬致遠、李時中等人組成了「元貞書會」。元貞、大德年間也成爲北方雜劇的黃金時期。由此可見，元成宗的即位，標誌著忽必烈時代征伐與王朝重建時代的結束。雖然，劉辰翁、舒岳祥和周密分別於 1287 年

〔註4〕趙維江：前引書，第 60 頁。

和 1288 年才相繼去世，但是由宋金遺民為主的元初詞人已經逐步退出元初的文學舞臺。延祐年間重開科舉，一大批文人登上文壇，從而形成了元代代表性的文學思想和詩文風貌。我們知道在宋代有專門身份是「詞人」的文人，而在元代，對於大多數詞人而言，他們更重要的身份是詩文家。因此，元詞的分期某種程度上和元詩分期有著一致性。所以說，1294 年不僅是政治，而且也是一條文學分界線。

至正十一年（1351），元詔開黃河故道。不久，潁州人劉福通、蕭縣人李二、羅田人徐壽輝起事。至此，農民起義一發不可收拾，元朝也由它的承平期過渡到戰亂期。隨著社會的變化，文學反映的內容和風格都發生了巨大的變化，元代文學隨之也由中期過渡到後期。當然，需要指出的是，元詞並不是到 1368 年就戛然而止了。一些遺民和隱士進入明朝，進而影響了明初詞壇的發展，從而成為元明過渡之際對詞史有著重要影響的詞人。

這只是對元詞的一個大致分期，在具體操作中，還需要本著融通的原則進行。比如程文海生於 1249 年，卒於 1318 年。雖然從分期而言，他已進入元中期，但是，由於他和元初政治的密切關係，我們還是將他歸入元初詞人論述。趙孟頫也是同樣情況。對於活躍於元初南方詞壇的遺民詞人，由於牛海蓉博士在其《元初宋金遺民詞人研究》中已有詳盡論述，本文將不再贅述。還有部份詞人跨越兩期，像吳澄、胡炳文、陳櫟、曹伯啓、陸文圭等人。他們生於 1250年左右，卒於 1335 年左右，我們則將他們放在元中期詞壇論述。由此，元代詞人分期歸屬在具體的實踐過程中也更便於操作。

按照這樣一種分法，元代南方詞壇前期詞人有：陳孚、燕公楠、張伯淳、程文海、趙孟頫、管道昇、袁易等人；元中期詞人有：吳澄、胡炳文、陳櫟、曹伯啓、陸文圭、劉詵、楊載、虞集、歐陽玄、張雨、吳鎮、李孝光、吳景奎等人；元後期詞人有：謝應芳、倪瓚、梁寅、舒頔、華幼武、邵亨貞、梵琦等人。

第三節　關於「元代南方詞壇」

　　「南方」這一地域範疇在其發展過程中有著不穩定性。通過譚其驤先生主編的《中國歷史地圖集》，我們能夠看到「南方」在中國歷史上的大致發展變化。在春秋戰國時代，南方一般指荊楚一帶和吳越一帶，即今天的湖北、江蘇、浙江一帶。在秦朝，淮河、漢水以南諸郡即南方，北方則以黃河、渭水爲主。西漢、東漢則有「揚州刺史部」，統轄相當於今天的浙江、江西、福建、江蘇和安徽。三國時代，隨著魏蜀吳鼎足之勢的形成，人們習慣以長江作爲南北的分界線。唐宋時代，一般以淮河、秦嶺連線作爲南北的分界線。元代基本上沿襲了唐宋的這一傳統，並且將原來南宋統治區域內的人稱爲「南人」。到了明代，進士考試所定的南北界限，已經向南推到長江了。此時，長江才成爲官方批准或公認的南北界限。

　　至於宋、元時期的「南方」，它不僅是一個地理概念，而且也是一個政治概念。儘管在具體的界限上有一些變化，但在宋元這一時段，基本保持了穩定的態勢。我們知道，宋代是沒有實現全國統一的王朝。紹興十一年（1141），宋金正式劃定疆界，東以淮河中流爲界，西以大散關（陝西寶雞西南）爲界，以南屬宋，以北屬金。隨後的「隆興和議」「嘉定和議」維持了這種劃分。

　　對於南宋以淮河、大散關和金國劃界，程民生在《宋代地域文化》中特別指出：「原南方地區中，除了淮南路中淮河以北的海州、漣水軍、泗州北部、宿州、亳州、壽州北部（今江蘇連雲港、漣水、盱眙北、安徽宿州、亳縣、鳳臺北）劃歸金國外，其餘全在南宋版圖之內。原北方地區有 12 個州郡仍屬南宋，即京西路的均州、興化軍、房州、襄陽府、隨州、郢州、信陽軍、金州（今湖北十堰東、老河口北、房縣、襄樊、隨州、鍾祥、河南信陽、陝西安康），其中信陽軍劃屬南宋路北路，金州劃屬利州東路，其餘仍稱京西南路。」〔註5〕1234 年，元滅金，和南宋依然維持這樣一種劃分。

〔註5〕程民生：《宋代地域文化》，河南大學出版社 1997 年版，第 5 頁。

　　1276 年，隨著蒙古大軍的南下，多年的南北分割成為歷史。然而，蒙古人並沒有以一視同仁的態度對待這些亡國之民。他們將人分為四個等級：蒙古人、色目人、漢人、南人。這裡的「南人」，指原南宋統治區域內的漢人和其他民族的人。由此，「南方」便被打上了更深的政治烙印，承載了更為複雜和深廣的內涵。據《元史・選舉志》記載：「天下選合格者三百人赴會試，於內取中選者一百人，內蒙古、色目、漢人、南人分卷考試，各二十五人。蒙古人取合格者七十五人：大都十五人，上都六人，河東五人，眞定等五人，東平等五人，山東四人，遼陽五人，河南五人，陝西五人，甘肅三人，嶺北三人，江浙五人，江西三人，湖廣三人，四川一人，雲南一人，征東一人。色目人取合格者七十五人：大都十人，上都四人，河東四人，東平等四人，山東五人，眞定等五人，河南五人，四川三人，甘肅二人，陝西三人，嶺北二人，遼陽二人，雲南二人，征東一人，湖廣七人，江浙十人，江西六人。」〔註 6〕「漢人取合格者七十五人：大都一十人，上都四人，眞定等十一人，東平等九人，山東七人，河東七人，河南九人，四川五人，雲南二人，甘肅二人，嶺北一人，陝西五人，遼陽二人，征東一人。南人取合格者七十五人：湖廣一十八人，江浙二十八人，江西二十二人，河南七人。」〔註 7〕我們看到，在漢人和南人中都有河南人，這也說明元代「南人」的居住地域是延續了宋金之間的劃分。陳垣先生「據《元史・選舉志》，又以平定先後為判，故雲南、四川，亦稱漢人，而江浙、湖廣、江西三行省，及河南行省中之江北、淮南諸路稱南人。所謂江浙者，包含今閩、浙，江西含今贛、粵，湖廣含今湘、黔、桂，江北、淮南含今蘇、皖、鄂。」〔註 8〕大致可以推斷，「南人」中的「河南」，即信陽一帶。那麼我們可以說，元代的南方主要指江浙行省、江西

〔註 6〕〔明〕宋濂等：《元史》卷 81，中華書局 1976 年版，第 2021 頁。
〔註 7〕〔明〕宋濂等：《元史》卷 81，中華書局 1976 年版，第 2021 頁。
〔註 8〕陳垣：《元西域人華化考》，上海古籍出版社 2000 年版，第 1～2 頁。

行省和湖廣行省的轄區。

　　就《全金元詞》來看，有籍貫可考的南方詞人共 95 位，留存詞作 1506 首。其中，浙江籍詞人 37 位，江蘇籍詞人 19 位，江西籍詞人 17 位，安徽籍詞人 8 位，上海籍詞人 8 位，湖南籍詞人 4 位，湖北籍詞人 1 位，福建籍詞人 1 位。而浙江、江蘇、福建和上海在元代都屬於江浙行省。同時，未收入《全金元詞》的元初南宋遺民詞人，是以故都臨安爲中心的兩浙詞人群和以廬陵爲中心的江西詞人群，因此，元代南方詞壇實際上就是以江浙詞人爲主，江西詞人爲輔的地域性詞人群體。

　　地域文化視角是研究元代南方詞壇的重要切入點，元代文學從一開始就有著明顯的北方文化特色。對於南北地域造成的文風差異，許多研究者已經進行了論述，如劉師培的《南北文學不同論》，汪辟疆的《近代詩派與地域》等著作，這裡不再贅述。近年來，又出版了陳慶元的《文學：地域的觀照》、程民生《宋代地域文化》、李浩的《唐代三大地域文學士族研究》和梅新林的《中國古代文學地理形態與演變》等著作。在這些著作中，「地域」、「空間」這樣的術語頻繁出現。梅新林在《中國古代文學地理形態與演變》中更是提出「文學地理學」這一概念，主張將文學與地理學有機融合起來，建立一種以文學爲本位、以文學空間研究爲重心的跨學科研究理論與方法。他的這一提法，注意從文學空間的新視角，從流域軸線、城市軸心和文人群體的流向去研究文學，從而使文學研究更爲豐富和生動。

　　楊義先生在《重繪中國文學地圖》中也明確指出，文學研究和文學史書寫應該具備時間與空間兩個基本維度。過去的研究對空間重視不夠，未來的研究需要在文學史的時間維度上增加層面豐富的空間維度。那麼，何爲「空間維度」呢？程民生先生認爲「空間維度」就是指「地域文化以文化區域爲基礎，體現不同層面地域單元的地理景觀的差異性。」由此看來，不同地域單元「差異性」的顯

現，則是使用「空間維度」的結果。對元代南方詞壇而言，「時間維度」是橫向的，幫助我們認識南方詞壇的發展、流變，樹立我們的詞史觀念。而「空間維度」是縱向的，幫助我們考察詞壇的地域性，以及一個大地域內若干單元地域的發展。在這種考察當中，地域之間的差異性也便呈現出來。

劉揚忠先生在《略談對詞史的地域文化研究》一文中指出：「過去我們的詞學研究和詞史書寫，對詞的產生與發展的地理因素和地域文化特徵有所忽視。而實際上，詞的創作的地域文化特色，是貫穿千年詞史的一種地理文化現象。」〔註9〕在文章的最後，劉先生建議設立「詞的地域文化研究」這樣一個方向，對詞進行地域文化研究。

就詞的地域文化研究而言，目前所見的專著有湯涒的《敦煌曲子詞地域文化研究》。在這本書中，作者通過敦煌曲子詞與中原文化、河西本土文化以及中亞文化的聯繫，突出了敦煌曲子詞的地域文化特點，但是作者更注重從文獻考辨的角度去闡釋。對於元代南方詞壇而言，它和北方詞壇一直處於對峙和交流當中。在對峙交流當中，彼此的位置發生變化。因此，以地域的視角去研究元代南方詞壇，我們會看到一個立體的、動態的南方詞壇。

元初的南方詞壇與北方詞壇並存，但是仍以北方詞壇為主，北方詞壇延續豪放質樸的金源詞風繼續向前發展。而南方詞壇以南宋遺民為主，受政治地位的影響，他們並沒有取得主導詞壇的地位。在這樣的時代大環境中，元初的南方詞壇自然無法與北方詞壇相抗衡。到了元代中期，南北的對抗性減弱了，彼此的交流多了起來。隨著南宋遺民們的去世，在元代成長起來的詞人踏入詞壇，此時的南方詞壇仍然以江浙詞人群和江西詞人群為主。然而，雖然江西詞人群僅次於江浙詞人群，但他們的創作成就和地位是無法與宋代和元初江西詞人相提並論的。到了元代後期，隨著曲的興盛，詞的被

〔註9〕劉揚忠：《略談對詞史的地域文化研究》。李少群、喬力主編：《地域文化與文學研究論集》，中國社會科學出版社2007年版，第46頁。

邊緣化，士大夫逐漸退出了詞的創作領域，南方隱士詞人成為詞壇的主要創作者。此時北方詞壇的創作者已經是鳳毛麟角，南方詞壇佔據了主導地位。至此，伴隨著經濟、文化中心南移的大環境，南方詞壇也奠定了它在明清詞壇的主導地位。

對於「元代南方詞壇」詞人的選取，本文基本上採取「寬收」的原則。根據這個原則，「元代南方詞壇」詞人的研究範圍為：一，本土詞人群，指南方籍詞人，一生活動範圍也大致在南方。二，大都詞人群，指南方籍詞人在大都做官，如趙孟頫、程文海、虞集等人。雖然，這些人長期在外做官，但是他們是在南方地域文化的浸潤下成長起來的，因此，不能將他們排除在外。三，遊寓詞人群，指北方籍詞人，遷居、做官或遊歷到南方，如白樸、薩都剌、貫雲石等人。白樸是北方人，遷居南京之後寫了大量的詞作，而且詞風也發生了變化。薩都剌、貫雲石是典型的北方人，他們曾經到南方遊歷、做官，現存詞作全是南方風物感發下的創作。由此我們對元代南方詞壇在時間、地域和詞人的選擇上都有了具體的界定。

第一章　元代南方詞壇之勃興

第一節　唐五代南方詞壇回溯及南方詞人之地理分佈

　　曾昭岷等編撰的《全唐五代詞》正編由四部份構成：唐詞 355
首，易靜詞 720 首，五代詞 689 首，敦煌詞 199 首。其中，易靜的
《兵要望江南》從委任、占風角、占雲、雲氣門、占氣、占霧、占
霞、占虹霓、占雨、占雷、占天、占日、占星、占北斗、佔地、占
樹、占蜂、占鼠、占蛇、占獸、占水族、占鳥、占怪等角度談用兵
之道，因此，將不包括在我們的論述範圍當中。

　　敦煌寫本《雲謠集》是我國現存最早的民間詞選集。在《敦煌
曲子詞地域文化研究》一書中，作者詳細論述了敦煌曲子詞的河西
地域文化特色。據作者統計，敦煌曲子詞中關於河西的作品大約有
四十多首。通過這些詞，敦煌詞作者展現了河西的風貌和河西人的
情懷，如《贊普子》：

　　　　本是蕃家將，年年在草頭。夏月披氈帳，冬天掛皮裘。
　　語即令人難會，朝朝牧馬在荒丘。若不爲拋沙塞，無因拜
　　玉樓。

　　「草頭」「氈帳」「皮裘」「荒丘」「沙塞」爲我們展現出河西地

區的特點，而「朝朝牧馬」則是河西人日常的職業。當作者通過這首詞在講述河西的時候，他依然覺得自己所描述的是那些沒有在這裡生活過的人所難以體會的。在作者看來，河西的蒼茫和荒涼是無法用語言表達的。當然，這樣的詞在敦煌曲子詞中還有很多。由此看來，在早期民間詞的創作當中，已經顯示出地域文化的特點。

五代後蜀趙崇祚編選的《花間集》是我國現存的第一部文人詞總集。同時，在晚唐五代出現了西蜀和南唐兩個詞學創作中心。當此中原板蕩之際，由於戰亂還沒有波及到這一地區，西蜀和南唐依然保持了原有的穩定局面，「詞」這一文學樣式得以在這樣的文化土壤中孕育。成都、揚州、金陵也成為晚唐五代詞的三大重要創作基地。那麼，晚唐五代的南方詞壇，實際上指的就是以成都為中心的西蜀詞人群和以揚州──金陵為中心的南唐君臣詞人群。所以說，文人詞從一開始就與南方有著密切的關係，是南方地域文化下的產物。劉揚忠先生在《五代西蜀詞的地域文學特色》一文中專門論述了西蜀詞的地域文學特徵。他指出這一特徵主要表現在「對蜀中自然風光的描寫、對本地城市（主要是成都）社會生活的反映和對城鄉風俗民情的歌詠等幾個方面。」〔註1〕並且，他還剖析了形成這些特徵的原因：成都的城市文化對文人詞創作的推動和鼓勵；四川盆地獨特的自然環境對詞人審美情趣的薰染；蜀中獨特的文學傳統的潛在影響。

以揚州──金陵為中心的南唐詞，也有著濃鬱的南方地域文化色彩。而且，這裡的文化積澱和人文內涵比成都更為深厚。南方秀麗的自然山水和人文情懷更容易激發作者的創作才思和表達欲望。以李煜、馮延巳等人為主的南唐詞人同樣寫下了具有南方地域特色的詞篇。如馮延巳的《臨江仙》：

秣陵江上多離別，雨晴芳草煙深。路遙人去馬嘶沉青

〔註1〕劉揚忠：《五代西蜀詞的地域文學特色》，《文史知識》，2001 年第 7 期，第 23～24 頁。

簾斜掛，新柳萬枝金。　　隔江何處吹橫笛，沙頭驚起雙禽。徘徊一晌幾般心。天長煙遠，凝恨獨沾襟。

又李煜的《菩薩蠻》：

銅簧韻脆鏘寒竹。新聲慢奏移纖玉。眼色暗相鈎。秋波橫欲流。　　雨雲深繡戶。未便諧衷素。宴罷又成空。夢迷春雨中。

雨過天晴後的江南，在芳草籠罩下依然給人一種煙霧迷離之感。隔江傳來的橫笛，驚起了江邊的雙禽，此情此景，使久久徘徊江邊，未曾離去的詞人更加傷感。李煜的《菩薩蠻》同樣描寫了宴會過後，一個「夢迷春雨」的抒情主人公形象。在兩位詞人的描寫下，江南煙雨的那份淒迷，以及江南抒情主人公的那份傷感、幽怨的情思得以細膩、婉轉地呈現出來。我們再看一首敦煌詞《天仙子》：

燕語鶯啼驚教夢。羞見鸞臺雙舞鳳。天仙別後信難通，無人問，桃花洞。休把同心千遍弄。　　巨耐不知何處去。正時花開誰是主。滿樓明月夜三更，無人語。淚如雨。便是思君腸斷處。

這首《天仙子》同樣寫思念之情，但沒有了《臨江仙》的細膩和委婉，在情感的表達上更加直接和外露。北人的直爽和南人的細膩通過這些詞很好地表現出來。通過現存最早的民間詞和第一部文人詞大致可以看到，不管是民間詞，還是文人詞，從它誕生之日起，就與地域文化有著密切的關係。但是，需要強調的是，「且地理區分，於文學之發展，固不失為重要之因素，然實非決定性之條件。」〔註2〕

據《全唐五代詞》統計（選取有籍貫可考的詞人），唐代留存詞作約340首，詞人36位。其中，南方籍詞人11位，留存詞作73首，殘句一則。五代留存詞作約513首，詞人24位。其中，南方籍詞人13位，留存詞作約380首。由此可見，就唐代而言，北方籍詞人不僅從創作人數還是從創作數量而言，都遠遠高於南方籍詞人；而在五

〔註2〕程千帆：《文論十箋》，黑龍江人民出版社1983年版，第125頁。

代，南方籍詞人在創作人數和創作數量上則又高於北方籍詞人，列表如下：

表一：唐代南方籍詞人

詞人	生卒	字　號	籍　貫	存詞
戴叔倫	732～789	幼公、次公	潤州金壇，今江蘇人	1首
劉長卿	不詳	文房	宣州，今安徽宣城人	1首
張志和	不詳	子同、號煙波釣徒或玄眞子	婺州金華，今浙江人	5首
張松齡	不詳	不詳	婺州金華，今浙江人	1首
釋德誠	不詳	號船子和尚	蜀東武信，今四川遂寧人	39首
吳二娘	不詳	不詳	江南歌女或杭州名妓	1首
滕邁	不詳	不詳	婺州東陽，今浙江人	1首
皇甫松	不詳	子奇、號檀欒子	睦州新安，今浙江淳安人	22首
劉瞻	不詳	幾子	彭城，今江蘇徐州人	殘句
鍾輻	不詳	不詳	虔州南康，今江西人	1首
康軿	不詳	駕言	池州，今安徽人	1首

表二：五代南方籍詞人

詞人	生卒	字　號	籍　貫	存詞
陳金鳳	893～935	不詳	福唐，今福建福清人	2首
歐陽炯	896～971	不詳	益州華陽，今四川雙流人	47首
尹鶚	不詳	不詳	錦城，今四川成都人	17首
李珣	不詳	德潤	梓州，今四川成都人	54首
歐陽彬	？～950	齊美	衡州衡山，今湖南衡陽人	1首
孫光憲	？～968	字孟文，號葆光子	陵州貴平，今四川仁壽人	84首
馮延巳	903～960	正中	廣陵，今江蘇揚州人	112首
成彥雄	不詳	文幹	江南人	10首
李璟	916～961	伯玉	徐州，今江蘇人	4首
徐昌圖	不詳	不詳	莆田，今福建人	3首

花蕊夫人	不詳	不詳	青城，今四川灌縣人	1首
廬絳	？～975	晉卿	南昌或宜春人，今屬江西	1首
錢俶	929～988	文德	杭州臨安，今浙江人	1首，殘篇
李煜	937～978	字重光，號鍾隱、鍾峰白蓮居士	徐州，今江蘇人	40首

　　由表一、表二可見唐五代南方詞人的地理分佈情況。其中，唐代浙江籍詞人有 5 位，江蘇籍詞人有 2 位，安徽籍詞人有 2 位，江西籍詞人有 1 位，四川籍詞人有 1 位。五代四川籍詞人有 5 位，江蘇籍詞人有 3 位，福建籍詞人有 2 位，浙江籍詞人有 1 位，江西籍詞人有 1 位，湖南籍詞人有 1 位。通過這些數據可以看出，唐五代南方詞壇的中心是在浙江、四川和江蘇一帶。雖然，這些數據只是對晚唐五代南方詞壇的大致描述，但也印證了成都、揚州——金陵作為創作重鎮的不可動搖性。

　　據《全唐五代詞》統計，唐代北方籍詞人一共 25 位，留存詞作約 260 首。其中，陝西籍詞人 9 位，山西籍詞人 5 位，河南籍詞人 5 位，河北籍詞人 3 位，甘肅籍詞人 2 位，山東籍詞人 1 位。五代北方籍詞人共 11 位，留存詞作約 135 首。其中，河北籍詞人 3 位，甘肅籍詞人 2 位，河南籍詞人 2 位，山東籍詞人 2 位，陝西籍詞人 1 位。同唐代北方籍詞人詞作相比，五代北方籍詞人詞作則呈現出明顯的下降趨勢。就創作成就而言，劉禹錫、牛嶠、毛文錫、和凝爲唐五代北方籍詞人的代表。

　　儘管詞在唐代的發展還不完善，但是通過這些簡單的數據，我們能夠看到政治對它的影響。在唐代，長安作爲全國的政治、經濟和文化中心，匯聚了大量人才，自然成爲詞的創作基地，陝西籍詞人的作用較爲明顯。五代時，國家動蕩，割據勢力紛紛獨霸一方，許多文人遷移到南方，因此五代的北方詞衰退了，詞這一文學樣式在南方的土地上得以生根發芽，由此也奠定了「詩莊詞媚」、「詞爲豔科」的基本格局。

　　梁啓超先生在《中國地理大勢論》中談到：「燕趙多慷慨悲歌之士，吳楚多放誕纖麗之文，自古然矣。自唐以前，於詩於文於賦，皆南北各爲家數。長城飲馬，河梁攜手，北人之氣概也；江南草長，洞庭始波，南人之情懷也。散文之長江大河一瀉千里者，北人爲優，駢文之鏤雲刻月善移我情者，南人爲優。蓋文章根於性靈，其受四圍社會之影響特甚焉。」〔註 3〕對於詞而言，它更是性靈之物，在沒有定型的時候，它有向兩個方向發展的可能。但是，隨著政治環境的變化，文人的南遷，南唐和西蜀成爲詞的創作中心，南方的風物和南人的情懷進一步注入到詞的創作當中。在政治和地域的雙重作用下，詞最終定型。因此，唐五代南方詞人對於詞學範式的確立有著重要的意義，同時也影響了詞的發展走向。儘管北方籍詞人在這一過程中也起到了重要作用，但南方詞壇在理論和創作中的作用更加明顯。

　　南唐、西蜀詞不僅描寫出南方的風光、社會生活和民俗風情，而且有些詞語言也具有南方色彩。如釋德誠的《撥棹歌》：

　　　　有一魚兮偉莫栽。混虛包納信奇哉。能變化，吐風雷。
　　下線何曾釣得來。

　　「兮」字的運用，明顯具有楚辭的痕跡。縹緲的江水、迷蒙的煙雨、浣紗的江南女子等意象也頻頻出現。作者通過這些詞爲我們呈現出一個優美、有情韻的南方，由此我們對晚唐五代南方詞壇也有了大致的瞭解。

　　通過以上分析，唐五代南方詞人的地理分佈便大致呈現出來。雖然由於文獻的散失不是很精準，但依然爲我們的進一步研究提供了重要的參照，這些簡單的數據也爲我們顯示出詞在發展過程中和地緣政治的密切關係。對這段詞的體認，有助於探尋南方詞人及南方詞壇在以後詞史中的地位和重要作用。

〔註 3〕梁啓超：《飲冰室合集》，中華書局 1989 年版，第 86 頁。

第二節　元代南方詞人之地理分佈

　　就《全宋詞》詞人的地理分佈而言，唐圭璋先生有《宋詞四考》。在《兩宋詞人占籍考》中，唐先生做了詳細統計，他認為浙江省共有200人，江西省120人，福建省91人，江蘇省71人，河南省52人，安徽省41人，四川省46人，山東省27人，湖北省16人，湖南省15人，陝西省14人，廣東省7人，山西省6人，河北省28人，一共734人。雖然在北宋北方詞壇出現了許多優秀詞人，但是隨著宋室的南渡，詞的活動中心已經轉移到了南方。如果將其與《全金元詞》有籍貫可考詞人做一對比，則宋元詞人之占籍及創作人數也就一目了然了。

宋		元	
省　份	人　數	省　份	人　數
浙江省	200人	浙江省	45人
江西省	120人	江蘇省	19人
福建省	91人	河北省	18人
江蘇省	71人	江西省	17人
河南省	52人	山東省	10人
四川省	46人	河南省	10人
安徽省	41人	安徽省	8人
河北省	28人	山西省	5人
山東省	27人	陝西省	5人
湖北省	16人	湖南省	4人
湖南省	15人	福建省	1人
陝西省	14人	湖北省	1人
廣東省	7人		
山西省	6人		
合　計	734人	合　計	143人

　　元代是蒙古族建立的統一的多民族國家。隨著西夏的滅亡，它

將金和南宋逐漸納入自己的版圖之內。因此就詞的發展而言，呈現出了南北不同的風貌。1234 年，隨著金朝的滅亡，蒙古人佔領了河南，北京等地，從戰爭中幸存下來的金代文人自然處於蒙古人的統治之下。以元好問爲首的金代遺民通過著書立說和收授弟子的形式使漢族文脈得以傳承。大都、眞定、東平和山西隨之成爲元初的重要詞學活動中心。而此時的元代南方詞壇則沒有北方詞壇那麼活躍。由於蒙古人最後收復南宋，在此過程中付出了極大的代價，他們對南方人在政治上則是一種打壓的態度。然而在文化上蒙古人則表現出極大地寬容，南宋詞脈因之得以延續和傳承，並且隨著南宋遺民進入新朝，形成了臨安故都詞人群和廬陵詞人群爲主的南方遺民詞人創作主體。雖然此時的北方詞壇更加突出和活躍，但是南方詞壇則影響了元代中後期詞壇的發展，張翥和邵亨貞的創作便是很好的證明。以至到了元末，只剩下南方詞人在進行創作，北方詞壇則處於銷聲匿跡的狀態，由此也奠定了明清詞的發展走向。

就《全金元詞》來看，有籍貫可考的南方詞人共 95 位，留存詞作 1506 首。再加上入元遺民詞人和入明詞人的創作，數量就非常多了。其中，浙江籍詞人 37 位，江蘇籍詞人 19 位，江西籍詞人 17 位，安徽籍詞人 8 位，上海籍詞人 8 位，湖南籍詞人 4 位，湖北籍詞人 1 位，福建籍詞人 1 位。筆者將浙江、上海籍詞人列表如下：

籍　貫	人　數	詞　　　　人
華亭	8人	衛德嘉、衛德辰、邵亨貞、錢霖、錢應庚、俞俊、袁介、王惟一
吳興	6人	管道昇、趙由俊、王國器、沈禧、王蒙、郯韶
嘉興	6人	徐再思、張□、金炯、何可視、吳瓘、吳鎮
錢塘	5人	張雨、白賁、凌雲翰、明本、楊載
湖州	2人	趙孟頫、趙雍
溫州	2人	鄭禧、李孝光
金華	1人	許謙

臨海	1人	陳孚
崇德	1人	張伯淳
長興	1人	朱晞顏
松陽	1人	張玉娘
處州	1人	周權
慶元	1人	張可久
蘭溪	1人	吳景奎
鄞縣	1人	袁士元
台州	1人	柯九思
淳安	1人	何景福
黃岩	1人	陶宗儀
烏程	1人	沈景高
瑞安	1人	高明
桐江	1人	俞和
四明	1人	梵琦

　　元代的行政區劃中設有江浙行省，通過陶宗儀《南村輟耕錄》〔江浙省地分〕中的詳細描述，我們能夠瞭解元代江浙行省的大致情況，「江浙行省，建治所於杭。陸路赴都，三千九百二十四里。若水程，則四千四百四十里。東至大海，四百九里，順風，海洋七日七夜可到日本國。西至鄱陽湖，接連江西省南康路界，一千三百四十五里。南至汀洲路，接連廣東潮州界，二千四百二十里。北至揚子江，接連淮南省揚州界，七百二十里。東到大海，四百九里。西到江西省南康路，一千七百五里。南到廣東潮州路，二千五百一十里。北到淮南省揚州路，七百六十五里。東南到漳州路海岸，二千四百九十九里。西南到江西省建昌路，一千五百九十里。東北到松江海岸，五百二十二里。西北到池州路，接連河南省安慶路，一千三百四十二里。此四至八到也。今割福建道立行省，則有不同矣。」〔註4〕同時，它在浙東道和福建道設置宣慰司，在江南浙西道、浙

〔註4〕〔元〕陶宗儀：《南村輟耕錄》卷17，中華書局1959年版，第213

東海右道、浙東建康道和福建閩海道設置肅政廉訪司。杭州、湖州、嘉興、慶元、溫州、台州、處州爲路，松江爲府。其中，杭州、湖州、嘉興、松江屬於江南浙西道，慶元、溫州、台州、處州屬於浙東道。錢塘屬於杭州路，崇德和嘉興屬於嘉興路，淳安屬於建德路，華亭屬於松江府，鄞縣屬於慶元路，金華和蘭溪屬於婺州路，樂清和瑞安屬於溫州路，臨海和黃岩屬於台州路，烏程和長興屬於湖州路，松陽處於處州路。另外，胡炳文是婺源人，婺源屬於徽州路；吳存、葉衡、吳眞人是鄱陽人，鄱陽屬於饒州路，徽州路和饒州路又都屬於江浙行中書省，同時屬於江東建康道肅政廉訪司管轄。

　　將江蘇籍詞人列表如下：

籍貫	人數	詞　人
無錫	4人	王容溪、倪瓚、華幼武、虞薦發
江陰	3人	陸文圭、葉森、王逢
平江	2人	袁易、韓奕
吳江	2人	陸行直、原妙
崑山	2人	顧阿瑛、袁華
吳郡	2人	張遜、善住
碭山	1人	曹伯啓
晉寧	1人	張翥
武進	1人	謝應芳
京口	1人	石岩

　　江陰在元爲州，平江在元爲路，也叫吳郡，領司一、縣二、州四。其中，崑山和吳江屬於平江路。武進屬於常州路，無錫爲無錫州。上表所列地名在今天都屬於江蘇省。在元代還有一位福建籍詞人洪希文，是莆田人，在元代則屬於福建閩海道興化路的管轄範圍。以上所列浙江、江蘇、福建和上海詞人在元代都屬於江浙行省。由於材料的散失，這只是元代南方詞壇的大致情況，但是我們仍然能

夠得出這樣的結論：對於元代南方詞壇而言，江浙行省是主要的創作中心，並且孕育出張翥、邵亨貞這樣的優秀詞人。當然，在元代對於江西籍詞人的研究也是不容忽視的。

籍　貫	人　數	詞　　　人
鄱陽	3 人	吳存、葉衡、吳眞人
廬陵	2 人	劉詵、王禮
塗川	2 人	宋遠、蕭烈
南康	2 人	燕公楠、于立
撫州崇仁	2 人	吳澄、虞集
建昌	1 人	程文海
婺源	1 人	胡炳文
新喻	1 人	梁寅
吉安	1 人	周巽
臨川	1 人	朱思本
南昌修江人	1 人	王玠

就元代的江西行中書省而言，有十八個路，九個州，十三個屬州和七十八個屬縣。其中，南昌屬於龍興路，廬陵屬於吉安路，新喻屬於臨江路，臨川和崇仁屬於撫州路，南康、建昌本身即爲路。另外，胡炳文是婺源人，婺源屬於徽州路；吳存、葉衡、吳眞人是鄱陽人，鄱陽屬於饒州路，徽州路和饒州路又都屬於江浙行中書省，同時屬於江東建康道肅政廉訪司管轄。

就選調來看，北方籍詞人使用頻率較高的詞調爲木蘭花慢、水龍吟、太常引、南鄉子、西江月、鷓鴣天、水調歌頭、臨江仙、浣溪沙、摸魚子和清平樂。南方籍詞人使用頻率較高的詞調爲水調歌頭、木蘭花慢、沁園春、漁家傲、滿江紅、鸚鵡曲、浣溪沙、風入松、摸魚兒、清平樂和漁父詞。列表如下：

北方		南方	
詞　調	數　量	詞　調	數　量
木蘭花慢	109 首	水調歌頭	56 首
水龍吟	76 首	木蘭花慢	55 首
太常引	55 首	沁園春	52 首
南鄉子	54 首	漁家傲	52 首
西江月	53 首	滿江紅	50 首
水調歌頭	52 首	鸚鵡曲	41 首
鷓鴣天	52 首	浣溪沙	38 首
臨江仙	45 首	風入松	36 首
浣溪沙	45 首	摸魚兒	32 首
摸魚子	41 首	漁父詞	30 首

　　通過以上分析，唐五代、宋元南方詞壇的發展概貌、詞人分佈和用調情況便大致反映出來。雖然不可能做到完全精準，卻為我們的進一步研究提供了重要的依據。同時，我們也看到，元代南方詞壇是以江浙行中書省和江西行中書省的詞人為主體的。而這種狀況，也是和元初南方詞壇相契合的。元初的南方詞壇主要由遺民詞人的創作為主，形成了以張炎為主的臨安詞人群和劉辰翁為主的廬陵詞人群。進入元代中後期，雖然南方詞壇的創作主體還是由這兩個地域的文人承擔，但是江西詞人的創作成就和在文壇的影響力已經不能和廬陵詞人群相提並論，同時也不能和同期的江浙詞人相比，這也是有待於我們深入挖掘的一個重要問題。

第三節　元代南方詞壇興起原因之探尋

　　通過對唐五代、宋及元代南方詞壇的梳理，我們對南方詞壇在詞史上的發展變化有了大致的認識，它從一開始就與地域文化有著密切的聯繫。唐五代時，西蜀和南唐成為詞的創作中心。趙匡胤「陳橋兵變」，黃袍加身，建立了宋朝。在經歷了宋初六十年的沈寂之後，

「詞」這一文學樣式以不可阻擋之勢向前發展，詞家輩出，佳作如流。1127 年，「靖康之變」發生，宋宗室南渡，在杭州建立了南宋王朝。據《宋史》記載：「高宗蒼黃渡江，駐蹕吳會，中原、陝右盡入於金，東畫長淮，西割商、秦之半，以散關爲界，其所存者兩浙、兩淮、江東西、湖南北、西蜀、福建、廣東、廣西十五路而已，有戶一千二百六十六萬九千六百八十四。」〔註 5〕至此，北宋詞壇一分爲二，北方被金人佔領，南方則成爲南宋詞壇的活動中心。因此，南宋詞史本身就是一部南方詞壇史。

1276 年，隨著宋皇室的投降，蒙古族建立的元朝統一中國。分割已久的南北詞壇結束了一百五十年的分裂局面，回到又一次王朝統一的序列中來，劉因的《渡白溝》可能最能反映此時人們的心態。

> 東北天高連海嶼，大行蟠蟠如怒虎。一聲霜雁界河秋，感慨孤懷幾千古。只知南北限長江，誰割鴻溝來此處。三關南下望風雲，萬里長風見高舉。菜公瀟落近雄才，顯德千年亦英主。謀臣使臣強解事，柱著渠頭汗吾鼓。十年鐵硯自庸奴，五載兒皇安足數。當時一失榆關路，便覺燕雲非我土。更從晚唐望沙陀，自此橫流穿一縷。誰知江北杜鵑來，正見江東青鳥去。漁陽捷鼓鳴地中，鵂鶹飛滿梁園樹。黃雲白草西樓暮，木葉山頭幾風雨。只應漠漠黃龍府，比似愁岡更愁苦。天教遺壘說向人，凍雨頑雲結悽楚。古稱幽燕多義烈，鳴煙泉聲瀉餘怒。仰天大笑東風來，雲放殘陽指歸渡。

在這首詩中，白溝不僅僅是一條小河，它也代表著中國歷史上一段兵戈鐵馬的往事。從北宋時期，這裡就成爲宋朝和遼國的分界線，所以被稱爲「界河」。儘管遼滅亡了，但是在和金、蒙古的對峙當中，它的作用並沒有改變。所以詩人才會有「只知南北限長江，誰割鴻溝來此處」的感歎。直到蒙元統一全國，白溝的分界作用才

〔註 5〕〔元〕脫脫等：《宋史》卷 85，中華書局 1977 年版，第 2096～2097頁。

最終消失，南北隔絕的局面才最終被打破。這也預示著在這個統一序列當中，南方、北方的文學局面也將面臨著一次重新的位次調整。

據《全金元詞》統計，有籍貫可考的元代北方詞人共 49 位，留存詞作約 1735 首。其中，河北籍詞人 18 位，留存詞作約 530 首；河南籍詞人 10 位，留存詞作約 540 首；山東籍詞人 10 位，留存詞作約 370 首；陝西籍詞人 5 位，留存詞作約 50 首；山西籍詞人 5 位，留存詞作約 30 首。而有籍貫可考的南方詞人共 95 位，留存詞作 1506 首。從這些數字可以看出，有籍貫可考的北方詞人數量僅為南方詞人的一半，但是作品數量卻超過了南方詞人。同時，到元代後期北方詞壇只有許有壬攜賓客子弟進行創作，圭塘欸乃是元代北方詞壇的最後絕響。1364 年，隨著許有壬的去世，北方詞人最終退出了詞這一創作領域。由此可以看出，元代北方詞人的創作主要集中於元代前期和中期。

在和北方詞壇的對抗中，為什麼南方詞壇最終能夠取代北方詞壇？中國詞史的轉折為什麼發生在這一時期？這兩個問題的解決，恐怕與南方詞壇的興起有著密切的聯繫。大致來說，有三個重要原因：

第一，文學積累之結果。詞這一文學樣式在宋代得到了極大的發展，經過柳永、蘇軾、周邦彥、姜夔、吳文英等人的實踐，詞的題材不斷擴大，詞的境界不斷提高，詞的藝術特徵不斷深化。南宋詞壇已經為元代南方詞壇奠定了了雄厚的基礎。儘管入元後的「南人」處於四等之末，但是元朝統治者在文化上給了他們一個自由、寬鬆的環境。朝代雖然改變了，但是他們的文化命脈並沒有被切斷。南宋遺民張炎入元後「嗟古音之寥寥，慮雅詞之落落，僭述管見，類列於後」，寫下《詞源》，對宋代詞學理論進行總結。陸輔之的《詞旨》、仇遠的詞論仍紹述張炎「清空」、「雅正」之學。虞集、朱晞顏的詞論提倡雅正的詞律，婉變的詞風，王運熙先生認為：「他們的觀點，上承李清照詞『別是一家』之說，然立論有所不同；下則啓有

明三百年的詞風」〔註6〕。元詞名家張翥、張雨又是仇遠的弟子。由此看來，南宋詞壇在創作和理論上都爲元代南方詞壇的勃興提供了條件，所以南方詞壇才會在和北方詞壇的對峙中逐漸成爲詞壇的主導。

第二，文人主動之選擇。南方詞壇的勃興與北方詞人對詞這一文體的忽視也有著密切的關係。王水照先生在《文體丕變與宋代文學新貌》一文中談到：「文體是文學作品最直觀的新形式，但一種文體的產生、興盛、嬗變和衰亡的過程，卻蘊含著深刻的社會的、政治的、倫理的和審美的原由，它反映著文學創作觀念、價值標準的變化。」〔註7〕

入元之後，雖然北方詞壇保持了興盛的局面，但這是一個不同於以往的蒙古族建立的統一王朝。這個王朝不僅有著廣闊的疆域，也有著多元的文化。蒙古人、色目人、漢族人在這裡聚集，佛教、道教、伊斯蘭教、基督教共存於這塊土壤。正如《劍橋中國遼西夏金元史》中所言：

> 忽必烈在制訂一項堅持蒙古傳統、接受漢人習慣和力求廣泛性的文化政策上令人欽佩地獲得成功。他希望以不同的姿態出現在他所面對的不同人面前。對於蒙古人，他彷彿是民族傳統的一位堅定捍衛者。他參加打獵，和蒙古婦女結婚，並且自覺保護她們的權力。對於漢人，他承擔起藝術的保護人的角色，他資助漢人畫家、製瓷工匠和其他手工業者，並且允許漢人劇作家和小說家自由創作。在其他的領域裏，他對通用文字的支持和對在中國的外國工匠的鼓勵和支持，產生了元代文化中的世界主義；作爲一名疆域超出中國的統治者，這一點毫無疑問地爲他增添了光輝。〔註8〕

〔註6〕王運熙、顧易生：《中國文學批評通史・宋金元卷》，上海古籍出版社1996年版，第1068頁。

〔註7〕王水照：《王水照自選集》，上海教育出版社2000年版，第45頁。

〔註8〕〔德〕傅海波，（英）崔瑞德編；史衛民等譯：《劍橋中國遼西夏金元

　　從引文可以看出，傅海波、崔瑞德敏銳地看到元代文化中的世界主義氣象，也正是這樣一種氣象使得元代文化醞釀著一場巨大的轉型。在多種文化的碰撞當中，社會的審美風範、價值觀念乃至文學的創作觀念都會發生改變。不同的民族，不同的信仰，最終確立起來的是大家基本認可的審美風範，通俗易懂便成爲這一時代最折衷的審美範式，元曲的興起便是這一方式的最好注腳。雖然元代中後期雜劇中心轉移到杭州，但是他對南方詞壇的衝擊不是太大。北方的情形則不同，形成了大都、東平、眞定、平陽這樣的雜劇創作中心。在曲的影響之下，北方文人逐漸放棄了詞的創作，北方詞壇的衰落也就成爲必然。所以說，北方詞壇的衰落、南方詞壇的勃興與文人的主動選擇有著密切的關係。對於南方詞人而言，他們的創作雖然也受到曲的影響，但是他們基本秉承了南宋詞脈。如果沒有他們的堅持，清詞的復興也便無從談起，中國詞史的重要一環也將在這裡斷開。對於北方詞人而言，他們有著不同於「南人」的文化心理，他們較早歸附元朝，有著比「南人」更強烈的自我認同意識。在各種文體的碰撞當中，他們自然地選擇了元曲這一雅俗共賞的新型文學樣式。

　　第三，宋元士風之轉移。元末隱士詞人不僅是元代中後期南方詞壇的主要構成者，也是此時整個元代詞壇的主要構成者。南方隱士詞人之所以會成爲詞壇的主導，就需要從宋元士風的轉移談起。

　　士作爲古代文化和思想的傳承者，對中國歷史的演進起了重要的作用。同時，不同的朝代和時代精神，也賦予了他們不同的內涵，士風因之也有不同的表現，尤其是宋元兩朝。同明太祖朱元璋殘害功臣不同，宋太祖趙匡胤以「杯酒釋兵權」的方式使有功之臣安享榮華富貴。據宋人筆記《避暑漫抄》記載：

　　　　藝祖受命之三年，密鐫一碑，立於太廟寢殿之夾室，謂
　　　之誓碑，用銷金黃幔蔽之，門鑰封閉甚嚴。因敕有司，自後
　　　時享，及新天子即位，謁廟禮畢，奏請恭讀誓詞。是年秋享，

史》，中國社會科學出版社 1998 年版，第 480～481 頁。

禮官奏請如敕，上詣室前，再拜陛階，獨一小黃門不識字者
一人從，餘皆遠立庭中。黃門驗封啟鑰，先入焚香明燭，揭
幔，亟走出階下，不敢仰視。上至碑前再拜，跪瞻默誦訖，
復再拜而出。群臣及近侍，皆不知所誓何事。自後列聖相承，
皆踵故事。歲時伏謁，恭讀如儀，不敢漏泄。雖腹心大臣，
如趙韓王、王魏公、韓魏公、富鄭公、王荊公、劉路公、司
馬溫公、呂許公、申公。皆天下重望，累朝所倚任，亦不知
也。靖康之變，犬戎入廟，悉取禮樂祭祀諸法物而去。門皆
洞開，人得縱觀，碑止高七八尺，闊四尺餘，誓詞三行，一
云：「柴氏子孫有罪，不得加刑。縱犯謀逆，止於獄中賜盡，
不得市曹刑戮，亦不得連坐支屬。」一云：「不得殺士大夫
及上書言事人。」一云：「子孫有渝此誓者，天必殛之。」
後建炎間，曹勳自虜中回，太上寄語云祖宗誓碑在太廟，恐
今天子不及知所云云。〔註9〕

　　從引文可以看出，士大夫在宋代享受到了前所未有的尊榮。開
國皇帝宋太祖「不殺大臣」的家法，無疑對士大夫政治文化地位的
確立有著重要的影響，也為范仲淹「先天下之憂而憂，後天下之樂
而樂」的士大夫情懷提供了滋生的土壤，這樣一種情懷更是激勵了
無數的士大夫「以天下為己任」。因此，諸種因素的合力使宋代士大
夫參與政治事務的熱情非常高漲，自我主體意識非常強烈。

　　有宋一代，士不僅是文化的主體，某種程度上也是政治的主體。
他們對政治表現出前所未有的熱情，這是宋代士階層的一個顯著特
色。余英時先生在《朱熹的歷史世界——宋代士大夫政治文化的研究》
一書中將宋代士大夫的政治文化經歷分為三個階段。第一個階段以范
仲淹為代表，第二個階段以王安石為代表，第三個階段以朱熹為代
表。他還進一步指出：

　　　　第三階段即朱熹的時代，可稱之為轉型期。所謂轉型
　　是指士大夫的政治文化在熙寧時期所呈現的基本型範開

〔註9〕〔宋〕陸游：《避暑漫抄》。王雲五主編：《叢書集成初編》第 2863
　　冊，商務印書館民國二十八年，第6頁。

始發生變異，但並未脫離原型的範圍。王安石變法是一次
徹底失敗的政治實驗——這是南宋士大夫的共識。但這場
實驗的效應，包括正面的和負面的，都繼續在南宋的政治
文化中佔據著中心的地位。王安石的幽靈也依然附在許多
士大夫的身上作祟。最明顯的，理學家中有極端反對他
的，如張栻；有推崇其人而排斥其學的，如朱熹；也有基
本上同情他的，如他的同鄉陸九淵。無論是反對還是同
情，總之，王安石留下的巨大身影是揮之不去的。所以我
們有充足的理由說：朱熹的時代也就是『後王安石的時
代』。」〔註10〕

　　由此可見，王安石變法的失敗對整個宋代政治的發展產生了重
要的影響，熙寧變法的挫折也使得宋代士大夫重新審視他們的精神
世界。如果說王安石、司馬光是對「外聖」的一種追求，那麼，南
宋知識分子則更加注重「內聖之學」的建立，程朱理學的建立便是
一個重要的例證。儘管此時的士大夫仍然渴望像王安石一樣有行道
的機會，然而，經過北宋政局的風雲變換，他們對實際政治抱著一
種若即若離的態度。南宋理學家尤其認為，只有通過「內聖」才能
達到「外王」，因此，他們積極投身於學術和教育工作，朱熹便是一
個典型的代表。儘管他對政治滿懷熱情，也有著非凡的才華，但他
沒有王安石那樣的機會去「得君行道」。而是受到當權者的排斥和擠
壓，遠離政治中心。但他仍然關注著朝廷的一舉一動，希望自己朝
中的好友能夠有「得君行道」的機會。從這一點我們可以看到，南
宋士大夫對於王安石能夠「得君行道」是充滿羨慕之情的。

　　總之，有宋一朝的士大夫有著積極的入世精神和參與政治的熱
情。宋王室內憂外患的政治局面，更激發了他們參與政治的願望。
因此，他們不僅從精神上而且從行動上自覺承擔起自己的社會責
任。在政治活動中，他們以政治主體自居，但是在統治者的心中，

〔註10〕 余英時：《朱熹的歷史世界——宋代士大夫政治文化的研究》，三聯
　　　　書店 2004 年版，第 8～9 頁。

士大夫只是他們進行統治的工具而已。即使在某一時刻他們與統治者達成了某種默契，但是這種狀態也不能長久維持。這也是宋代士大夫從「外聖」轉入「內王」的原因，理學家們認為王安石的失敗主要由於「學術不正」，他們努力發展「內聖」之學，從而為「外王」的實現打下牢固的基礎。然而，南宋王朝的最終滅亡，宣告了理學家這一理想的破滅，但其積極入世的士大夫情懷卻深深感動並激勵了中國知識分子的社會良知和責任感。

　　宋代士大夫不僅是政治的積極參與者，同時也是文化的積極傳播者。宋代文學的繁榮同士大夫的身體力行有著密切的關係。據《宋史》記載：

> 自古創業垂統之君，即其一時之好尚，而一代之規模可以豫知矣。藝祖革命，首用文吏而奪武臣之權，宋之尚文，端本乎此。太宗、真宗其在藩邸，已有好學之名，作其即位，彌文日增。自是厥後，子孫相承。上之為人君者，無不典學；下之為人臣者，自宰相以至令錄，無不擢科，海內文士，彬彬輩出焉。〔註11〕

　　因此，宋代士大夫具有政治文化的雙重特性，就當時的士風而言，士大夫將「兼濟天下」和「獨善其身」有機地結合起來，他們對政治和文學也表現出了前所未有的積極態度。隨著元朝的建立，有宋一代的士風遭遇了逆轉。由於南宋最後歸順蒙元政權，他們將「南人」列為四等之末，這也標誌著南宋統治區域內讀書人在政治地位上的沉淪。宋代士大夫曾經努力實現與君主同治天下的理想成為元代讀書人遙不可及的夢想。

　　對於元初的南宋讀書人而言，很長一段時間他們都籠罩在一種故國淪亡的失敗情緒當中。四等之末的政治地位和科舉制度的廢除，使他們與政治的距離也越來越遠。儘管在南方讀書人當中出現了趙孟頫、程文海這樣居於高位的讀書人，但他們只是讀書人中的很小的一

〔註11〕〔元〕脫脫等：《宋史·文苑傳序》卷439，中華書局1977年版，第12997頁。

部份，漢人、南人中的絕大多數讀書人隱於鄉校，混跡勾欄，由此，元代讀書人少了宋代讀書人的那種參與政治的熱情，他們也不再以政治主體自居。他們或隱於山林，或隱於市井，在山水清音、教書授徒中過著一種亦隱亦俗的生活。同時，這也是元代讀書人在異族統治下的自我救贖。

元仁宗皇慶二年（1313），廢除三十多年的科舉制度重新恢復。在此之前的 1237 年，為了保護和安置金元之際流離失所的儒生，蒙元統治者進行戊戌選，確立儒籍。蕭啓慶先生在《元代的儒戶：儒士地位演進史上的一章》從儒戶的設立、儒戶的數目、儒戶的義務和權利等幾個方面對元代儒戶進行了詳細的論述，並進一步指出：

> 從儒戶在元代社會中的地位也可看出元代在中國歷史上的連續性和特異性。一方面，元代雖以異族入主，但究竟是一個建立於中國的王朝，對中國的政治和文化傳統不得不有所顧慮，對中國社會中的『優異分子』必須予以尊崇。而且，蒙古人入主中國後，也面臨到『天下不可自馬上治』的問題。雖然政府中高級職位大多給予蒙古、色目，但辦理實際事務的職位，仍需漢、南人來充當，不得不設立儒戶，以期培養人材。另一方面，儒人的不能獨享殊榮也反映了元代的國家與社會和漢族王朝時代的迥然有別。元朝不僅是一個征服王朝，而且在理論上仍是蒙古世界帝國的一部份，是一個多元種族、多元文化的社會。若欲以『儒道』來君臨比漢唐更為擴大的『天下』，以儒家倫常來規範文化不同的諸民族，自然有扦格難行之處。因此，元室對各民族的文化採取一視同仁的態度，對各種思想及宗教也不偏不倚，並予尊榮。儒家思想遂從『道』的地位轉變為許多『教』的一種，而儒士也失去唯我獨尊的傳統地位，不過是幾個受到優崇的『身份集團』之一而已。〔註12〕

然而，元代儒籍的確立，並不能真正取代科舉的地位。儘管科

〔註12〕蕭啓慶：《元代史新探》，新文豐出版公司印行，民國二十七年六月出版，第 40～41 頁。

舉制度有著這樣那樣的弊端，但它仍然是一種能夠從讀書人當中選取有材之士的有效措施。隨著元帝國從確立期進入穩定期，儘管蒙古貴族「自國家混一以來，凡言科舉者，聞者莫不笑迂闊以爲不急之務」，科舉制還是恢復了。從中書省呈給元仁宗的奏章中我們也能看到元代恢復科舉的曲折和艱難，現錄如下：

> 科舉事，世祖、裕宗累嘗命行，成宗、武宗尋亦有旨，今不以聞，恐或有沮其事者。夫取士之法，經學實修己治人之道，詞賦乃摛章繪句之學，自隋唐以來，取人專尚詞賦，故士習浮華。今臣等所擬將律賦、省題詩、小義皆不用，專立德行明經科，以此取士，庶可得人。〔註13〕

儘管元代的科舉恢復了，然而距離南宋科舉已經是三十多年。在這三十多年的時間裏，讀書人處於三等、四等的政治身份下和失去科舉進身之階的境遇中，因此他們有足夠的時間去重新調整自己的生存狀態。同宋代讀書人外向的、積極的入世精神不同，元代讀書人在政治上更爲內斂。雖然，一部份讀書人會去參加科舉考試，進入仕途，但是，這只是他們安身立命的一種方式，他們已經沒有了宋代士大夫對政治的那份執著。同時，蒙古貴族對漢人、南人的避忌，他們也沒有了宋代王安石、司馬光與君王「同治」、「共治」天下的魄力和宋代讀書人那樣強烈的社會責任感。正如余英時先生所談到的：

> 「同治」與「共治」所顯示的是士大夫的政治主體意識；他們雖然接受了「權源在君」的事實，卻毫不遲疑地將「治天下」的大任直接放在自己的身上。在這一意義上，「同治」或「共治」雖然是「以天下爲己任」的精神在「治道」方面的體現。……積極倡導「同治」或「共治」的是宋代的士大夫，而不是皇權。這一發展是和宋代儒學關於重建秩序的要求密切相應的，所以「共定國是」和「同治

〔註13〕〔明〕宋濂等：《元史》卷 81《選舉志》，中華書局 1976 年版，第 2018 頁。

天下」的主張都出現在熙寧變法的時期。……兩相比照，他仍不過視及第進士為皇權統治的工具而已。可見「共治」一詞可有不同的解釋，絕不可斷章取義。但大體言之，宋代皇權對於士大夫以政治主體自居所發出的種種聲音，畢竟表現了容忍的雅量。僅此一端，它已足當「後三代」之稱而無愧。蒙元以後，這種聲音便逐漸消沉了。〔註14〕

有元一代，避世之風充斥在讀書人心間，尤其是南方的讀書人。由於他們與南宋的關係，他們與政治始終保持著距離。他們在南方的山水間暢遊，自得其樂。即使出仕，他們也以教職為主。到元代末年，讀書人中間的這種隱居避世之風更呈愈演愈烈之勢，文人雅集也成為這一時期的重要文化現象。當元朝處於風雨飄搖之時，以顧瑛為代表的吳中文人於玉山佳處吟詩作賦，詩酒狂歡，顧瑛在《欸歌序》中記載：

> 至正辛卯秋九月十四日，玉山宴客於漁莊之上，芙蓉如城，水禽交飛，臨流展席，俯見游鯉。日既夕矣，天宇微肅。月色與水光蕩搖櫺檻間，退情逸思，使人浩然有凌雲之想。玉山俾侍姬小瓊英調鳴箏，飛觴傳令，歡飲盡酣。玉山口占二絕，命坐客屬賦之。賦成，令漁童樵青乘小榜，倚歌於蒼茫煙浦中，韻度清暢，音節婉麗，則知三湘五湖蕭條寂寞，那得有此樂也。賦得二十章，名曰《漁莊欸歌》。雲河南陸仁序。是日詩成者十人。

「至正辛卯」即1351年，此時的元王朝政局不穩，農民起義頻頻發生。顧瑛身處玉山佳處，不問世事，與眾友人把酒言歡，過著與世隔絕的愜意生活。如果說元初讀書人的暢遊隱居是蒙古政權避忌南人和讀書人主動選擇之結果，那麼元末讀書人的隱居則是絕望後對政治的主動放棄。正如么書儀先生在《元代文人心態》中所言：

> 如果說元朝初期的文人主要是致力於力爭，熱望尋找到一條可以溝通他們與現政權合作的通路，中期文人是在

〔註14〕余英時：《朱熹的歷史世界——宋代士大夫政治文化的研究》，三聯書店2004年版，第229～230頁。

　　掙扎，動搖於希望和失望之間，不無天眞地仍然寄希望於
　　一代又一代的蒙古帝王，那麼到了元朝末期，文人們便大
　　多數處於絕望和虛無了。〔註15〕

　　此時的讀書人已經沒有了宋代士大夫那樣深重的憂世情懷。元
代中期文人李孝光早期隱居雁蕩山五峰下，過著與山鳥爲伴，聽流
水潺潺的隱士生活。至正四年（1344），元順帝爲解決政治危機，「詔
徵隱士」。在李孝光的內心深處，始終潛藏著一種濟世救民的文人情
懷。於是，他出仕了，一路北上，前往大都，但只被授予秘書監著
作郎的閒職。李孝光在失望、憤懣中踏上南歸的路，在旅途中鬱鬱
而終。李孝光的這一出仕經歷，對南方讀書人產生了重要的影響。
由於李孝光在南方讀書人中的重要影響，他們對仕進之路更加心灰
意冷。因此，由元入明的讀書人與由宋入元的讀書人在對待新朝的
態度上，也有了明顯的不同。

　　我們知道，在宋元改朝換代之際出現了大量的忠臣義士。文天
祥慷慨赴死、謝枋得不食而死，還有一生心繫故國的宮廷琴師汪元
量……，他們對元朝的抵制、宋室的眷念，使這一段歷史變得異常
生動，據《宋史》記載：

　　　至元二十三年，集賢學士程文海薦宋臣二十二人，以
　　枋得爲首，辭不起。又明年，行省丞相忙兀台將旨詔之，
　　執手相勉勞。枋得曰：「上有堯、舜，下有巢、由，枋得名
　　姓不祥，不敢赴詔。」丞相義之，不強也。二十五年，福
　　建行省參政管如德將旨如江南求人材，尚書留夢炎以枋得
　　薦，枋得遺書夢炎，……今吾年六十餘矣，所欠一死耳。
　　豈復有它志哉！終不行。……

　　　福建行省參政魏天祐見時方以求材爲急，欲薦枋得爲
　　功，使其友趙孟頫來言，枋得罵曰：「天祐仕閩，無毫發推
　　廣德意，反起銀治病民，顧以我輩飾好邪？」及見天祐，
　　又傲岸不爲禮，與之言，坐而不對。天祐怒，強之而北。

〔註15〕么書儀：《元代文人心態》，文化藝術出版社1993年版，第266頁。

枋得即日食菜果。

二十六年四月，至京師，問謝太后攢所及瀛國所在，
再拜慟哭。已而病，……終不食而死。〔註16〕

從引文可見，元初南宋遺民對待元朝的態度是激烈的，他們不
願與新朝合作，隱居在南方的山水之間。他們的生活方式也影響了
整個元代讀書人的生存狀態：遠離政治，張揚個性。同由宋入元的
讀書人比起來，由元入明的讀書人雖然在元朝滅亡之際表現出了某
種追懷和憂念，但是較之宋室遺民，卻多了一份豁達和理性。在王
朝的更替中，追求自我的生活方式使他們更容易調整自己的心理，
去適應這種變化。比如舒頔，雖然他不仕新朝，但能在著作中頌揚
新朝，對之做客觀評價。然而，比較激進的南宋遺民謝枋得在《送
方伯載歸三山序》中卻這樣寫道：

滑稽之雄、以儒爲戲者曰：「我大元制典，人有十等，
一官二吏，先之者，貴之也；貴之者，謂有益於國也。七
匠八娼、九儒十丐，後之者，賤之也；賤之者，謂無益於
國也。」嗟乎！卑哉！介乎娼之下、丐之上者，今之儒者
也。〔註17〕

作爲比較激進的南宋遺民謝枋得，他的這些記載對後人評定元
代讀書人的地位產生了重要影響，也使一些研究者在對元代的認識
上出現了偏差，因此不夠客觀和理性。元代讀書人的地位雖然不能
與宋代讀書人相比，但是元朝統治者對文化的寬容，使讀書人不被
文字所累。同時，他們也享受著免受徭役的特權。只不過中國王朝
史上第一次異族統一中原的實踐，使蒙古統治者和漢人、南人彼此
有著強烈的防範意識。

所以說，宋元兩朝統治者對讀書人的態度以及讀書人的政治地

〔註16〕 〔元〕脫脫等：《宋史》卷425，中華書局1977年版，第12689～12690
頁。

〔註17〕 〔元〕謝枋得：《疊山集》卷2，《四庫全書》第1184冊，上海古籍
出版社1987年版（以下所引此書皆同），第870頁。

位決定了他們的生存狀態，也影響了兩朝的士風。同宋代讀書人自信、樂觀，積極入世的風氣不同，元代讀書人主動與政治保持距離，在隱逸避世中追求一種閒散、自適的生活方式。在元代中後期，這種避世之風在元代讀書人中間更加普遍，隱士也成爲元代文化中的一個重要現象。所以說，南方隱士詞人成爲中後期元代詞壇的主體是與宋元士風的轉移有著密切的關係。

　　南方詞壇的興起不僅是北方詞人放棄的結果，同時也是南方詞人堅持的結果。南方隱士詞人是元末詞壇的主要構成者，這個群體的創作雖然不能和宋人的詞人群體創作相提並論，但是，他們在延續宋代詞脈上的功績確是不容抹殺的。在他們的堅持下，伴隨著經濟、文化中心的最終南移，南方詞壇的中心地位得以確立，北方詞壇再沒有扳回局面的能力。

第二章 元代南方詞壇概貌（上）：本土詞人群

　　元代南方詞壇大致由三部份人組成：本土詞人群、大都詞人群和遊寓詞人群。其中，本土詞人群是元代南方詞壇的主導力量。這些詞人出生成長於南方，即使做官，也主要在南方任職，因此將他們歸入本土詞人的範疇，有張伯淳、吳澄、胡炳文、陳櫟、陸文圭、袁易、周權、張雨、吳鎮、洪希文、李孝光、謝應芳、倪瓚、梁寅、舒頔、華幼武、邵亨貞、梵琦和李道純等人。大都詞人群出生於南方，成年之後任職大都，但是他們是在南方地域文化的浸染中成長起來的，並且和南方一直保持密切的聯繫，許多人在晚年又回到故鄉，有燕公楠、陳孚、程文海、趙孟頫、騰賓、虞集和歐陽玄等人。遊寓詞人群指的是外省籍詞人在南方風物感發下進行的詞的創作活動。這些詞人是北方人，他們做官、遊歷或遷居南方，只要他們留下了描寫南方城市、民俗風情的詞作，我們都將他們歸入遊寓詞人群。儘管他們不是南方人，但是他們用一個北方人的視角去感知南方，無疑是研究南方詞壇的一個重要參照系。這部份詞人有白樸、貫雲石、薩都剌、胡祗遹、盧摯和鮮于樞等人。

　　元初南方詞壇本土詞人群的主要構成者是南宋遺民詞人群體，他們是以故都臨安為中心的兩浙詞人群和以廬陵為中心的江西詞人

群。周密、張炎、王沂孫和劉辰翁是這兩個詞人群的代表。由於遺民詞人親身經歷了宋元易代這段歷史，他們的詞也就成爲他們抒發故國之悲和身世之感的工具。關於個體遺民詞人的研究成果有楊海明的《張炎詞研究》，金啓華、蕭鵬的《周密及其詞研究》，王筱芸的《碧山詞研究》，吳企明整理與注釋的《須溪詞》等。就群體研究而言，中國社會科學出版社出版了牛海蓉的博士論文《元初宋金遺民詞人研究》。各位研究者對南宋遺民詞人的研究已經達到成熟，本文不再贅述。

在唐圭璋先生的《全金元詞》中，收入胡炳文詞 3 首，陳櫟詞 16 首，陸文圭詞 28 首。牛海蓉博士將這三人歸入元初南宋遺民詞人群體，由於他們分別去世於 1333 年、1334 年和 1340 年，跨越前、中兩個時期，而且接近元末，同時，他們又是當時有名的理學家，因此，本文將他們從遺民詞人中抽離出來，作爲學者詞人論述。那麼，就元代南方詞壇詞人的主要身份而言，大致又可將他們分爲四個群體：遺民詞人群、隱士詞人群、學者詞人群和釋道詞人群。由於遺民詞人各位學者和牛海蓉博士已有詳細論述，其他三個詞人群則是我們論述的重點。

第一節　隱士詞人群

「韓愈言：蹇之六二曰『王臣蹇蹇』，而蠱之上九曰『高尙其事』，由所居之時不一，而所蹈之德不同。夫聖賢以用事爲心，而逸民以肥遁爲節，豈性分實然，亦各行其志而已。」〔註 1〕這段話包含了張廷玉對「逸民」一詞的理解，同時也是其《明史·隱逸》的重要收錄標準。當然，需要指出的是，這裡的「逸民」不是指「遺民」，但可以等同於隱士。因此，「逸民」所包含的範圍要比「遺民」大的多。每當易代之際，都會有「逸民」和「遺民」的出現，無疑爲這

〔註 1〕〔清〕張廷玉等：《明史》卷 298，中華書局 1974 年版，第 7623 頁。

一時期的文學增加了許多豐富的內容。本文據唐圭璋先生《全金元詞》，將元代隱士詞人列表如下：

詞人	生卒	籍貫	存詞	詞卷
吳鎮	1280～1354	嘉興魏塘，今浙江省嘉善人	31 首	梅花道人詞一卷
王蒙	？～1385	吳興，今浙江省吳興縣人	1 首	無
袁士元	不詳	鄞縣，今浙江省鄞縣人	7 首	書林詞一卷
謝應芳	1296～1392	武進，今江蘇省武進縣人	65 首	龜巢詞一卷補遺一卷
倪瓚	1301～1374	無錫，今江蘇省無錫市人	17 首	無
梁寅	1303～1389	新喻，今江西省新喻縣人	39 首	石門詞一卷
舒頔	1304～1377	績溪，今安徽省績溪縣人	19 首	貞素齋詩餘一卷
舒遜	？	績溪，今安徽省績溪縣人	5 首	可庵詩餘一卷
華幼武	1307～1375	無錫，今江蘇省無錫縣人	3 首	無
邵亨貞	1309～1401	雲間，今上海市雲間縣人	143 首	蟻術詞選四卷
錢霖	不詳	松江，今上海人	3 首	無
錢應庚	不詳	松江，今上海人	6 首	無
顧阿瑛	1310～1369	崑山，今江蘇省崑山縣人	4 首	無
于立	不詳	南康，今江西省南康縣人	1 首	無
何可視	不詳	嘉興，今浙江省嘉興縣人	2 首	無
王禮	1314～1389	廬陵，今江西省吉安縣人	2 首	無
王逢	1319～1388	江陰，今江蘇省江陰縣人	1 首	無
陶宗儀	不詳	黃岩，今浙江省黃岩縣人	6 首	無
俞和	不詳	桐江，今浙江省桐廬縣人	1 首	無
凌雲翰	不詳	錢塘，今浙江省杭州市人	28 首	柘軒詞一卷
韓奕	不詳	平江，今江蘇省蘇州市人	29 首	韓山人詞一卷

當宋室遺民的哀歌剛剛消歇之時，至正十一年（1351）江南又處在了戰亂當中。生逢亂世，人心思變，正如《清閟閣集·原序》所言：「東吳當元季割據之時，智者獻其謀，勇者效其力，學者售其

能，惟恐其或後。」〔註 2〕然而，還有一些人「甘報清貞絕俗之態卒，闔其用其全身而不失其所守者，非篤於自信不能也。錫山倪雲林先生是焉。」〔註 3〕綜觀整個元代，我們看到出現了很多的隱士。對於元初隱士而言，他們的「隱」某種程度是在異族統治下的無奈退避；對於元代中期隱士而言，他們的「隱」是對自己生活方式的一種選擇；對於元末隱士而言，他們的「隱」則具有了更加複雜的含義。也許是對末世的絕望，也許是作為善待自己的一條途徑，也許是茫然中的守望……

吳鎮（1280～1354），字仲圭，自號梅花道人。嘉興（今屬浙江）人。工詩，善書畫。一生隱居未仕，被稱為「吳隱君」。他是元代有名的畫家、詩人，居室號「梅花庵」，自署「梅花庵主」。有《梅花道人詞》一卷。《全金元詞》收詞 31 首。其中，題畫詞 9 首，漁父詞 22 首。吳鎮作詞長於小令，而且將作畫之法融於詞中。就題畫詞而言，為了描寫家鄉的美景，他認真閱讀圖經，選取其中的八景，繪之成圖。並且以酒泉子為調，依次寫成空翠風煙、龍潭暮雲、鴛湖春曉、春波煙雨、月波秋霽、三閘奔湍、胥山松濤、武水幽瀾八詞。如《酒泉子‧龍潭暮雲》：

> 三塔龍潭，古龍祠下千年跡，幾番殘毀喜猶存。靜勝獨歸僧。　陰森一徑松陰直。樓閣層層耀金碧。祈豐禱旱最通靈。祠下暮雲生。

又《酒泉子‧鴛湖春曉》：

> 湖合鴛鴦，一道長虹橫跨水，涵波塔影見中流。終日射漁舟。　彩雲依傍真如墓。長水塔前有奇樹。雲峰古甓冷於秋。策杖幾經過。

> ……

這些詞清麗淡雅，給人一種超逸之美。然而，對吳鎮而言，他作

〔註 2〕〔元〕倪瓚：《清閟閣集‧原序》，《四庫全書》第 1220 冊，第 153 頁。

〔註 3〕〔元〕倪瓚：前引書，第 153 頁。

品中成就較高的應該是《漁父》詞。受他高超畫藝的影響，這些詞達
到了「詞中有畫」「畫中有詞」的境界。如：

　　　　紅葉村西夕照餘。黃蘆灘畔月痕初。輕撥棹，且歸與。
　掛起漁杆不釣魚。

　　這是一幅秋天黃昏的美景。當夕陽徐徐落下的同時，月亮開始慢
慢升起。勞累了一天的漁父，輕輕搖動著船槳，準備回家。整首詞呈
現出一種靜謐、和諧之美。沉雄《古今詞話》認為：「仲圭《漁父》
詞『紅葉村西日影餘。黃蘆灘畔月痕初。』為麞溪沈處士作也。元鎮
繪之為圖，詞亦淡潔。」〔註4〕

　　吳鎮還作《臨荊浩漁父圖》十八首，達到了同樣的藝術效果。如：

　　　　洞庭湖上晚風生。風觸湖心一葉橫。蘭棹穩，草衣輕。
　只釣鱸魚不釣名。

　　　　重整絲綸欲掉船。江頭新月正明圓。酒瓶倒，岸花懸。
　拋卻漁竿和月眠。

　　　　殘陽浦裏漾漁船。青草湖中欲暮天。看白鳥，下平川。
　點破瀟湘萬里煙。

　　　　……

　　王奕清在《歷代詞話》中認為：「吳仲圭工於畫，亦能小詞，嘗
題麞溪沈彥實處士畫冊云……。蓋《漁父》詞也。其品之高妙何減張
志和。」〔註5〕

　　終元一代隱逸之風的結果，是在元末南方詞壇形成了一個隱士
詞人群體。他們主要是：謝應芳、倪瓚、梁寅、舒頔、舒遜、華幼
武、邵亨貞、何可視、王逢、陶宗儀、俞和、凌雲翰和韓奕。儘管
他們都屬於「元末隱士詞人」這一範疇，但是又有著各自的特點，
大致又可以分為三個類別：純粹型隱士詞人、遺民型隱士詞人和學

〔註4〕〔清〕沉雄：《古今詞話・詞評》下卷。唐圭璋編：《詞話叢編》第一
　　　　冊，中華書局1986年版（以下所引此書皆同），第1021頁。
〔註5〕〔清〕王奕清：《歷代詞話》卷9。唐圭璋編：《詞話叢編》第二冊，
　　　　第1290頁。

官型隱士詞人。

（一）純粹型隱士詞人

就純粹型隱士詞人而言，他們在元末的身份是隱士，進入明朝以後依然是隱士。在朝代變更中，政治並沒有引起他們隱士身份的變化。謝應芳、華幼武、何可視、俞和和韓奕屬於這一範疇。其中，謝應芳是元末隱士詞人中年壽最高的一位，生於1296年，卒於1392年。據《列朝詩集小傳》記載：「應芳，字子蘭，武進人。耿介尙節義，作爲文章，咸有根柢。元末徙居吳之葑門，避兵吳淞江上。所至，人欽其德，延致恐後。築室松江之旁。年逾八十，歸隱衡山。自號龜巢老人，故以名其集。」〔註6〕

九十七年的人生歲月，不管時局如何變換，都沒有動搖龜巢老人隱居的決心。然而，對政治的漠然，並不代表他對社會現實的忽視。據《四庫全書》記載，應芳議論「皆有關於國計民生，人心風俗，非徒以筆墨爲物役者。」〔註7〕明程敏政稱其爲「布衣中奇士也」〔註8〕。所以，將謝應芳列入「純粹性隱士詞人第一人」亦無愧色。《彊村叢書》收錄《龜巢詞》一卷，補遺一卷，共58首。《全金元詞》收錄65首。其中，詠懷酬贈之作占到50首。另外，壽詞8首，題畫詞3首，賀詞3首，詠物詞1首。

謝應芳的詞在風格上淺近、通俗，如實地反映了元末動蕩的社會現實，如《驀山溪・遣悶，至正丙申作》：

> 無端湯武，弔伐功成了。賺盡幾英雄，動不動、東征西討。七篇書後，強辨竟無人，他兩個，至誠心，到底無分曉。　　骷髏滿地，天也還知道。誰解挽銀河，教淨洗、乾坤是好。山妻笑我，長夜飯牛歌，這一曲，少人聽，徒

〔註6〕　〔清〕錢謙益：《列朝詩集小傳》，上海古籍出版社1983年版，第102頁。

〔註7〕　〔元〕謝應芳：《龜巢稿》，《四庫全書》第1218冊，第4頁。

〔註8〕　〔明〕程敏政：《篁墩文集》卷36，《四庫全書》第1252冊，第631頁。

自傷懷抱。

又《風入松·關兵青龍，食蘿蔔有感》：

> 青龍地脈上酥香。崖玉似昆岡。可憐不入瑤池宴，到
> 冰壺、風味淒涼。忽憶故園時序，春盤春酒羔羊。青絲生
> 菜韭芽黃。　　銀縷染紅霜。桃花人面柔荑手，酒微酣、
> 象箸頻將。鼕鼓一聲驚散，六年地老天荒。

又《水調歌頭·中秋言懷》：

> 戰骨縞如雪，月色慘中秋。照我三千白髮，都是亂離
> 愁。猶喜淞江西畔，張緒門前楊柳，堪繫釣魚舟。有酒適
> 清興，何用上南樓。　　摜金甲，馳鐵馬，任封侯。青鞋
> 布襪，且將吾道付滄洲。老桂吹香未了，明月明年重看，
> 此曲為誰謳。長揖二三子，煩為覓菟裘。

「骷髏滿地」「四海煙塵」「戰骨縞如雪」便是對那場血腥戰爭的
生動再現。面對這種狀況，詞人發出了「幸年來、阮籍慣窮途、無心
哭」的哀歎。又《賀聖朝》詞：

> 吳淞舊雨相鄰住。喜復來今雨。那時因遇。十年艱險，
> 劍頭炊黍。　　如今相見，衰顏醉酒，似經霜紅樹。湖山
> 佳處。登高望遠，遍題詩去。

況周頤在《蕙風詞話》中評此詞：「龜巢老人詞《賀聖朝·和馬
公振留別》云：『如今相見，衰顏醉酒，似經霜紅樹。』衰老亂離之
感，言之蘊藉乃爾，令人消魂欲絕。」〔註9〕於是，詞人「把胸中
磊塊，時時澆酒，眼前光景，處處題詩。輕帽簪花，柔茵籍草，時
復尊前一笑嬉。沉酣後，任南山石爛，東海塵飛。」由此我們又看
到了詞人絕望後的一份曠達之情。當詞人感到自己無法改變社會現
實，追求簡單閒適的生活便成為他詞中的一個主題。如《沁園春·
自述》：

> 笠澤東頭，翠竹漁莊，滄洲釣船。看三江雪浪，煙波
> 如畫，一篷風月，隨處留連。巨□鱸魚，團臍螃蟹，坐飲

〔註9〕況周頤：《蕙風詞話》，人民文學出版社1960年版，第88頁。

蓬窗醉即眠。蒹葭畔，□不收笭箵，意若忘筌。　　向來
四海戈鋋。好戰艦都成赤壁煙。笑癡兒航海，空尋蓬島，
漁郎失路，漫說桃源。鷗社盟寒，歌聲斷續，煙水廖廖數
百年。玄眞子，有家傳舊曲，重扣吾舷。

又《沁園春‧壬寅歲旦，枕上述懷》：

　　四海煙塵，一棹風波，經行路難。幸兒孫滿眼，布帆
無恙，夫妻白首，青鏡猶團。笠澤西頭，碧山東畔，又與
梅花共歲寒。新年好，有茅柴村酒，薺菜春盤。　　旁人
莫笑儒酸。已爛熟思之不要官。任伏波強健，驅馳鞍馬，
磻溪遭遇，棄擲漁竿。霜滿朝靴，雷鳴衙鼓，何似農家睡
得安。閒亭裏，喚山童把盞，野老交歡。

　　在元末的戰亂中，詞人慶幸能夠與妻子白頭到老，兒孫繞膝，
過著恬淡的村居生活。對村居生活的讚美，在他的詞中反覆出現，
如「村居好。兔園遺稿。是我傳家寶」、「坐挹山光水色，茅柴酒、
傾倒瓠尊」、「每日春風池館，有竹林諸阮，醉袖聯翩」、「閒居好，
有溪篷釣具，林館書床」、「與山僧野老，交情淡淡，盤蔬盂飯，清
話朗朗」等等。另外，僅有的 3 首題畫詞和 1 首詠物詞由於作者易
代之際的身世遭際，也籠罩在改朝換代的濃濃愁緒當中。如《風入
松‧梅花》：

　　歲寒心事舊相知。相別去年時。如今重睹春風面，比
年時、消瘦些兒。天上玉堂何在，人間金鼎頻移。　　風
塵不染素羅衣。脈脈倚柴扉。桃根桃葉爭春媚，盡教他、
濃抹胭脂。老我揚州何遜，隴頭誰爲題詩。

又《高陽臺‧題張德機荊南精舍圖》：

　　陽羨溪山，輞川煙雨，隱然畫裏觀詩。芳草王孫，別
來幾度春歸。最憐屋壁藏蝌蚪，化劫灰、飛入昆池。好階
墀。書帶青青，竹雪霏霏。　　相逢共約歸期。待玄龜出
洛，朱鳳鳴岐。丘壑幽尋，正須重置荷衣。斬蛟射虎都休
問，有白鷗、堪與忘機。近西枝。移我龜巢，鄰爾漁磯。

謝應芳的詞平易、通俗，整體上有著明顯的曲化傾向，我們將在

後面的內容中論述。

韓奕，宋忠獻魏王琦的後代。「字公望，吳人。生於元文宗時。少目眚，筮得蒙卦，知目眊不可療，遂扁其室曰『蒙齋』。絕意仕進，與王賓友善，偕隱於醫。」〔註10〕《姑蘇志》也記載：「雖居廛市而樂事遊覽，放浪山水間。褐衣芒屨，一童自隨往來山僧野客家，累月不去。」〔註11〕入明，依然隱遁不仕，終於布衣。和王賓、王履齊名，被稱爲「吳中三高士」。《彊村叢書》輯《韓山人詞》一卷。《全金元詞》收錄 29 首。其中，詠懷酬贈之作 19 首，節令詞 3 首，閨怨詞 3 首，題畫詞 2 首，壽詞 2 首。

韓奕身處易代之際，有著與謝應芳同樣的傷感情懷。因而，他的詞哀婉、憂傷，有沉鬱之美。如《瑞龍吟·錢塘懷古》：

> 佳麗地。寂寞濤響空城，草深荒壘。龍飛鳳舞山神，宛然不復，當時王氣。西湖外，缺岸斷橋冷落，幾灣煙水。畫船總有笙歌，向甚處，有垂楊可繫。　遍野離離禾黍，月觀風亭，杳無遺址。惟有兩峰南北，在夕陽裏。因思當日，翠輦嘗南駐。二百年、生民同樂，楚中歌舞。一自重華去。算幾□曾經□瘦，不似如今最。遼鶴倘重歸，到東門市。怎知城郭，也應非故。

在這首詞中，作者通過錢塘的興亡變化，表達自己改朝換代時的滄桑之感。韓奕的《卜算子·雨中》則是對這種傷感情緒的肆意抒寫：

> 急霰打窗紗，正是愁時候。無奈愁多著酒消，反被愁消酒。　又滅又明燈，還短還長漏。爲問梅花有甚愁，也似愁人瘦。

韓奕在這首小令中，一共使用了五個「愁」字。貫穿整首詞的愁緒也成爲韓奕當時心情的眞實寫照。雖然韓奕在元末的戰亂中幸

〔註10〕〔清〕錢謙益：《列朝詩集小傳》，上海古籍出版社 1983 年版，第 100 頁。

〔註11〕〔明〕王鏊：《姑蘇志》卷 55，《四庫全書》第 493 冊，第 1047 頁。

存下來，但隨著舊友的離去，孤獨之感卻時時籠罩著他。如《卜算子·九日》：

> 白髮對黃花，又一番重九。相會年年少舊人，獨酌杯中酒。世短意恒多，此語君知否。莫問明年健似今，且折茱萸壽。

韓奕的送別詞同樣寫得淒婉動人，如《賀新郎·送別》：

> 煙雨楓橋路。算年來、幾番送別，故人千里。君亦當初緣底事，不念平生儔侶。容易把、幽歡間阻。歲晚卻思來訪舊，舊處亭館，廢垣荒圃。寒日照，殘桑梓。同遊似我今餘幾。且留戀、小窗清夜，挑燈疑語。身外事多何必問，□□□□□□。況鬢影、相看如許。秋草蕭蕭連茂苑，正堪愁、杜牧詩中意。誰畫在，行裝裏。

在韓奕的節序詞中，有一首描寫元宵的詞《女冠子·元夕》：

> 又元宵近。冷風寒雨成陣。春泥巷陌，悄無車馬，數碗殘燈，依稀相映。夜深光已暝。是處敗垣頹砌，熒熒青磷。但隆隆鼓，璁璁漏，打破一城荒靜。　　古來此地繁華盛。歌舞歡相競。何事如今，恁地都無些剩。空傳下幾句，舊腔新令。故老風流盡。漫唱西樓月轉，也無人聽。自剔殘紅炧，半窗梅影，伴人愁鬢。

同樣作為元末隱士詞人的華幼武也有一首描寫元宵的詞《滿庭芳·元宵和元翬見寄》：

> 萬井笙歌，滿城燈火，元宵預慶豐年。歡聲鼎沸，人氣結春煙。天外冰輪緩轉，畫樓上、玉漏遲傳。鰲山聳，香車寶馬，騰踏九重天。　　華堂深幾許，朱簾半揭，翠幕垂邊。似蓬萊宮闕，洞府真仙。醉倒歌裀舞褥，風流處、玉筍金蓮。爭知道，十年兵燹，把酒醉風前。

這兩首詞都描寫元宵，卻有不同的韻味。華幼武的元宵詞對街市的流光溢彩與熱鬧繁華進行了大力的鋪排與渲染，使閱讀者也沉浸其中。然而，「爭知道，十年兵燹，把酒醉風前」一句卻將人們帶

回現實當中。長達十年的殘酷戰爭已經麻痺了人們的神經，詞人對待元宵已經沒有了盛世時的美好心情，整首詞也營造出繁華過後只剩下一片淒涼的意境。

　　韓奕的元宵詞則採用寫實的手法進行描寫。當元宵節臨近的時候，凜冽的寒風伴著春日的雨刮過來，路上靜悄悄的，只有依稀的燈影相映。突然，隆隆的鼓聲打破了荒涼城市的寧靜。這樣一種景象，不由引發詞人的感歎：這座城市曾經是多麼繁華，而今卻什麼也沒有留下。雖然傳下幾句舊腔新令，但隨著故老的風流雲散，也沒有人能夠欣賞。百無聊賴中詞人自剔燈花，只有半窗的梅影伴著惆悵的身影。從這首詞的描述中，我們分明能感受到詞人的孤獨寂寞之情以及戰爭過後詞人內心深處的蕭瑟和悲涼。同時，在韓奕詞中，同樣存在明顯的曲化傾向，我們將在後文中論述。

　　華幼武（1307～1375），字彥清，號棲碧，無錫人。他是典型的孝子，幼年失去父親，母親含辛茹苦將其帶大。存詞僅 3 首，2 首酬和詞，1 首壽詞。李孝光曾做《春草謠為華彥清作》：

　　　　春草何離離，春陽何遲遲。萬物沐膏澤，百草獨光輝。
　　光輝被下土，天公本無私。男兒生身長，大賢知母恩。未
　　報何用兒，為何以報母。手中線冬溫，枕席夏揮扇。

　　何可視，字思明，自號爛柯樵者。嘉興（今屬浙江）人。元末隱居不仕，存詞 2 首，頗得宋詞遺韻，如《蝶戀花・送春》：

　　　　金井啼鴉深院曉。揚盡東風，柳絮吹難了。燕子多情
　　相識早。杏梁依舊雙雙到。　　一縷沉煙簾幕悄。滿眼飛
　　花，只覺人懷抱。十二玉樓春樹杪。天涯不斷青青草。

　　俞和，字子中，號紫芝逸民，桐江（今浙江省桐廬縣）人。寓居錢塘，終身未仕。據《峴泉集》記載，他是趙孟頫的弟子，「於晉唐諸書體悉通，凡所臨贋，去古人毫髮無異，遂名浙右。」〔註12〕其詞僅留下《滿江紅》一首，而且還不完整。

〔註12〕〔明〕張宇初：《峴泉集》卷 4，《四庫全書》第 1236 冊，第 473 頁。

（二）遺民型隱士詞人

就遺民型隱士詞人而言，他們在元末的身份是隱士或學官，入明之後遠離政治，繼續保持隱士身份，並且對故國表現出明顯的懷戀之情。倪瓚、舒頔和王逢屬於這一範疇。

倪瓚（1301～1374），字元鎮，號雲林，無錫人。「其先以貲雄一郡，元鎮不事生產，強學好修。所居有閣，名『清閟』，藏書數千卷，手自勘定。……至正初，天下無事，忽盡鬻其家產，得錢盡推與知舊，人皆竊笑。及兵興，富家盡被剽掠，元鎮扁舟箬笠，往來湖柳間，人始服其前識也。」〔註13〕存詞 17 首，他的創作成就雖不及邵亨貞，然可和謝應芳媲美。他在論畫竹時談到：「余之竹聊以寫胸中逸氣耳。」無疑，倪瓚將這種情懷同樣鎔鑄到詞的創作當中，他的詞同樣具有飄逸不俗之氣。如《江城子·感舊》：

> 窗前翠影濕芭蕉。雨瀟瀟。思無聊。夢入故園，山水碧迢迢。依舊當年行樂地，香徑杳，綠苔饒。　沉香火底坐吹簫。憶妖嬈。想風標。同步芙蓉，花畔赤闌橋。漁唱一聲驚夢覺，無覓處，不堪招。

又《江城子》：

> 滿城風雨近重陽。濕秋光。暗橫塘。蕭瑟汀蒲，岸柳送淒涼。親舊登高前日夢，松菊徑，也應荒。　堪將何物比愁長。綠泱泱。繞秋江。流到天涯，盤屈九迴腸。煙外青蘋飛白鳥，歸路阻，思微茫。

又《蝶戀花》：

> 夜永愁人偏起早。客鬢蕭蕭，鏡裏看枯槁。雨葉鋪庭風為掃。閉門寂寞生秋草。行路難行悲遠道。說著客行，真個令人惱。久客還家貧亦好。無家漫自傷懷抱。

聽著窗外雨打芭蕉的聲音，詞人百無聊賴，於是在不知不覺中睡去。睡夢中，詞人回到久別的故園。這裡山水依舊，充滿花香的

〔註13〕〔清〕錢謙益：《列朝詩集小傳》，上海古籍出版社 1983 年版，第 27～28 頁。

小路，綠色的苔蘚，吹著洞簫的少年，赤闌橋的芙蓉，一切是那麼
的美好。正在此時，漁翁的歌唱聲傳來。夢醒之時，一切化爲烏有。
《江城子》中「歸路阻，思微茫」的描述表明隨著時代的變遷，回
去的路已經被阻斷。據《清閟閣集》記載：「洪武七年，元鎮七十有
四，始還鄉里，寓其姻鄰惟高家，遂死。」〔註14〕經歷了亡國失家
之痛後的倪瓚，他的晚境是淒涼的。當戰亂結束，一切回歸平靜之
時，倪瓚已無法再找回從前的自己。《元詩史》曾經談到：

> 倪瓚沒有直接死於戰亂，是生活秩序的顛覆要了他的
> 命。他與許多同時代人不一樣，亂離災難沒有激發他的詩
> 情，他的畫是以枯木竹石的窄視野，屏蔽了冷峻的心境，
> 然而他的詩卻不敢面對失去精神家園的現實。〔註15〕

　　然而，我們看到，倪瓚的詞則爲我們展示了他失去精神家園後
的痛楚之情。他惟一的壽詞也具有畫的意境，如《太常引》：

> 柳陰濯足水侵磯。香度野薔薇。芳草綠萋萋。問何事、
> 王孫未歸。一壺濁酒，一聲清唱，簾幕燕雙飛。風暖試輕
> 衣。介眉壽、遙瞻翠微。

　　況周頤在《蕙風詞話》中評此詞：「壽詞如此著筆，脫然畦封，
方雅超逸，『壽』字只於結處一點，可以爲法。」〔註16〕《繪事備考》
也寫到，倪瓚「天資高妙，賦性孤介，於書無所不窺，然只得其梗。
既有潔疾，所居清閟閣中，几席圖書纖埃不染。即地平石砌，亦明
淨如拭。……善寫山水，尤長於林木竹石，清疏淡遠，風致絕倫。」
〔註17〕然而，超塵脫俗的個性並沒有拂去其作爲亡國之民的悲哀。
如《人月圓》二首：

> 傷心莫問前朝事，重上越王臺。鷓鴣啼處，東風草綠，
> 殘照花開。悵然孤嘯，青山故國，喬木蒼苔。當時明月，

〔註14〕〔元〕倪瓚：《倪雲林先生小傳》，《四庫全書》第 1220 冊《清閟閣
　　　　集》，第 326 頁。
〔註15〕楊鐮：《元詩史》，人民文學出版社 2003 年版，第 574 頁。
〔註16〕況周頤：《蕙風詞話》，人民文學出版社 1960 年版，第 86 頁。
〔註17〕〔清〕王毓賢：《繪事備考》卷 7，《四庫全書》第 826 冊，第 301 頁。

依然素影，何處飛來。

　　驚回一枕當年夢，漁唱起南津。畫屏雲嶂，池塘春草，
無限消魂。舊家應在，梧桐覆井，楊柳藏門。閒身空老，
孤篷聽雨，燈火江村。

「閒身空老，孤篷聽雨，燈火江村」的描述中，分明讓我們看到
了詞人自己——一位前朝遺老在孤獨中的吟嘯。離家漂泊的日子裏，
他對故園的情感也更爲濃烈。王奕清《歷代詞話》認爲第二首「詞意
高潔」〔註18〕。對於第一首，陳廷焯則認爲「風流悲壯，南宋諸鉅手
爲之，亦無以過，詞豈以時代限耶？」〔註19〕同時，從他的詞我們也
可以看到，儘管倪瓚自己沒有以「遺民」相標榜，但他對故國、故園
的情感是深厚眞摯的。因此，他不僅是元末的隱士，也可將他看作元
朝的遺民。

　　《全金元詞》收其詞17首，有《江南春詞》一卷，爲明沈周等
追和元倪瓚作也。《明詞彙刊》收錄浙江巡撫採進本《江南春詞》一
卷。

　　舒頔（1304～1377），字道原，績溪（今屬安徽）人。做過元朝
的「貴池教諭」，任滿調到丹徒。至正年間，轉爲台州路儒學正，由
於道路阻塞，沒有到任，一直隱居山中。明朝建立，朝廷幾次徵詔，
舒頔都以病拒絕。而且，還將自己的居所稱作「貞素齋」，這無疑表
明了他的政治態度。在他的文章中，也有讚頌明代功德的文章。從舒
頔身上，我們看到，和南宋遺民的孤介和忠憤比起來，此時的遺民更
爲客觀和理性，因而，他們也能更好的看待和處理自己與新朝的關
係。有《貞素齋集》八卷，詞存集中，《彊村叢書》輯爲《貞素齋詩
餘》一卷。《全金元詞》收錄19首。

　　舒頔通過他的詞不僅揭示出元末動蕩的社會現實，也表達出自

〔註18〕〔清〕王奕清等：《歷代詞話》卷9。唐圭璋編：《詞話叢編》第二冊，
　　　　第1290頁。
〔註19〕〔清〕陳廷焯：《白雨齋詞話》卷3，人民文學出版社1959年版，第
　　　　56頁。

己的憂慮之情。如《滿江紅》：

> 天也多情，巧幻出、天河寒水。多態度、悠悠揚揚，輕黏窗紙。萬里豈無祥瑞應，四方已在飢寒裏。把溪山、好處縱模糊，須臾耳。　　江海闊，風塵起。狐兔狡，鷹鸇恥。假蠻夷威柄，侵漁而已。諸老忠良皆柱石，九重仁聖眞天子。待明朝、晴霽看青山，清如洗。

又《水調歌頭·時楊溪避兵》：

> 飽來石上臥，醉向水邊吟。山靈不管閒事，容我盡登臨。山外猿啼鶴唳，世上虎爭狼鬥，此地白雲深。今古一抔土，天地亦何心。　　隔茅廬，塵萬丈，不相侵。林泉自有佳處，石溜假鳴琴。漢室煌煌大業，唐代昭昭正緒，此理細推尋。高詠出山去，草木亦知音。

同時，舒頓在詞中也反覆傳達出自己的隱居之志，如《風入松》：

> 故人情況近如何。應被酒消磨。醉來笑倚娉婷臥，傷心處、暗搵香羅。肱曲紅生玉筍，鬢偏翠卷新荷。　　薰風枕簟屆時和。著我醉□歌。襄陽舊事今安在，風流客、屈指無多。休說玉堂金馬，爭如雨笠煙蓑。

又《沁園春》：

> 多少閒情，桃源問蹊，柯山看棋。把杏花春雨，從頭吟了，木犀秋月，開戶邀之。氣卷風雲，眼空江海，萬古從前我已知。君休笑，任陳摶假睡，豫讓佯癡。　　風回太液清池，欲留住、東皇共笑嬉。想乾坤浩浩，誰曾整頓，干戈擾擾，孰問安危。籠絡人才，登崇祿秩，赤箭青芝敗鼓皮。都休問，看營巢燕子，哺乳鶯兒。

舒頓的詞大多平易樸實，然《風入松·雨後偶成》卻極爲細膩流轉，如：

> 紗窗過雨晚涼生。枕簟不勝清。冰肌玉骨元無汗，香風迴，深院語流鶯。翠幌光搖絳蠟，畫堂暖瀉銀瓶。　　玉箏牙板接新聲。雲髻寶釵橫。銀絲膾細紅鱸翠，揚州月，

照我醉吹笙。舊事十年猶記，壯懷此日堪驚。

通過舒頔的這些詞我們能夠瞭解元末的社會狀況。然而舒頔在遣詞造句上卻太顯隨意，口語、常語、俗語比比皆是，但是，他的詞對於我們認知元詞的特徵則有著重要的意義，我們將在後面的內容中論述。

舒遜，字士謙，號可齋。他是舒頔的弟弟，有《搜枯集》一卷，詞存集中，共 5 首。據《江南通志》記載：「舒遜，績溪人，工詩。洪武中，辟舉不就。」存詞僅 5 首。其中，3 首詠懷，2 首是壽詞。因此，不再詳述。

王逢，字原吉，江陰人。「至正中，作《河清頌》，臺臣薦之，稱疾辭。避亂於淞之青龍江，復徙上海之烏涇，築草堂以居，自號最閒園丁。張氏據吳，大府交辟，堅臥不就。洪武壬戌，以文學錄用，有司敦迫上道。子掖任通事司令，以父老，叩頭泣請，上命吏部符止之。戊辰歲，年七十，元旦自製塘銘，是歲卒。」〔註20〕有《梧溪詩集》七卷，存詞《如夢令》一首。

（三）學官型隱士詞人

就學官型隱士詞人而言，他們在元末的身份是隱士，入明之後，擔任過學官，但是更多時間隱居鄉里，教授學生，這並不影響我們對其隱士身份的認同。邵亨貞、凌雲翰、梁寅和陶宗儀屬於這一範疇。

凌雲翰，字彥翀，錢塘（今浙江省杭州市）人。元末授蘭亭書院山長，不赴。入明後做四川成都教授，貶謫南荒而卒。凌雲翰曾作梅詞《霜天曉角》、柳詞《柳梢青》各一百首，號「梅柳爭春」。《彊村叢書》輯《柷軒詞》一卷。《全金元詞》收錄 28 首。其中，詠懷酬贈之作 19 首，題畫詞 4 首，壽詞 3 首，詠物詞 2 首。

他的詞多表達隱居之樂和對桃園生活的追尋，偶而也有對故園

〔註20〕〔清〕錢謙益：《列朝詩集小傳》，上海古籍出版社 1983 年版，第 14 頁。

的思念之情。如《蘇武慢》：

> 芳草纖纖，遊絲冉冉，可愛地晴江碧。世事浮雲，人
> 生大夢，歧路漫悲南北。瀝酒春朝，步蟾秋夜，卻憶舊時
> 巾舄。問故園、何日歸與，松菊已非疇昔。　　誰似我、
> 十畝柔桑，千頭佳橘，飽看綠陰朱實。溉釜烹魚，飯疏飲
> 水，勝咀絳霞瓊液。鳥倦知還，水流不競，喬木且容休息。
> 喜閒來、事事從容，睡覺半窗晴日。

又《蝶戀花》：

> 過雨春波浮鴨綠。草閣三間，人住清溪曲。舊種小桃
> 多似竹。亂紅遮斷松邊屋。　　有客抱琴穿翠麓。隔水呼
> 舟，應是憐幽獨。歷歷武陵如在目。幾時同借仙源宿。

又《蘇武慢》：

> 醉裏閒吟，興來獨往，山靜悄無人語。兩岸桃花，一
> 溪春水，似憶仙源無路。花上鶯啼，雲閒犬吠，偶到洞仙
> 琳宇。便相留、閒話長生，嗟我委形非故。　　圖畫裏、
> 昔日天台，當年劉阮，此說荒唐無取。避世秦人，放舟漁
> 子，卻恐偶然相與。嶺日將沉，林風忽動，吹落半簾紅雨。
> 待少焉、月出東方，挂個瘦藤歸去。

又《蘇武慢》：

> 驢背馱詩，鴟夷盛酒，曉踏蘇堤殘雪。露闕雲門，璿
> 階玉宇，照耀日華光潔。見說孤山，猶存老樹，清興一時
> 超越。畫船歸、更有漁舟，此景頓成奇絕。還四顧、表裏
> 通明，高低一色，塵土不容毫髮。卻憶韓郎，花開頃刻，
> 誰得染根仙訣。雪後園林，天開圖畫，眼界迥然俱別。待
> 黃昏、約取林逋，湖上朗吟香月。

另外，題畫詞《滿江紅‧詠梨花鳥圖》含蓄雋永，是他詞中難得
的清麗之作：

> 誰寫瓊英，空驚訝、年華虛度。依約似、清明池館，
> 粉容遮路。蝴蝶又來叢裏鬧，鸕鷀還占枝頭語。向東闌、
> 惆悵幾回看。愁如許。　　疑有月，光搖樹。疑是雪，香

生處。自洗妝人去，淒涼非故。白髮館娃歌吹遠，青旗酒
舍詩吟古。記黃昏、燈暗掩重門，聽春雨。

凌雲翰在創作中多以口語、俗語入詞，因而像「不須分、天上人間，南北東西皆可」這樣的句子很多，我們將在詞的曲化部份論述。

據《西湖遊覽志餘》卷十二「才情雅致」篇記載：「楊復初築室南山，以村居為號。凌彥翀以《漁家傲》詞壽之云：『探芝步入南山道，山深宛似蓬萊島。聞說村居詩思好，還被惱，蒼苔滿地無人掃。載酒亭前松合抱，客來便許同傾倒。玉兔已將靈藥搗，秋意早，月華長似人難老。』復初和詞云：『當時承望求仙道，那知薄命如郊島。留得殘生猶自好，多懊惱，塵緣俗慮何時掃？子已成童無用抱，醉眠任使和衣倒。今歲砧聲秋未搗，涼氣早，看來只恐中年老。』」〔註21〕楊復初泰和人，河南中式益府伴讀。此詞在《全金元詞》中並未收入，可補為佚詞。

梁寅（1303～1389），字孟敬，新喻（今屬江西）人。元末辟為集慶路儒學訓導，後以親老辭，遂隱居。據《明史》記載：「太祖定四方，徵天下名儒修述禮樂。寅就徵，年六十餘矣。時以禮、律、制度、分為三局，寅在禮局中，討論精審，諸儒皆推服。書成，賜金幣。將授官，以老病辭還。結廬石門山，四方士多從學，稱為梁五經，又稱石門先生。」〔註22〕卒年八十有七。《全金元詞》收詞39首。他的詞多寫閒居的樂趣，如《玉蝴蝶·閒居》：

天付林塘幽趣，千章雲木，三徑風篁。雖道老來知足，也有難忘。旋移梅、要教當戶，新插柳、須使依牆。更論量。水田種秫，闢圃栽桑。　　荒涼。貧家有誰能顧，獨憐巢燕，肯戀茅堂。客到衡門，且留煮茗對焚香。看如今、蒼顏白髮，又怎稱、紫綬金章。太癡狂。人嘲我拙，我笑人忙。

〔註21〕〔明〕田汝成：《西湖遊覽志餘》卷12，上海古籍出版社1998年版，第182頁。
〔註22〕〔清〕張廷玉等：《明史》卷282，中華書局1974年版，第7226頁。

又《木蘭花慢·桃源》：

> 愛山中日月，春漸去，又還來。望水繞人家，雲生窗
> 戶，岫轉峰回。層層絳桃千樹，似丹霞、散綺映樓臺。世
> 上從教桑海，人間自有蓬萊。　　漁郎未必是仙才。偶而
> 到天台。喜相問相邀，山中穀簌，樹裏尊罍。何便尋歸路，
> 是風波險處未心灰。要似秦民深隱，桃花只好移栽。

然而，梁寅創作數量較多的是時序詞。他通過季節、時令的變
化表現出他在易代之際的心情和感受，如《金菊對芙蓉·秋思》：

> 玉刻奇峰，藍拖秀水，秋光渾似耶溪。渺蒼煙十里，
> 白鳥孤飛。恨無越女芙蓉豔，蘭舟小、桂棹輕移。西風殘
> 照，樵人漁子，結伴尤宜。　　無奈物理難齊。歎魚鰕苦
> 瘦，雁鶩多肥。望茫茫江海，今更何之。溪頭綠樹曾種，
> 耐寒暑、應笑人衰。青山千仞，白雲萬頃，須理荷衣。

又《玉蝴蝶·丙午元夕》

> 霽景煙霞五色，黃金柳嫩，碧玉桃開。再睹昇平氣象，
> 處處春回。且追隨、村歌里巷，休耽戀、綺席樓臺。獨徘
> 徊。人看月上，月趁人來。　　因懷。金陵舊曾遊玩，御
> 街燈火，遠照秦淮。勝友同歡，醉聽簫鼓鬧春雷。幾年間、
> 風馳雲往，千里外、水復山回。是仙才。飆輪許借，重訪
> 蓬萊。

「丙午元夕」即 1366 年，此時社會漸趨平穩，明朝的統一戰爭
已接近尾聲。經歷元末戰亂，再次看到社會出現昇平氣象，作者的
內心是喜悅的。然而在亂離歲月中，昔日朋友的流散也使作者倍感
孤獨，於是引發出對往日歲月的追懷和與友人重聚的渴望。

陶宗儀，字九成，號南村。黃岩（今屬浙江）人。據《明史》
記載：「浙帥泰不華南臺御史丑驢舉爲行人，又辟爲教官，皆不就。
張士誠據吳，署爲軍諮，亦不赴。洪武四年，詔徵天下儒士，六年
命有司舉人才皆及宗儀，引疾不赴。晚歲，有司聘爲教官，非其志
也。二十九年率諸生赴禮部試，讀大誥，賜鈔歸，久之卒。」〔註23〕

〔註23〕〔清〕張廷玉等：《明史》卷285，中華書局1974年版，第7325頁。

存詞 6 首，其中 3 首爲詠物詞，雖極力鋪排，卻不夠精工。如《一萼紅‧賦紅梅，次郭南湖韻》：

> 水雲鄉。又南枝逗暖，綽約漢宮妝。春豔濃分，朱鉛淺試，翠袖獨倚修篁。想應道東風料峭，翦霞彩，零亂補綃裳。勾漏尊眞，丹丘授訣，傲睨冰霜。　　畢竟孤標還在，縱天桃繁杏，難侶寒香。瑪瑙坡頭，珊瑚樹底，江南別是春光。且莫倚、高樓玉管，怕輕盈飛處誤劉郎。依舊小窗疏影，淡月黃昏。

《月下笛‧賦落梅》又流於口語化：

> 東閣詩慳，西湖夢殘，好音難託。香消玉削。早孤標頓非昨。阿誰底事頻橫笛，不道是、江南搖落。向空階閒砌，天寒日暮，病鶴輕啄。　　情薄。東風惡。試快覓飛瓊，共翔寥廓。冰魂漠漠，謾憐金谷離索。有時巧綴雙蛾綠，天做就、宮妝綽約。待一點脆圓成，須信和羹開卻。

邵亨貞（1309～1401），字復孺，號貞溪（或清溪）。祖籍淳安（今屬浙江），徙居華亭（今屬上海）。「博通經史，贍於文詞，工篆隸。與王原吉、申屠仲權、郏忠義交。常爲陶九成作《南村草堂記》，洪武戊午歲也。」[註24] 入明，邵亨貞爲「松江府學訓導」，卒年九十三，有《蟻術詞選》四卷。《全金元詞》收錄 143 首。其中，題畫詞 5 首、詠物詞 11 首、擬古詞 17 首、節序詞 18 首、詠懷詞 40 首、酬贈詞 52 首。他寫美人眉目的兩首詠物詞得到後世的不斷推舉。現錄《沁園春》如下：

> 巧鬥彎環，纖凝嫵媚，明妝未收。似江亭曉玩，遙山拂翠，宮簾暮卷，新月橫鈎。掃黛嫌濃，塗鉛訝淺，能畫張郎不自由。傷春倦，爲皺多無力，翻作嬌羞。　　塡來不滿橫秋。料著的人間多少愁。記魚箋緘啓，背人偷斂，雁鈿膠並，運指輕揉。有喜先占，長顰難效，柳葉輕黃今在否。雙尖鎖，試臨鸞一展，依舊風流。——眉

〔註24〕〔清〕錢謙益：《列朝詩集小傳》，上海古籍出版社 1983 年版，第 103 頁。

漆點塡眶，鳳梢侵鬢，天然俊生。記隔花瞥見，疏星
炯炯，倚闌延佇，止水盈盈。端正窺簾，瞢騰憑枕，睥睨
檀郎長是青。銷凝久，待嫣然一顧，密意將成。　　困酣
時倚銀屏。強臨鏡接抄猶未醒。憶帳中親睹，似嫌羅密，
尊前斜注，翻怕燈明。醉後看承，歌時鬥弄，幾度孜孜頻
送情。難忘處，是香羅揾透，別淚雙零。——目

陶宗儀在《輟耕錄》中贊道：「宋劉改之先生過詞，贍逸有思致，
賦《沁園春》二首以詠美人之指甲與足者，尤纖麗可愛。……近邵
青溪亨貞嗣其體調以詠眉目，眞雋永有味。……」〔註25〕清代沉雄
認爲其「一賦美人眉，一賦美人目，新豔入情，世所傳誦。」〔註26〕
許昂霄在《詞綜偶評》中歎道：「此二首與劉改之兩闋俱工麗可喜。
似此描寫，亦何妨爲大雅罪人。」〔註27〕葉申薌《本事詞》認爲：「似
此體物工雅，應不讓龍洲獨步矣。」〔註28〕這種群體性對《沁園春》
的抬高，無疑使人們過多地去關注邵亨貞的詠物詞，從而忽略了他
的其他作品。吳梅先生在《詞學通論》中也談到：「復孺以眉目〔沁
園春〕二詞，得盛名於時，實是側豔語，不足見復孺之眞面也。其
自序云：『龍洲先生以此詞詠指甲小腳，爲絕代膾炙。繼其後者，獨
未之見。』是復孺僅學龍洲耳。不知龍洲二詞，亦非劉改之最得意
作，而世顧盛推之。世人遂以二詞概復孺，亦可謂不知復孺者矣。」
〔註29〕由此可見，這兩首詞並不能代表邵亨貞的主要詞學成就。

在邵亨貞詞作中，最能代表他詞學成就的當屬節序詞和詠懷酬
贈詞。較之他的詠物詞，這些詞更爲眞摯與靈動，更能體會其「詞

〔註25〕〔元〕陶宗儀：《南村輟耕錄》，中華書局1959年版，第183頁。
〔註26〕〔清〕沉雄：《古今詞話・詞評》下卷。唐圭璋編：《詞話叢編》第
　　　　一冊，第1022頁。
〔註27〕〔清〕許昂霄：《詞綜偶評》。唐圭璋編：《詞話叢編》第二冊，第1570
　　　　頁。
〔註28〕〔清〕葉申薌：《本事詞》卷下。唐圭璋編：《詞話叢編》第三冊，
　　　　第2379～2380頁。
〔註29〕吳梅：《詞學通論》，華東師範大學出版社1996年版，第137～138
　　　　頁。

心」。從筆記和史料的記載中，我們看到宋代人越來越注重各種節令，而且將節令寫入詞中。到元初，這些節令更是成爲遺民抒寫故國之思和亡國之恨的載體，邵亨貞也創作了大量的節序詞。儘管不願入仕元朝，但是元朝滅亡之後，詞人又產生了南宋遺民式的落寞與悲涼。通過這些節序詞，我們能夠更深刻體會邵亨貞的內心世界。由此，一個試圖掙扎羅網又不斷深陷其中的古代儒士形象便躍然紙上。

在邵亨貞的節序詞中，寫到了除夕、元日、元宵、寒食、清明、七夕，中秋和重陽等節日。而在這些詞中，邵亨貞基本上都寫了詞序，並且運用了天干地支紀年，這相當於爲我們列出了一個明晰的時間表，從而有助於我們對詞作的理解。如《江月晃重山》：

> 梅萼香融霽雪，簷牙暖溜懸冰。出林幽鳥動春聲。元宵近，愁裏夢還驚。　　村巷依然素月，寒窗只是青燈。難尋遺老問承平。南朝事，千古獨傷情。

又《戀繡衾》：

> 重逢元夜心暗驚。憶當年、諸老放晴。對芳景、張燈火，畫堂深、簫鼓到明。　　烏衣巷口東風在，甚而今、春草亂生。試點檢、繁華夢，有梅花、曾見太平。

又《水龍吟》：

> 兵餘重見元宵，淺寒收雨東風起。城門傍晚，金吾傳令、遍張燈市。報導而今，依然放夜，縱人遊戲。望悄悄巷陌，星毬散亂，經行處、無歌吹。　　太守傳呼迢遞，漫留連、通宵沉醉。香車寶馬，火蛾蟲繭，是誰能記。猶有兒童，等閒來問，承平遺事。奈無情野老，聞燈懶看，閉門尋睡。

又《虞美人》：

> 客窗深閉逢三五。不恨無歌舞。天時人事總淒然。只有隔窗明月似當年。　　老夫分外情懷惡。無意尋行樂。眼前處景是愁端。留得歲寒生計在蒲團。

又《虞美人》：

無情世事催人老。不覺風光好。江南無處不蕭條。何
處笙歌燈火作元宵。　　承平父老頭顱改。就裏襟懷在。
相逢不忍更論心。只向路旁握手共沉吟。

《江月晃重山》寫於「辛丑上元前一夕」，《戀繡衾》寫於「至
正辛丑上元日」。辛丑年為 1361 年，即至正二十一年。據《元史》
記載，這一年，陳友諒由江州退都武昌，俞寶、楊誠等人也都投降。
由此可見，陳友諒等人大勢已去，能夠牽制朱元璋的勁敵已不存在，
元王朝已危在旦夕。作者在詞中沒有直接寫當時的社會現實，而是
將正月十四和十五這兩天的心情攝入詞中。積雪消融，一陣陣梅花
的香味撲鼻而來，從山林中飛出的鳥兒帶來了春天的聲音。元宵節
就要臨近。晚上，一輪淡淡的月光照在村子裏，寒窗中的青燈映著
這位孤獨的老人，然而，「難尋遺老問承平」中的「傷情」和今昔對
照中的「春草亂生」，分明傳達處詞人處在亂世中的悲涼心情。

《水龍吟》作於「戊申燈夕」，戊申年為 1368 年。這一年的正
月初四，朱元璋即皇帝位，定國號大明，建元洪武。所以，隨後的
元宵節當普天同慶。這首詞也記錄下邵亨貞入明後的第一個元宵
節。明王朝取消了元朝對元宵節的種種限制，恢復了宋朝元宵的熱
鬧與繁華。人們在這一天又可以通宵沉醉，盡情遊戲。面對此情此
景，作為漢人的詞人應該是快樂的，此時，一些好奇的兒童也向他
打聽元朝的遺事。然而詞人則以「奈無情野老，聞燈懶看，閉門尋
睡」作結，改朝換代和漢人重新奪回政權並沒有在詞人心中掀起太
大的波瀾。

《虞美人》二首寫於「壬子歲元夕」，即 1372 年，洪武五年。
這兩首詞則是對《水龍吟》的進一步昇華。一個新的王朝建立了，
百廢待興。然而，在詞人心中更多的是悲苦之情，「天時人事總凄然」
「無意尋歡樂」「江南無處不蕭條」「眼前處景是愁端」「不覺風光
好」。對於新的朝代，詞人沒有歡欣雀躍，有的只是「只向路旁握手

共沉吟」的悲歡。

　　通過詞人的詞序，我們將其元宵詞按時間順序進行了排列，詞人在不同時期的心情也便顯現出來。邵亨貞秉承父親的囑託，沒有出仕元朝。並且作為南宋遺民後代的邵亨貞也自覺地與政治保持著距離。在明取代元之後，邵亨貞做了松江府學訓導。表面看來，在漢人重新奪回政權之時，邵亨貞釋然了。然而通過他的詞我們看到，他不僅沒有釋然，內心深處反而多了一份南宋遺民式的落寞與悲涼，最後還是選擇一種退隱的生活。時代似乎和邵亨貞開了個不小的玩笑，他又回到了父親曾經站在的點上，與他父親不同的是，成長於元代文化大背景下的邵亨貞，比他父親多了一份通達。邵亨貞不能算是元朝的真正遺民，但在內心深處始終是一位「隱士」。

　　邵亨貞寫寒食節的《六州歌頭》，清明節的《齊天樂》，除夕的《江城梅花引》以及其他節序詞都是很好的作品。如《六州歌頭》：

　　　劉郎老去，孤負幾東風。思前度，玄都觀，舊遊蹤。怕重逢。新種桃千樹，花如錦，應笑我容顏改，渾不比、向時紅。　　我亦無情久矣，繁華夢、過眼成空。縱而今再見，何似錦城中。往事匆匆。任萍蓬。　　憶歡娛地，經行處，秦樓畔，灞橋東。春冉冉，花可可，霧濛濛。水溶溶。幾度題歌扇，歌醉帽，繞芳叢。　　時序改，人面隔，鬢霜濃。別有武陵溪上，秦人在、仙路猶通。待前村浪暖，鼓楫問漁翁。此興誰同。

又《齊天樂》：

　　　離歌一曲江南暮，依稀灞橋回首。立馬東風，送人南浦，認得當年楊柳。梨花過後。悄不見鄰牆，弄梅纖手。綺陌東頭，個人還似舊時否。　　相如近來病久。縱腰圍暗減，猶未全瘦。宿酒昏燈，重門夜雨，寒食清明依舊。新愁漫有。第一是傷心，粉銷紅溜。待約明朝，問舟官渡口。

　　此外，邵亨貞詩作中詠懷酬贈之作占到其作品的三分之二，同

他的詞作相比，「他的詩幾乎很少涉及元明易代時的長期戰亂，主要是應酬之作，多見與錢惟善、楊維楨、曹知白、錢南金、朱德潤、成廷珪等人唱和。重複的詞句、意思、結構，比比皆是。」〔註30〕在他的詞作中，酬贈之作也很多，然而，創作者用詩言志用詞言情的傳統觀念，使我們透過其詞，可以看到邵亨貞真實的內心世界。如《阮郎歸》：

> 茂陵多病不勝秋。多情還倚樓。隔江何處泊離舟。有人歌遠遊。清興在，此生浮。老來長是愁。西風吹拂白蘋洲。舊鷗今在不。

又《渡江雲》：

> 朔風吹破帽，江空歲晚，客路正冰霜。暮鴉歸未了，指點旗亭，弭棹宿河梁。荒煙亂草，試小立、目送斜陽、尋舊遊、恍然如夢，展轉意難忘。　　堪傷。山陽夜笛，水面琵琶，記當年曾賞。嗟老來、風埃憔悴，身世微茫。今宵到此知何處，對冷月、清興猶狂。愁未了，一聲漁笛滄浪。

這兩首詞，可以說是邵亨貞對自己一生的總結，「清興在，此生浮。老來長是愁。」「嗟老來、風埃憔悴，身世微茫。今宵到此知何處，對冷月、清興猶狂。愁未了，一聲漁笛滄浪。」如果以 1351 年紅巾軍起義為界，將其一生分為兩段的話，他四十三歲前的生活還算平靜愜意，而後五十年則是在戰爭、逃亡以及內心的煎熬中度過的。「朔風吹破帽」的自畫像，使我們不由想到這位老人在六十歲時沖寒冒雪，前往金陵解救自己獄中的兒子；在六十八歲的時候，去澄江接回自己寡居無後的女兒。這位長壽的老人在晚年不僅遭遇了戰爭，而且忍受了常人無法想像的痛苦和煎熬。於是，詞人通過這樣一種方式去消解內心的痛苦：「故人重見幾星霜。鬢蒼蒼。視茫茫。把酒歔欷，唯有歎興亡。須信百年俱是夢，天地闊，且徜徉。」從這裡，我們又看到老人內心深處的一份豁達。

〔註30〕楊鐮：《元詩史》，人民文學出版社 2003 年版，第 582 頁。

　　邵亨貞的酬贈詞寫來感情深摯，他與錢南金的次韻唱和之作讀來情致綿長。在 92 首詠懷酬贈詞中，數量占到了近四分之一。錢南金即錢應庚，錢霖之弟。如《西江月》：

　　　　故舊今成二老，歡遊長記當時。山中吟屐夢中詩。多少晉人風致。　　但得諸郎俊拔，不嫌我輩衰遲。殘年飽飯話心期。如此差強人意。

　　在錢南金逝世之後，邵亨貞寫下了《追悼南金錢文學二十韻》。從「夜語巴山話，陽春郢上吟。對棋忘寢息，沽酒喚登臨」「風塵多契闊，鄉井共浮塵」的描述當中，我們看到他在老友亡逝後的沉痛心情。在《春草碧》一詞詞序中，邵亨貞寫到：「南金契兄始訂交時，與僕俱未弱冠，今乃百年過半矣。暮景相從之樂，世故牽掣，迨今未遂。兵後避地溪濱，復得旦暮握手，慨前跡之易陳，預後期之可擬，不能已於言也。」

　　最後，略談一下他的擬古詞和題畫詞。擬古詞有《擬古十首》、《河傳》三首、《昭君怨》一首，《花間訴衷情》擬古三首。在這 17首擬古詞中，作者分別模仿了「花間派」、周邦彥、陳與義、姜夔、史達祖、辛棄疾，元好問和劉過等人的創作風格。尤其是《鵲橋仙・擬稼軒》一首頗得稼軒神韻：

　　　　殘陽隴樹，寒煙塞草，戲馬臺前秋老。黃河日日水東流，斷送卻、英雄多少。　　西秦笳鼓，東山寄傲。萬事付之一笑。閒來繫馬讀殘碑，又目斷、江南飛鳥。

　　殘陽照在西秦的土地上，一聲聲笳鼓傳來，使人頓時有滄桑沉鬱之感，此詞可謂邵亨貞擬作中的佳作。他的擬作中也有不盡如人意的地方，有些詞中出現了口語化和散曲化傾向，如《河傳・擬花間》一首。同時，對花間派進行模仿，但缺少了花間詞的綺麗和穠豔。吳梅先生在《詞學通論》中談到：「其詞如擬古十首，凡清真、白石、梅溪、稼軒，學之靡不神似，即此可見詞學之深。」〔註31〕

────────────

〔註31〕吳梅：《詞學通論》，華東師範大學出版社 1996 年版，第 138 頁。

對於這一點，邵亨貞在《擬古十首》中也談到：「因悟古人作長短句，若慢則音節奇概，人各不類，往往自成一家。至於令則律調步武句語，若無大相違者，閒有奇語，不過命以新意，亦未見其各成一家也。所以令之擬爲尤難，強欲逼眞，不無蹈襲，稍涉己見，輒復違背。」

另外，邵亨貞還留下五首題畫詞，其中《菩薩蠻・蘇小小像》可爲佳作，其餘幾首藝術價值不是太高。

> 錢塘回首春狼藉。湖山依舊橫金碧。何處是兒家。粉牆楊柳斜。佳期難暗卜。檀板傳心曲。隨意帶宜男。就中應未堪。

邵亨貞的詞作鎔鑄了他近一個世紀的經歷和情感，他的詞不僅是他心情的抒寫，同時也是那段歷史帶給他的思考和感悟。因此，在讀他詞作的過程中，我們對元明之際的那段歷史也有了更深入的瞭解和體悟。四庫館臣在《野處集》提要中寫到：「亨貞終於儒官，足跡又不出鄉里，故無雄篇巨製以發其奇氣。而文章大致清利，步伐井然，猶能守先正遺矩者。案陶宗儀《南村輟耕錄》載，亨貞所作詠眉目〔沁園春〕詞二首，雋永清麗，頗得倚聲三昧，蓋所長尤在於此。惜詞選已佚，今不可得而見矣。」〔註32〕由此可見，四庫館臣對邵亨貞的詞學成就是肯定的，但是只注意到他的詠物詞，這是在今天的研究中需要給以糾正和補充的。

從邵亨貞的詞，我們也能看到他在進行不同的風格嘗試。然而，生長於江南，又沉浸於姜夔、張炎風雅詞風佔據主導的時代氛圍中，他的詞也具有了清空騷雅之氣。如《掃花遊》：

> 柳花巷陌，悄不見銅馳，採香芳侶。畫樓在否。幾東風怨笛，憑闌日暮。一片閒情，尚繞斜陽錦樹。黯無語。記花外馬嘶，曾送人去。　　風景長暗度。奈好夢微茫，豔懷清苦。後期已誤。剪燭花，未卜故人來處。水驛相逢，

〔註32〕〔元〕邵亨貞：《野處集》，《四庫全書》第1215冊，第185～186頁。

待說當年恨賦。寄愁與。鳳城東、舊時行旅。

《掃花遊》一詞，詞風接近周邦彥，吸收其儒雅含蓄的風格特徵，又不失之衰遲頹放。黃兆漢先生在《金元詞史》中也發出了這樣的感歎：「真不愧為元代的一大作手！元末詞家之中，能夠上追南宋的，除復孺之外，可說是無第二人了。而仇山村、張蛻岩與復孺實為元詞的主流，元詞之所以還能繼續南宋的詞統，他們三人實有著不可或缺的重要性。」〔註33〕吳梅先生在《詞學通論》中也談到：「及邵復孺出，合白石、玉田之長，寄煙柳斜陽之感，其《掃花遊》、《蘭陵王》諸作，尤近夢窗。殿步一朝，良無愧怍。」〔註34〕由此可見，儘管邵亨貞進行了不同的嘗試，但他依然是在南宋詞風的影響下進行創作，並且取得不俗的成績。陳匪石在《聲執》卷下中這樣評價元代詞人：

> 其確為元人者，只劉藏春、許魯齋兩家，餘皆南宋遺民。其詞皆樊榭所謂淒惻傷感，不忘故國者。是名雖屬元，實乃南宋餘韻。蓋草窗、碧山、玉田、山村之所倡導，如張翥、張雨、邵亨貞等，皆屬此派。在元代詞學為南方之一流別，與北人平博疏快者迥乎不同。〔註35〕

此種評價可謂切中肯綮，在元初，南宋詞風在周密、張炎、仇遠等人的倡導下繼續向前發展，而張翥、張雨、邵亨貞則成為這條鏈條上的重要一環。同時，邵亨貞和謝應芳、倪瓚、梁寅、舒頔、舒遜、華幼武、邵亨貞、王逢、陶宗儀、俞和、凌雲翰、韓奕形成了一個龐大的元末隱士詞人群體。而且，他們也成為元末詞壇的主要創作者。

元末隱士詞人，就其詞作的思想內容而言，以日常生活中的所遇所感和四時物象的變化為書寫對象，小到朋友家人的生日，大到戰爭中的流徙奔走，從而表達出他們對往昔歲月的追懷和對隱居生活的嚮往。比如梁寅在《綺羅香·天台》中寫道：「歡多少樂極生悲，

〔註33〕黃兆漢：《金元詞史》，臺灣學生書局1992年版，第268頁。
〔註34〕吳梅：《詞學通論》，華東師範大學出版社1996年版，第124頁。
〔註35〕陳匪石：《聲執》。唐圭璋編：《詞話叢編》第五冊，第4961頁。

落花思故樹。」這首詞以花寫人，通過落花對樹的思念，表達詞人對故國的思念之情。在純粹型隱士詞人和遺民型隱士詞人詞中，這樣的句子更是比比皆是。對桃源的追尋也是他們所要表現的重要主題，如梁寅就有《木蘭花慢·桃源》，陶宗儀在《南浦》題序中寫道：「春時桃花盛開，雞犬之聲相聞，殊有武陵風概，隱者停雲子居焉。一舟曰水光山色，時放乎中流，或投竿，或彈琴，或呼酒獨酌，或哦詠陶謝韋柳詩，殆將與功名相忘。」這不僅是陶宗儀自己的桃源理想，也是元末隱士詞人共同追尋的精神家園。

　　然而，這三類詞人在書寫改朝換代的心境時，仍然有許多的不同。透過純粹型隱士詞人和遺民型隱士詞人的詞，我們更多看到的是他們經歷巨變之後的落寞與悲涼。學官型隱士詞人除邵亨貞外，則表現的更為達觀。如陶宗儀的《念奴嬌·九日有感，次友人韻》：

　　　　黃花白髮，又匆匆佳節，感今懷昔。雨覆雲翻無限態，故國寒煙榛棘。杜老飄零，沈郎瘦損，此意天應識。劃然長嘯，不知身是孤客。　　呼酒漫祓清愁，玉奴頻勸，兩臉添春色。眼底平生空四海，倦拂紅塵風幘。戲馬荒臺，龍山人老，往事休追憶。山林無恙，也須容我高屐。

又梁寅的《金縷曲·泊南浦》：

　　　　南浦歸帆暮。喜重看、螺江煙柳，鶴汀雲樹。畫棟朱簾歌舞地，風景已非前度。只浩蕩、江濤如故。相望飛樓鵬翅展，羨雄城、防衛多貔虎。又喜免亂離苦。　　舊時猶記登臨處。共詩朋、賦友同歡，詠今懷古。兩鬢星星今老矣，卻似荼蘼孤注。歎桃李、不知春去。獨有洪崖青不改，似於人、戀戀能相顧。招我隱，有佳趣。

　　讀陶宗儀的詞，我們能感受到詞人歷經磨難後的那份曠達和超然。重陽佳節，詞人看著自己滿頭的白髮，不禁引發出無限的感慨。飄零的身世，逝去的故國，自己惟有用酒來消除心中的惆悵。「戲馬荒臺，龍山人老，往事休追憶」是詞人在朝代更替後的心理調整。「山林無恙，也須容我高屐」一句則道出了詞人暢遊山水的人生追求。

梁寅在詞中也表達了同樣的情懷，「又喜免亂離苦」，「招我隱，有佳趣」。相對於遺民型隱士詞人而言，學官型隱士詞人在改朝換代之際，更爲客觀和理性。在他們詞中既表達出對往昔的思念，更表達出對自己未來人生的思考。而讀純粹型隱士詞人和遺民型隱士詞人的詞，我們感受的卻是故國已遠的濃濃感傷之情。

從他們身上，我們能夠看到這樣一個共同特徵：隱居是他們共同的生活態度，對於新朝的建立，他們並沒有持特別排斥的態度。元末的隱居生涯決定了他們不會把入仕新朝作爲獲取榮華富貴的手段，但是，他們卻有著讀書人共有的文化承擔精神。當天下紛爭之時，他們以隱居的方式尋求內心的平靜，而在國家歸於一統時，他們希望文化的傳承與延續，這也是他們在新朝能夠做學官和參與修史的重要原因。因爲，像元初的元好問一樣，他們把這些看成了讀書人應該肩負起的責任。因此，做學官、參與修史和帶領學生參加新朝的科舉考試，並不會影響我們對其元末隱士身份的質疑。

顧瑛（1310～1369），字仲瑛，一名德輝，號金粟道人。崑山（今屬江蘇）人。築玉山草堂與友人唱和。存詞4首。據王奕清《歷代詞話》卷九引《古今詞話》，他的《蝶戀花》「一時爭傳唱之」。（《詞話叢編》第二冊1291頁）

> 春江暖漲桃花水。畫舫珠簾，載酒東風裏。四面青山青似洗。白雲不斷山中起。　　過眼韶華渾有幾。玉手佳人，笑把琵琶理。枉殺雲臺標外史。斷腸只合江州死。

但是，他的詞仍然有著明顯的曲化傾向，如《青玉案》一詞：

> 春寒側側春陰薄。整半月，春蕭索。旭日朝來升屋角。樹頭幽鳥，對調新語，語罷雙飛卻。　　紅入花腮青入萼。盡不爽花期約。可恨狂風空做惡。曉來一陣，晚來一陣，難道都吹落。

陳廷焯《詞則·別調集》認爲這首詞「有勁直之氣，可藥元末纖弱一派」〔註36〕。如此評價稍嫌太高，整首詞口語化色彩較爲濃厚，

〔註36〕〔清〕陳廷焯：《詞則》，上海古籍出版社1984年版，第670頁。

太過直白。況周頤《蕙風詞話》卷三認為：「顧仲瑛《青玉案》過拍
云：『晴日朝來升屋角。樹頭幽鳥，對調新語，語罷雙飛卻』，眼前景
物，涉筆成趣，猶在宋人範圍之中。歇拍『可恨狂風空做惡。曉來一
陣，晚來一陣，難道都吹落。』云云，即墮元詞藩籬。再稍纖弱，即
成曲矣。」〔註37〕

就元末詩壇而言，出現了以楊維楨和顧瑛為首的詩壇活動群體。
而且，他們之間的詩歌酬唱活動頻繁舉行。就這一時期的詞而言，則
依附在他們的詩歌創作之下。因此，要談元末隱士詞人，也應考察他
們的詩歌創作以及他們在詩壇的活動。

楊維楨是元末南方文壇領袖式的人物，倪瓚、王逢則為鐵崖詩
派的主要成員，梁寅也作古樂府 26 首。據《清閟閣集·附王梧溪
跋》記載：「予謝病將還鄉，蠆道謁梁侍郎顧先生祠，就宿寶雲禪
舍。……明日過仲冕，見先友倪幼霞畫，且獲觀王容溪、張貞居二
公詩詞。」〔註38〕由此看來，王逢和顧瑛、倪瓚均為朋友。

韓奕為楊維楨的學生，據《東維子集·送韓奕遊吳興序》所言：
「同里生韓奕從余受《詩》、《春秋》，學行日修，才日茂。其為文如
雲興鳥仙，未見其止也。」〔註39〕在倪瓚去世之後，韓奕寫下了《題
云林墓》一詩：「一隴與田平，青青薺麥生。耕犁他日慮，掛劍故人
情。詩畫名空在，山林夢亦清。不堪寒食節，落日杜鵑生。」

華幼武與倪瓚也有著深厚的友情，有《訪雲林留隱》一詩為證：
「軒窗玉潔無塵跡，梧竹風高夏日清。池上綠陰分野色，花間黃鳥
帶春聲。移尊近水延餘醉，寫畫留人欵別情。一出山莊路何限，客
衣慈母意難平。」謝應芳也有《寄倪元鎮》一首：「詩中有畫畫中詩，
輞川先生伯仲之。襟懷不著一事惱，姓名只恐多人知。竹擇裁冠晨

〔註37〕況周頤：《蕙風詞話》，人民文學出版社 1960 年版，第 86 頁。
〔註38〕〔元〕倪瓚：《清閟閣全集》卷 9，《四庫全書》第 1220 冊，第 302
　　　　頁。
〔註39〕〔元〕楊維楨：《東維子集》卷 8，《四庫全書》第 1221 冊，第 450
　　　　頁。

沐髮，蓮蓬洗硯臨晚池。數年同飲吳江水，明月清風有所思。」謝應芳也曾參加顧瑛玉山草堂的詩酒觴詠之會。顧瑛在臨死前曾致書詩友謝應芳：「首敘別懷，次言羈況，驚虞憂患，靡不詳悉。所云舊疾新愈，惟手顫未能作字。」在得知顧瑛去世的噩耗後，謝應芳立即寫了《祭顧仲瑛》詩。從《草堂雅集》收錄《華彥清登常州玄妙閣有詩因同韻》一詩可知，華幼武也曾參加顧瑛的詩酒觴詠之會。

由此可見，元末隱士詞人就是活躍在楊維楨和顧瑛身邊的一群文人。在元末的動亂社會中，他們始終保持自己的個性色彩。當他們看到自己的政治抱負無法實現的時候，他們將熱情投入到山水、交遊和詩詞書畫當中，從而成就了他們不俗的人生。儘管他們對於詞的創作，相對於詩的創作要少得多，仍然取得了較高的藝術成就。

當元末隱士詞人群體活躍於元代文壇之時，作為「元代詞宗」的張翥由於年齡的原因，基本上已很少進行詞學活動。而在元末隱士詞人群體當中，就詞的創作成就而言，邵亨貞無論從詞的數量以及質量來說都可謂元末隱士詞人之翹楚。在蒙古統治者即將退出政治舞臺之時，元詞迎來了元初之後的又一次繁榮。同時，由於這一群體中的絕大多數人年壽較長，他們的活動一直持續到明初，因此，他們對明初詞壇也有著重要的意義。

第二節　學者詞人群

「儒學北行」是元代的一個重要文化現象，許衡、劉因因之成為北方的大儒。需要注意的是，在南方也有許多理學家。這些理學家，不僅學問做得好，而且詩詞創作也有一定成就。據唐圭璋先生《全金元詞》，將學者詞人列表如下：

詞人	生　卒	籍　　貫	存詞	詞　卷
張伯淳	1242～1302	崇德，今浙江省嘉興縣人	22首	養蒙先生詞一卷

吳澄	1249〜1333	撫州崇仁，今江西省崇仁縣人	11 首	草廬詞一卷
胡炳文	1250〜1333	婺源，今江西省婺源縣人	3 首	無
陳櫟	1252〜1334	休寧，今安徽省休寧縣人	16 首	定宇詩餘一卷
陸文圭	1256〜1340	江陰，今江蘇省江陰縣人	28 首	牆東詩餘一卷
吳存	1257〜1339	鄱陽，今江西省鄱陽縣人	30 首	樂庵詩餘一卷
袁易	1262〜1307	平江，今江蘇省蘇州市人	30 首	無
劉詵	1268〜1350	廬陵，今江西省吉安縣人	6 首	無
許謙	1270〜1337	金華，今浙江省金華縣人	2 首	無
李孝光	1285〜1350	溫州樂清，今浙江樂清人	22 首	五峰詞一卷

胡炳文（1250〜1333），字仲虎，號雲峰。婺源（今屬江西）人。以《易》名家，能發朱熹未盡之義，東南學者稱他「雲峰先生」。元初為信州書院山長，後調蘭溪州學正，入《元史·儒學》傳。存詞 3 首，兩首酬和之作，一首壽詞。如《滿江紅·贈吳又玄》：

> 一畫先天，誰知得、已涵玄九。這易玄機括，子雲傳
> 授。杜宇一聲春欲曉，牡丹幾朵花開畫。問堯夫、數字自
> 何來，俱參透。　　心胸裏，羅星宿。心畫上，占爻繇。
> 看肆中簾卷，門前車轅。易字分明書日月，□天真是談天
> □。豈太玄而後遂無玄，如今又。

「已涵玄九」「易玄機括」使此詞具有了理學的味道。胡炳文精通理學，將理的玄機融入詞中。這首詞運用了易學遊戲，玄拆字閒，下邊暗合他的姓，非常巧妙。

陸文圭（1256〜1340），字子方，江陰（今屬江蘇）人。博通經史百家，宋亡隱居城東，學者稱他「牆東先生」。同陳櫟一樣，雖中鄉舉，但以老疾辭。存詞 28 首，多酬贈送別之作，讀來平淡無味。然幾首贈歌者的詞，寫得倒有幾分含蓄、輕靈之美。如《點絳唇·王仲謙席上，歌者魏都惜求子華寫真，為賦》：

> 小立娉婷，歌聲低過行雲住。不勝珠翠。玉面慵梳洗。
> 　　除卻姚黃，魏紫誰堪比。君描取。卷中人美。得似崔
> 徽未。

又《滿江紅‧贈歌者》：

　　兒女多情，頗自恨、風雲氣少。春夢裏、鶯啼燕語，瞥然驚覺。寸寸凌波蓮步穩，灣灣拭黛山眉峭。似紅雲、一朵罩江梅，天然好。　　舞腰細，歌喉巧。錦茵褪，梁塵饒。更盈盈笑靨，櫻唇紅小。金戔愛從心裏換，玉山偏向懷中倒。奈劉郎、前度看桃花，如今老。

又《減字木蘭花‧即席贈歌者夏奴》：

　　香肌玉潤。花前忽聽流鶯韻。移步金蓮。斜轉清眸踏舞筵。　　困嬌無力。蜀錦纏頭拚百尺。安處奴鄉。且住容山過夏涼。

另外，《點絳唇‧情景四首》堪稱他小令中的佳作：

　　玉體纖柔，照人滴滴嬌波溜。填詞未就。遲卻窗前繡。一幅花箋，適與何人手。還知否。孤燈坐守。漸入黃昏後。

　　笑靨多羞，低頭不覺金釵溜。憑媒將就。鳳枕回雙繡。月地雲階，何日重攜手。心堅否。齊眉相守。願得從今後。

　　永夜無聊，更堪點滴聽簷溜。枕寒難就。堆亂床衾繡。人面桃紅、還憶擎將手。君知否。倚門獨守。又是清明後。

　　悶托香腑，淚痕一線紅膏溜。將身錯就。枉把鴛鴦繡。柳帶青青，攀向行人手。天知否。白頭相守。破鏡重圓後。

　　況周頤在《蕙風詞話》卷三中認為：「陸子方《牆東詩餘》，〔點絳唇〕《情景四首》，其一云：『玉體纖柔，照人滴滴嬌波溜。填詞未就。遲卻窗前繡。』情景之佳，殆無逾此。」〔註40〕

　　劉詵（1268～1350），字桂翁，號桂隱。廬陵（江西吉安）人。終生未仕，一生以講學為生。其門四方求文之士，絡繹不絕。存詞6首，《滿庭芳‧次韻賦萍》是其中較為突出的一首：

〔註40〕況周頤：《蕙風詞話》，人民文學出版社1960年版，第77頁。

　　碧唾成花，翠璣浮霧，水邊裙影知誰。半溝未合，脂
水過生肥。小扇迎風試拂，翩翩去、還復差池。憑欄處，
怕伊貪見，見了卻忘歸。　　橋西。青不住，乳鴦行破，
一瞬淪漪。看疏如有恨，密似相依。元是情根種得，更千
古、欲盡何時。重相約，章臺春膩，還上最長枝。

　　劉詵雖是元代專攻經學的大儒，但此詞卻沒有半點理學氣和道
學氣。詞人將深厚的情感鎔鑄在景物當中，自有一股清曠之氣。況
周頤《蕙風詞話》卷三評此詞：「韓致堯詩『樹頭蜂抱花須落，池面
魚吹柳絮行。』邵復孺詞：『魚吹翠浪柳花行』，由韓詩脫化耶？抑
與韓暗合耶？劉桂隱《滿庭芳‧賦萍》云：『乳鴦行破，一瞬淪漪。』
非胸次無一點塵，此景未易會得。靜深中生明妙矣。邵句小而不纖，
最有生氣，卻稍不逮，桂隱近於精詣入神。」〔註41〕

　　吳存（1257～1339），字仲退。鄱陽（今江西）人。少有卓識，
不仕。延祐年間強起應試，中選。授本路學正，調寧國路學教授。
未久，引年歸。存詞30首。除酬贈次韻之作，詞人用較多的筆墨描
寫了南方的風物和民俗。端午節的龍舟、重陽節的茱萸、錢塘江的
潮水都進入作者的視野，如《八聲甘州‧褉日禁酤》：

　　甚無情一信楝花風，卷盡市簾青。對樓臺寂寂，管絃
悄悄，煙雨冥冥。屋角提壺笑我，不上五峰亭。此日流觴
節，宜醉宜醒。　　說與渠儂知否，正門譏太白，巷詬劉
伶。網絲沉玉斝，蘚暈入銀瓶。右將軍、蘭亭詩序，盡風
流、千載事須停。西窗下、焚香晝永，一卷茶經。

　　這首詞描寫了作者在上巳節的所感所想。昔日王羲之蘭亭集
會，眾文人曲水流觴的情景仍歷歷在目，而作者獨坐西窗，惟有一
卷茶經相伴。雖然作者欲極力營造一幅優美的圖景，然而「樓臺寂
寂，管絃悄悄，煙雨冥冥」一句，仍太過平淡。「說與渠儂知否」「巷
詬劉伶」又有著明顯的口語色彩，從而破壞了整首詞的含蓄之美。
但是仍有一些詞是值得稱道的，如《浣溪沙‧春閨送別》：

〔註41〕況周頤：《蕙風詞話》，人民文學出版社1960年版，第83頁。

花滿離筵酒滿瓶。摘花未語淚先零。杯行教醉莫教醒。
今夜酴醾連理枕，明朝柳絮短長亭。一般杜宇兩般聽。

在這首詞中，作者將春天的離別寫得極爲感人。語言簡單，但極富情韻，大致達到了清潤雅暢的效果。又《木蘭花慢·清明夜與芳洲話舊》：

又清明寒食，淡孤館，鬱無憀。正杜宇催春，桐花
送冷，門巷蕭條。芳洲老仙來下，槃黃冠、翠氅佩瓊瑤。
兩客清談未了，三更風雨蕭蕭。　　青雲妙士早相招。
同泛浙江潮。看眼閱青徐，氣橫燕趙，天路逍遙。明年
此時何處，定軟紅道上玉驄驕。萬里江南歸夢，青燈還
憶今宵。

芳洲即黎廷瑞，和吳存同爲鄱陽人，他們的作品同被收入《鄱陽五家集》中。在這首詞中，作者表達了和友人清明夜話的濃濃情誼。「同泛浙江潮」、「氣橫燕趙」自有一種豪邁之氣，「萬里江南歸夢，春燈還憶今宵」則表達出和友人明年相聚的願望。在這首詞中，作者將男子的豪氣和柔情很好地結合在一起。

吳澄（1249～1333），字幼清。撫州崇仁（今屬江西）人，人稱「草廬先生」。與許衡並稱爲元代的兩位大儒。一生多次任職，多次辭官。存詞 11 首，是元代大儒中詞學成就較高的一位。他的詞不僅包含對宇宙人生問題的理學思考，如《謁金門·依韻和孤蟾四闋》中的「如何喜」「如何樂」「如何快」「如何悟」，也有他性情的眞實流露，如《渡江雲·揭浩齋送春》一詞：

名園花正好，嬌紅殢白，百態競春妝。笑痕添酒暈，
豐臉凝脂，誰與試鉛霜。詩朋酒伴，趁此日、流轉風光。
盡夜遊、不妨秉燭，未覺是疏狂。　　茫茫。一年一度，
爛漫離披，似長江去浪。但要教、啼鶯語燕，不怨盧郎。
問春春道何曾去，任蜂蝶、飛過東牆。君看取，年年潘令
河陽。

通過這首詞，我們看到一代大儒、理學名家吳澄瀟灑疏狂的一

面。在春天即將逝去的時候,他同樣會和酒朋詩侶踏春遊賞、秉燭夜遊,沉浸在春天的鶯啼燕語中。王奕清在《歷代詞話》卷九中談到,此詞曾「流傳一時」。元代留存下來詞人之間的創作活動並不多,而吳澄在《臨江仙》一詞題序中,則爲後人記錄下他們的一次分韻賦詞經歷,以至於況周頤在《蕙風詞話續編》卷二中作爲元代「故實」記錄下來。

> 九日,舟泊安慶城下,晚歇臨江水驛,於時月明風清,水共天碧,情景甚佳,與徐道川方復齋況肩吾方清之驛亭草酌。子文京侍以殊鄉又逢秋晚分韻,得殊字,賦臨江仙。

徐道川、方復齋、況肩吾、方清之、文京的詞已佚,關於他們的資料也是少之又少。翻檢《吳文正集》,還有寫給徐道川的《徐道川次文生韻仍韻奉呈》和《歸舟次韻徐道川》二詩,他們應該是很好的朋友。虞集《道園學古錄》收《題況肩吾縣令贈行卷》一詩,《元風雅後集》也收錄他的《題梅卷》,由此可看出況肩吾曾經做過縣令,而且有一定的藝術造詣。

李孝光（1285～1350）,字季和,自號「五峰狂客」。溫州樂清人。他一直隱居雁蕩山下,至正四年（1344）,元順帝「詔徵隱士」,六十歲的李孝光才欣然出仕。然而,當政者並沒有讓他參與到實際的政治生活中。至正十年（1350）,李孝光黯然離開大都,在南歸途中鬱鬱而終。對李孝光而言,雖然他試圖過一種消遙自在的隱士生活,然而,深受儒家文化影響的他,卻不能眞正做到相忘於江湖。他的詞雖然平淡,卻塑造出「五峰狂客」的瀟灑風神,如《滿庭芳·賦醉歸》:

> 昨夜溪頭,瀟灑風雨,柳邊解個漁舟。狂歌擊楫,驚起欲眠鷗。笑殺子猷訪戴,待到門、興盡歸休。得似我,賞衣顛倒,大叫索茶甌。　　長怪天翁,賦人以量,偏曲如鈎。有大於江海,小徑盈杯。愛酒青蓮居士,又何苦、枕藉糟邱。玉山倒,風流膾炙,底爲子孫謀。

又《念奴嬌》:

男兒墮地，便試教啼看，定知英物。老去只追風月債，
天地應空四壁。黃石殘書，赤松歸去，不料頭如雪。子房
何信，竟推何者爲傑。　　醉後一笑掀髯，狂歌拍手，四
座清風發。竹帛功名人安在，去去雲鴻滅沒。棗下枯枝，
黃金盧牝，此事眞毫髮。豪飲轟飲，直須換取明月。

另外，李孝光以口語、俗語入詞，因而他的詞有曲化傾向，如
《滿江紅》：

煙雨孤帆，又過錢塘江口。舟人道、官儂緣底，驅馳
奔走。富貴何須囊底智，功名無若杯中酒。掩篷窗、何處
雨聲來，高眠後。　　官有語，儂聽取。官此意，儂知否。
歎果哉忘事，於吾何有。百萬蒼生正辛苦，到頭蘇息懸吾
手。而今歸去又重來，沙頭柳。

這首詞以對話的形式展開，眞率自然。同時作者爲我們道出了
出仕的原因，「歎果哉忘世，於吾何有。百萬蒼生正辛苦，到頭蘇息
懸吾手。而今歸去又重來，沙頭柳。」由此看來，是民不聊生的社
會現實，讓作者結束了與山鳥爲伴，望白雲悠悠，聽流水潺潺的隱
居生活。作者出仕的目的是拯救蒼生，當這一願望達成之時，作者
將「功成便引身去，大不負書詩。」然而，作者的救世理想並沒有
實現。由於楊維楨的推崇，李孝光在南方文人中有著廣泛的影響。
他的出仕經歷，也影響了周圍的許多朋友，使他們在擾攘亂世中更
堅定了隱居的決心。

陳櫟（1252～1334），字壽翁。休寧（今屬安徽）人。南宋滅亡
後，隱居鄉里，潛心學問，講學授徒，臨川吳澄認爲他「有功於朱
氏」。江東之人凡是想向他求學的，他都介紹到陳櫟門下，學者稱他
爲「定宇先生」。延祐年間被迫應試，雖中選，終不赴禮部試。揭傒
斯認爲他「乃與吳澄並稱」。存詞 16 首，爲應酬之作。其中，壽詞
8 首，代人贈和詞 7 首，寄贈詞 1 首。他的詞多頌揚之語，沒有特
色，成就不高。

張伯淳存詞雖 20 首，然多爲應酬之作，不再詳述。許謙存詞 2

首，一爲《祝英臺・次韻潘明之秋思》，一爲《蝶戀花》。

元代南方詞壇學者詞人群總體成就並不高，他們更重要的身份是理學家和詩文家，詞只是他們偶而涉足的一種文體。

第三節　釋道詞人群

在元代，出現了大量的釋道詞人。據《全金元詞》列表如下：

詞人	生　卒	籍　貫	存詞	詞　卷
騰賓	不詳	黃岡，今湖北黃岡縣人	10首	無
張雨	1277～1350	錢塘，今浙江省杭州人	53首	貞居詞一卷補遺一卷
原妙	1238～1296	吳江，今江蘇人省吳江人	4首	無
善住	1278～1330？	常居吳郡城報恩寺	13首	無
明本	1263～1323	錢塘人	9首	無
梵奇	1296～1369	四明，今浙江省寧波縣人	32首	無
李道純	不詳	都梁，今湖南省武岡縣人	59首	清庵先生詞一卷
朱思本	不詳	臨川人	3首	無
吳眞人	不詳	江西鄱陽人	1首	無
王惟一	不詳	松江人	12首	無
王玠	不詳	南昌修江人	30首	無

對於明本、梵琦等釋子而言，「詞」這種形式只是他們抒寫隱居之樂和追尋極樂世界的工具。在這裡，詞的語言進一步被口語化，詞的含蓄之美也不復存在。如明本的《行香子》：

> 水竹之居。吾愛吾廬。石粼粼、亂砌階除。軒窗隨意，小巧規模。卻也清幽，也瀟灑，也安舒。懶散無拘。此等何如。倚闌干、臨水觀魚。風花雪月，贏得工夫。好炷些香，圖些畫，讀些書。

又梵琦的《漁家傲》：

> 聽說西方無量樂。風林水鳥聲交作。法句時時相警覺。

貪嗔薄。能教有學成無學。不染六塵離五濁。如蟬蛇去無
明殼。肯受涅槃生死縛。空撈摸。語言文字皆糟粕。

在明本的詞中，出現了「也」、「些」這些俗語，然而較之梵琦
的一味說教，明本的詞又多了幾分自然之美。

滕賓，即滕斌。據清人顧嗣立《元詩選》三集記載：「斌一名賓，
字玉霄，黃岡（今湖北省黃岡縣）人。或云睢陽人。風流篤厚，見
者心醉。往往狂嬉狎酒，韻致可人。其談笑筆墨，爲人傳誦，寶愛
不替。」〔註42〕至大間，任翰林學士，出爲江西儒學提舉。後出家
入天台爲道士，存詞 10 首。滕賓塡詞工致，如《鵲橋仙》：

斜陽一抹，青山數點。萬里澄江如練。東風吹落櫓聲
遙，又喚起、寒雲一片。　　殘鴉古渡，荒雞村店。漸覺
樓頭人遠。桃花流水小橋東，是那個、柴門半掩。

整首詞從遠到近，爲我們展現出一幅早春二月黃昏時的江南小
鎮圖。作者淡筆勾勒，卻自有深遠之致。又《齊天樂》：

片帆呼渡西山曲，匆匆載將春去。路入蒼寒，浪翻紅
暖，一枕歊眠煙雨。酒朋詩侶。盡醉舞狂歌，氣吞吳楚。
一樣風流，依然猶是晉風度。　　人生如此奇遇。問老天
何意，五星來聚。句落瑤毫，香霏寶唾，驚倒世間兒女。
渭川雲樹。悵後夜相思，月明何處。怕有新詩，雁來頻寄
與。

而《洞仙歌·送張宗師捧香》一詞則另有一番風味：

醉騎黃鵠，飛下紅雲島。鐵笛吹寒洞天曉。被人間識
破，惹起虛名，驚宇宙，一笑天高月小。　　仙槎人去後，
殿上班頭，除卻洪崖總年少。看天香袖裏，散作東風，吹
不斷、海北天南都到。試容我、從遊五陵間，便吹入蒼寒，
一蓑煙釣。

作者雖是南方人，但這首詞卻有北人之豪氣。「醉騎黃鵠」「從
遊五陵」的壯舉，讓陳廷焯這位對元詞頗爲不屑之人在《詞則·別

〔註42〕〔清〕顧嗣立：《元詩選》三集，中華書局 1987 年版，第 118 頁。

調集》中也發出了這樣的感歎：「詞意超邁，筆力蒼勁，元人中最錚錚者。」〔註43〕但是，詞人最終選擇入道，去過一種「江上綠波煙草」的生活。如《歸朝歡》：

> 畫角西風轟萬鼓。猶憶元戎談笑處。鐵衣露重劍光寒，海波飛立魚龍舞。匆匆留不住。萬里玉關如掌路。空悵望，夕陽暮靄，人立渡傍渡。　　木落山空人掩戶。得似舊時春色否。雁聲叫徹楚天低，玉驄嘶入煙雲去。元人憑說與。梅花淚老愁如雨。猶記得，顛岩如此，細向席前語。

張雨（1277～1350），字伯雨，一名天雨，別號貞居子。錢塘（今浙江杭州）人。年二十棄家爲道士，居茅山，自號句曲外史，曾與張翥遊仇遠之門。博學多才，馬祖常、楊載等人爭與他爲友，晚年尤爲楊維楨推崇。存詞 53 首，多酬和次韻之作，如《蘇武慢·至正八年夏和虞道園》：

> 清露晨流，新桐初引，消受北窗涼曉。經卷薰爐，筆床茶具，長物任他圍繞。老子五情，年光有限，只似木人花鳥。指凝雲、數朵奇峰，曾見漢唐池沼。　　還自笑，待老學蟬魚，金題玉躞，書裏便容身了。阿對泉頭，布衣無恙，占斷雨苔風篠。獨鶴歸遲，西山缺處，掠過亂鴉林表。撫琴心三疊胎仙，坐到天高月小。

又《瑤花慢·賦雪次仇山村韻》：

> 篩冰爲霧，屑玉成塵，借阿姨風力。千岩競秀，怎一夜、換作連城之璧。先生閉戶，怪短日、寒催駒隙。想平沙鴻爪成行，□似醉時書跡。　　未隨埋沒雙尖，便淡掃娥眉，與鬥顏色。裁詩白戰，驢背上、馱取灞橋吟客。撚鬚自笑，盡未讓、諸峰頭白。看洗出宮柳梢頭，已借淡黃塗額。

> ……

這些詞爲我們展現了張雨和張翥、仇遠、虞集、倪瓚、張可久

〔註43〕　〔清〕陳廷焯：《詞則·別調集》卷3，上海古籍出版社 1984 年版，第 673 頁。

的交遊狀況。其中,《木蘭花慢・和馬昂夫》在眾多酬和之作中自有
不俗之氣。

> 想桐君山水,正睡雨,聽淋浪。記短棹曾經,煙村晚
> 渡,石磴飛梁。無端故人書尺,便夢中、顛倒我衣裳。此
> 去釣臺多少,小山叢桂秋香。　　青蒼秀色未渠央。臺榭
> 半消亡。擬招隱羊裘,尋盟鷗社,投老漁鄉。何時扁舟到
> 手,有一襟、風月待平章。輸與浮丘仙伯,九皋聲外蒼茫。

這首詞表現出作者想與馬昂夫優游山水的疏淡情懷。既有道家
的淡泊之志,又不像一些釋道詞人將詞作爲宣講教義的工具。《水調
歌頭・盆荷》一詞亦能自出機杼,不落俗套。

> 江湖渺何許,歸興浩無邊。忽聞數聲水調,令我意悠
> 然。莫笑盆池,移得風煙萬頃,來傍小窗前。稀疏淡紅翠,
> 特地向人妍。　　華峰頭,花十丈,藕如船。那知此中佳
> 趣,別是一壺天。倒挽碧筩醴酒,醉臥綠雲深處,雲影自
> 田田。夢中呼一葉,散髮枕書眠。

詞人敏銳地捕捉到生長盆中荷花的美,雖然這裡的荷花沒有生
長於風煙萬頃的江湖,但是放置窗前的盆荷卻使自己生發一種江湖
之感。「醉臥綠雲深處」「散髮枕書眠」的情態,暗示出盆荷給作者
閒適的生活更增加了許多的情趣。這是作者的一種生活態度,遠離
俗世,卻又不忘於江湖,這使得作者在文學成就上能夠超越其他釋
道詞人。詞在他的手中不是宣講道義的工具,而是抒發性靈的載體。
他的詞雖不能和宋詞相頡頏,在元詞當中卻自有清雅之美。

總之,本土詞人群在不自覺中以南人的視角展示了南方的山水
和南人的情懷,他們的詞作是對南方最直觀的記錄。不管他們的身
份是隱士、學者,還是釋道,「南方」這一區域都是他們創作的土壤
和靈感的來源。同時,本土詞人群是南方詞壇的主導力量,他們和
大都詞人、遊寓詞人共同彙成了元代南方詞壇的全貌。

第三章 元代南方詞壇概貌（下）： 其他詞人群

第一節 大都詞人群

　　大都是元代的首都，自然對文人具有吸引力，於是就形成了一個「大都文化圈」。儘管「南人」處於四等之末，他們中的一些有才之士依然得到了任職大都的機會。這些任職大都的南方人，我們將之稱爲元代南方詞壇的「大都詞人群」。他們的一生都與南方有著密切的聯繫，共同的漢文化根源、共同的思念成爲連接身處大都南方詞人的紐帶。因而，與南方本土詞人群比起來，他們的視野更爲開闊。本文據《全金元詞》，將元代南方詞壇大都詞人列表如下：

詞　人	生　卒	籍　　貫	存詞	詞　卷
燕公楠	1241～1302	南康，今江西省南康縣人	1 首	無
程文海	1249～1318	江西建昌人	56 首	雪樓樂府一卷
趙孟頫	1254～1322	湖州，今浙江省吳興縣人	37 首	無
馮子振	1257～1314	攸州，今湖南攸縣人	43 首	無
虞集	1272～1348	崇仁，今江西省崇仁縣人	31 首	道園樂府一卷
歐陽玄	1273～1357	瀏陽，今湖南人	12 首	無
柯九思	1312～1365	台州，今浙江省臨海縣人	4 首	無

　　燕公楠（1241～1302），字國材，號芝庵。南康（今屬江西）人。
至元二十二年（1285）夏，召至上都，奏對稱旨，世祖賜名「賽因
囊嘉」，曾任湖廣行省右丞等職。大德五年，還朝。存詞1首，爲《摸
魚兒・答程雪樓見寄》：

> 又浮生、平頭六十，登樓悵望荊楚。出山小草成何事，
> 閒卻竹煙松雨。空自許。早搖落江潭，一似琅琊樹。蒼蒼
> 天路。謾伏櫪心長，銜圖志短，歲晏欲誰與。　　梅花賦。
> 飛墮高寒玉宇。鐵腸還解情語。英雄摻與君侯耳，過眼群
> 兒誰數。霜鬢縷。只夢聽、枝頭翡翠催歸去。清觴飛羽。
> 且細酌盱泉，酣歌郢雪，風致美無度。

　　程文海與燕公楠是同鄉兼好友，這首詞即燕公楠答程鉅夫《摸
魚兒・壽燕五峰右丞》所作。在六十歲生日的時候，作者仍有「老
驥伏櫪，壯心不已」的情懷，然而同爲「南人」的尷尬地位，使作
者時有掣肘之感，於是歸去之聲便縈繞耳際。燕公楠存詞雖少，但
頗能反映南人中達者之心態。

　　程文海（1249～1318），字鉅夫，號雪樓，又號遠齋。建昌路南
城（今屬江西）人。元世祖時爲翰林學士，曾奉詔到江南訪求賢俊，
得南宋名士趙孟頫、張伯淳、吳澄等二十餘人。存詞56首，其中，
壽詞35首，《摸魚兒・壽燕五峰右丞》可爲壽詞中的佳作：

> 記江梅、向來輕別，相逢今又平楚。東風小試南枝暖，
> 早已千林煙雨。春幾許。向五老仙家，移下瓊瑤樹。溪橋
> 驛路。更月曉堤沙，霜清野水，疏影自容與。　　平生事，
> 幾度含章殿宇。隔花么鳳能語。苔枝夭矯蒼龍瘦，誰把冰
> 須細數。千萬縷。簇一點芳心，待與和羹去、移宮換羽。
> 且度曲傳觴，主人花下，今日慶初度。

　　壽詞向來難寫，程文海如此著筆，自有一股清雅之氣，此詞在元
代壽詞當中亦爲佳作。其他一些壽詞，不僅未跳出窠臼，而且將俗語、
口語、常語入詞，因而脫離了詞的正常軌道，如「官不在高，名何必
大，無用滿堂金玉。但願太平，無事日用，莫非天祿。從今去，看壽

如磐石，鬢鬚長綠」「人生七十古來稀，仁且壽。誰能到」等等這樣的句子。在這裡，詞的含蓄蘊藉之美蕩然無存。其他次韻送別之作太過隨意，成就亦不高。

程文海雖是南方人，但做官大都的仕宦經歷，使他的性格中又多了一份北人的豪氣，這一點也反映到他的詞作中，如《滿江紅·送陳正義繡使將指江閩》：

> 楚甸春濃，早重染、甘棠舊綠。天又念，海深江闊，達聰明目。漢使只今應遣十，周官自古須廉六。羨繡衣、遙映袞衣明，人如玉。　　論別恨，猶未足。還怕見，征車速。待相隨千里，試騎黃鵠。無奈江山分去住，漫教風雪欺松竹。問使君、如肯酌紅泉，尋三谷。

詞的下闋沉雄豪邁，自有一種不羈之氣，與他的婉麗之作《點絳唇·送王藎臣》形成了鮮明的對比。

> 綠鬢青雲，王郎故是乘鸞侶。阿龍風度。想在烏衣住。
> 帶得春來，又共春歸去。江頭路。美人何處。官柳吹風絮。

趙孟頫（1254～1322），字子昂，號松雪道人。湖州（今屬浙江）人。宋宗室之後，被程鉅夫舉薦入朝。拜翰林學士承旨，封魏國公。他是元代有名的書法家和畫家，存詞 37 首，成就頗高，就連較為挑剔的陳廷焯也認為：「余雅不喜元詞，以為倚聲衰於元也。所愛者惟趙松雪、虞伯生、張仲舉三家。」〔註1〕雖然此種評價稍有過譽，然趙孟頫確是保持詞之本色的元代詞人。如《虞美人·浙江舟中作》：

> 潮生潮落何時了。斷送行人老。消沉萬古意無窮。盡在長空、澹澹鳥飛中。　　海門幾點青山小。望極煙波渺。何當駕我以長風。便欲乘桴、浮到日華東。

這首詞清麗、傷感，同時又具有畫面感。陳廷焯在《詞則·別調集》卷三評此詞：「哀怨之情，溢於言表，責其人，亦悲其遇也。」〔註2〕陳廷焯把趙孟頫作為宋人看待，對他出仕元朝是持批判態度

〔註1〕〔清〕陳廷焯：《詞壇叢話》。唐圭璋編：《詞話叢編》第四冊，第 3727頁。

〔註2〕〔清〕陳廷焯：《詞則·別調集》卷 3，上海古籍出版社 1984 年版，

的。其實，從趙孟頫的《岳鄂王墓》和《自警》詩來看，他比誰都清楚自己所處的位置。他明白南宋已是明日黃花，於是選擇出仕。然而，宋宗室成員的身份，使得他的出仕之舉必將引起後世的爭議。儘管他的書畫可以達到清新脫俗的境界，而在這個問題上，他卻始終無法超越。如《浪淘沙》：

> 今古幾齊州。華屋山丘。杖藜徐步立芳洲。無主桃花開又落，空使人愁。　　波上往來舟。萬事悠悠。春風曾見昔人遊。只有石橋橋下水，依舊東流。

又《蝶戀花》：

> 儂是江南遊冶子。烏帽青鞋，行樂東風裏。落盡楊花春滿地。萋萋芳草愁千里。　　扶上蘭舟人欲醉。日暮青山，相映雙蛾翠。萬頃湖光歌扇底。一聲催下相思淚。

在這裡，自然的永恆與世事的變幻形成對照的同時，詞人的惆悵之情也隨之而生。儘管詞人沉醉歌酒，想忘記悲傷，還是留下了相思的淚水。陳廷焯認為此詞：「淒涼哀怨，情不自己。」〔註3〕

另外，趙孟頫的《水調歌頭‧和張大經賦盆荷》與張雨的《水調歌頭‧盆荷》為同一首詞。儘管我們不能斷定兩人誰是真正的作者，但由此可看出他們氣質秉性上的相似之處。

歐陽玄（1273～1357），字原功，號圭齋。瀏陽（今屬湖南）人。入朝為國子博士、國子監丞、翰林待制。修遼、金、宋諸史，為總裁官。存詞 12 首，為一組《漁家傲》。這組詞寫於至順壬申二月，即 1332 年。此時作者剛修完《經世大典》，正打算南歸。歐陽修實際上是歐陽玄的同鄉，他的先人即廬陵人，後來遷居瀏陽。對歐陽修《漁家傲》體制的模仿，也傳達出歐陽玄對歐陽修這位同鄉的欣賞之情。至於寫作這組詞的意圖，作者在題序中已經給了詳細的交代：「近年竊官於朝，久客輦下，每欲傚此，作十二闋，以道京師兩

第 663 頁。

〔註3〕〔清〕陳廷焯：《詞則‧別調集》卷3，上海古籍出版社 1984 年版，第 663 頁。

城人物之富，四時節令之華，他日歸農，或可資閑暇也。」

　　　　正月都城寒料峭。除非上苑春光到。元日班行相見了。
朝回早。闕前褫帕歡相抱。　　漢女姝娥金搭腦。國人姬
侍金貂帽。繡轂雕鞍來往鬧。閒馳驟。拜年直過燒燈後。

　　　　二月都城春動野。引龍灰向銀床畫。士女城西爭買架。
看馳馬。官家引佛官蘭若。　　水暖天鵝紛欲下。鷹房奏
獵催車駕。卻道海青逢燕怕。才過社。柳林飛放相將罷。

　　　　三月都城遊賞競。宮牆官柳青相映。十一門頭車馬迸。
清明近。豪家寒具金盤酊。　　墦祭流連芳草徑。歸來風
送梨花信。向晚輕寒添酒病。春煙暝。深深院落秋韆迥。

　　　　四月都城冰碗凍。含桃處薦瑛盤貢。南寺新開羅漢洞。
伊蒲供。楊花滿院鶯聲弄。　　歲幸上京車駕動。近臣準
備鑾輿從。建德門前飛玉鞚。爭持送。葡萄馬乳歸銀甕。

　　　　……

　　這十二首詞描寫了大都的民情風俗，正如歐陽玄在題序中所
言，「耳目之所聞見，性情之所感發者，無不隱括概見於斯。至於國
家之典故，乘輿之興居，與夫盛代之服飾器用，神京之風俗方言，
以及四方賓客宦遊之況味，山林之士未嘗至京師者，欲有所考焉，
此亦可見其大略矣。」歐陽玄可謂有心之人，存詞雖少，但為後人
留下了南人眼中大都的珍貴資料。

　　除此之外，寧希元、寧恢據《析津志輯佚·歲紀》寫《補〈全
金元詞〉二十九首》一文，錄【富春樂】詞十三首。這些詞記錄了
元末的大都及宮廷風俗。熊自得，字夢祥，以字行，別號松雲道人。
江西豐城人。後至元間，以茅材舉為白鹿洞書院山長，歷大都路儒
學提舉、崇文監丞，以老疾告歸，年九十餘卒。著有《析津志》等
書，其詞如下：

　　　　正月皇宮元夕節，瑤燈炯炯珠垂結。七寶漏燈旋曲折。
龍香□，律吹大簇龍顏說。　　綜理王綱多傳說，鹽梅鼎
鼐勞調燮。燈月交輝雲翳絕。尊休徹，天街是處笙歌咽。

其二

二月天都初八日，京西鎮國迎牌出。鼓樂鏗鏘儔霄篥。金身佛，善男信女期元吉。　白傘帝師尊帝釋，皇城望日遊宮室。聖主后妃宸覽畢。勞宣力，金銀緞匹君恩錫。

……

其十一

冬月京中號朔吹，南郊駕幸迎長至。繡線早添鸞鳳翅。爭相試，鬭寒犀進宮娥喜。　龍裏中宮多寵貴，銀貂青鼠裘新制。白馬寶鞍銜玉轡。藏鬮戲，鴛衾十酒人貪睡。

其十二

臘月皇都飛臘雪，銅槃凍折寒威冽。八日朱砂香粥啜。宮娥說，甌幝窣下休教揭。　鼎饌豪家兒女悅，豐充羊醴勞烹切。九九梅花塡未徹。嚴宮闕，宰臣準備朝元節。〔註4〕

虞集（1272～1348），字伯生，號道園，又號邵庵。撫州崇仁（今屬江西）人。早年以契家子身份師從吳澄，曾任大都路儒學教授，國子祭酒等職。存詞 31 首。其中，《風入松》一詞最爲傳唱：

畫堂紅袖倚清酣。華髮不勝簪。幾回晚直金鑾殿，東風軟、花裏停驂。書詔許傳宮燭，香羅初翦朝衫。　御溝冰畔水接藍。飛燕又呢喃。重重簾幕寒猶在，憑誰寄、銀字泥緘。爲報先生歸也，杏花春雨江南。

陶宗儀在《南村輟耕錄》卷十四中記載：「吾鄉柯敬仲先生九思，際遇文宗，起家爲奎章閣鑒書博士，以避言路居吳下。時虞邵庵先生在館閣，賦《風入松》長短句寄博士云……詞翰兼美，一時爭相傳刻，而此曲遂遍滿海內矣。」〔註5〕這首詞不僅反映出虞集和柯九思的深厚友情，更重要的是「杏花春雨江南」一句，對江南的美做了最好的闡釋，從而引發讀者對江南春景的無限遐想。同

〔註4〕這些詞據《析津志輯佚·歲紀》引補，原來署名松雲，北京古籍出版社 1983 年版，212～224 頁。

〔註5〕〔元〕陶宗儀：《南村輟耕錄》，中華書局 1959 年版，第 172 頁。

時，「杏花春雨江南」一句也成為南方的最好代名詞。

虞集是兼擅音律的詞人，在他的身邊也聚集了一些懂音律、能唱詞的歌者，如會稽的費無隱。在《蘇武慢》題序中作者寫道：「會稽費無隱獨善歌之，聞者有凌雲之思，無復流連光景者矣。予山居每登高望遠，則與無隱歌而和之。……予與客清江趙伯友，臨川黃觀我、陳可立遊。東叔吳文明，平陽李平幼子翁歸，泛舟送之。水涸，轉鄱陽湖，上豫章，遇風雪，十五六日不能達三百里。清夜秉燭，危坐高唱，二三夕間，得七篇半。每一篇成，無隱即歌之。」詞人之間的交遊酬和以及唱詞活動在元代已經不多見了，虞集通過他的詞保留下關於這些內容的珍貴記錄。如《蘇武慢》：

> 自笑微生，凡情不斷，輕棄舊磯垂釣。走馬長安，聽鶯上苑，空負洛陽年少。玉殿傳宣，金鑾陪宴，屢草九重丹詔。是何年、夢斷槐根，依舊一蓑江表。　天賜我，萬疊雲屏，五湖煙浪，無限野猿沙鳥。平明紫閣，日晏玄洲，晞髮太霞林杪。蒼龍藤海，白鶴衝霄，顛倒一時俱了。望清都，獨步高秋，風露洞天初曉。

又《無俗念》：

> 十年窗下，見古今成敗，幾多豪傑。誰會誰能誰不濟，故紙數行明滅。亂葉西風，遊絲春夢，轉轉無休歇。為他憔悴，不知有甚干涉。　寥寥無住閒身，盡虛空界，一片中小月。雲去雲來無定相，月亦本無圓缺。非色非空，非心非佛，教我如何說。不妨跬步，蟾蜍飛上銀闕。

這些詞高曠豪邁，有東坡遺風，清人陳廷焯在《詞則・別調集》中評到：「道園老子胸襟，此詞約略可見。」〔註6〕除這些頗有氣勢的詞作外，他的小令則寫得清麗婉轉，透露出一個南人的細膩情思，如《浣溪沙》：

> 江上秋風日夜生。蕭蕭兩鬢葛衣輕。芭蕉叢竹共幽情。

〔註6〕〔清〕陳廷焯：《詞則・別調集》卷3，上海古籍出版社1984年版，第5頁。

病骨不禁湘簟冷，夢魂猶似玉堂清。畫簷疏雨過三更。

又《一翦梅・春別》：

豆蔻梢頭春色闌。風滿前山。雨滿前山。杜鵑啼血五更殘。花不禁寒。人不禁寒。　　離合悲歡事幾般。離有悲歡。合有悲歡。別時容易見時難。怕唱陽關。莫唱陽關。

又《南鄉一翦梅》：

南阜小亭臺。薄有山花取次開。寄語多情熊少府，晴也須來。雨也須來。隨意且銜杯。莫惜春衣坐綠苔。若待明朝風雨過，人在天涯。春在天涯。

壽詞《風入松・爲莆田壽》一詞寫得也有幾分清幽之氣：

頻年清夜肯相過。春碧捲紅螺。畫簷幾度徘徊月，梁園迥，無復鳴珂。門外雪深三尺，窗中翠淺雙蛾。　　舊家丹荔錦交柯。新玉紫峰駝。長安日近天涯遠，行雲夢、不到江波。欲度新詞爲壽，先生待教誰歌。

對於虞集的評價，後人存在著極大的爭議。陳廷焯認爲自己極不喜歡元詞，而虞集則是他喜歡的三家之一。王世貞的言論則較爲極端，他把元詞衰亡的原因歸咎於虞集，他在《藝苑卮言》中談到：「元有曲而無詞，如虞、趙諸公輩，不免以才情屬曲，而以氣概屬詞，詞所以亡也。」〔註7〕鄭文焯在《大鶴山人詞話》中談到：「元人詞亡慮數十家，見之李西涯《南詞錄目》，以樂府名家者，惟虞集《鳴鶴遺音》、張翥《蛻岩詞》最稱雅正。」〔註8〕其實，對《鳴鶴遺音》而言，俗語、口語充斥詞中，實在談不上「雅正」。如：

六十歸來，今過七十，感謝聖恩嘉慧。早眠晏起，渴飲饑餐，自己了無心事。數卷殘書，半枚破硯，聊表秀才而已。道先生、快寫能吟，直是去之遠矣。沒尋思、挂個青藜，靸雙芒屨，走去渡頭觀水。逝者滔滔，來之袞袞，

〔註7〕〔明〕王世貞：《弇州四部稿》卷152，《四庫全書》第1281冊，第448頁。

〔註8〕鄭文焯：《大鶴山人詞話》附錄《蛾術詞選跋》。唐圭璋編：《詞話叢編》第五冊，第4336頁。

不覺日斜風細。有一漁翁，驀然相喚，你在看他甚底。便
扶杖、穿起鮮魚，博得一尊同醉。

虞集精於音律，但是在曲化之風盛行之時，他的語言不免仍會流於時俗。《風入松》一詞並不能代表他的整體詞作水平，但「杏花春雨江南」已經奠定了他在元代詞壇以及中國詞史上的地位。正如陳廷焯所評價的：「虞道園詞筆頗健，似出仲舉之右。然所作寥寥，規模未定，不能接武南宋諸家。惟『報導先生歸也，杏花春雨江南』二語，卻有自然風韻。」〔註9〕

第二節　遊寓詞人群

遊寓詞人群指北方籍詞人遷居、遊歷、做官到南方，在此期間，詞風發生變化或留下描寫南方的作品，我們都將他們歸入這一範疇。正如戴偉華引述的《地域文化與唐代詩歌》結項報告：「本土作家在表現本土文化時有局限性，他會視自身生活的環境所呈現出的景觀為平常現象而不去表現，如果他們以平常的心態來對待生存環境中的物象，並寫入詩篇，同樣也在不經意中再現某一區域的文化特徵。外來作家頗有優勢，他們是以外來者的眼光審視環境的，從寫作心理來看，他們更樂於展現跟以往經歷和經驗不相同的部份，而省略去相同的部份。」〔註10〕這一詞人群包含白樸、薩都剌、貫雲石、胡祇遹、盧摯等人，我們將分別論述。

白樸（1226～1312 以後），字仁甫，又字太素，號蘭谷，原籍隩州（今山西河曲縣），定居真定（今河北正定縣），晚年徙居建康（今江蘇省南京市）。他不僅是元代著名的雜劇家和散曲家，同時，也是元代的重要詞家，有《天籟集》詞。

很長一段時間，受「唐詩、宋詞、元曲」這一傳統觀念的影響，

〔註9〕〔清〕陳廷焯：《白雨齋詞話》卷3，人民文學出版社1959年版，第56頁。
〔註10〕戴偉華：《地域文化與唐代詩歌》，中華書局2006年版，第204頁。

人們將研究焦點集中在他的雜劇和散曲上。因此對《天籟集》的研究，是較爲忽略的。王國維先生在《人間詞話》中談到：「白仁甫《秋夜梧桐雨》劇，沉雄悲壯，爲元曲冠冕。然所作天籟詞，不足爲稼軒奴隸。豈創者易工，而因者難巧歟。抑人各有能有不能也。讀者觀歐、秦之詩遠不如詞，足透此中消息。」〔註11〕由此看來，王國維先生對白樸的曲給予了極大的肯定，而對他的詞則是完全否定的。先生所處的時代，小說和戲曲兩種文體受到極大地尊重，再加上先生以宋詞所取得的輝煌成就作爲參照而忽視文體本身的發展規律，因此，得出這樣的結論也就不足爲奇了。

　　白樸由金入元的經歷以及前期詞的「北宗」風範，也使許多人將白樸歸入蘇、辛一派。清人王鵬運在《四印齋所刻辭‧天籟集跋》中談到：「蘭谷詞源出蘇辛，而絕無叫囂之氣，自是名家。元人擅此者少，當與張蛻庵（張翥號）稱雙美，可與知音道也。」〔註12〕白樸的摯友王博文則認爲他是元好問的繼承人，「辭語遒麗，情寄高遠，音節協和，輕重穩愜。凡當歌對酒，感事興懷，皆自肺腑流出。余因以『天籟』名之。噫！遺山之後，樂府名家者何人？殘膏剩馥，化爲神奇，亦於《太素集》中見之矣。然則繼遺山者，不屬太素而奚屬哉？」〔註13〕前人的這種評價，很容易將白樸歸入「豪放」一派。四庫館臣在《天籟集》中則給出了較爲客觀的評價：「樸詞清雋婉逸，意愜韻諧，可與張炎玉田詞相匹。雖其學出於元好問，而詞則有出藍之目，足爲倚聲家正宗。惜以製曲掩其詞，故選錄者多未之及，故沈晦者越數百年。」〔註14〕由此一些研究者得出，白樸詞兼有豪放、婉約兩種風格。這種評價又稍嫌籠統，下面將對白樸詞進行詳細分析。

　　徐凌雲校注《天籟集編年校注》，在這本書中，作者對白樸詞作

〔註11〕王國維：《人間詞話》，人民文學出版社 1960 年版，第 221 頁。
〔註12〕〔清〕王鵬運：《四印齋所刻辭》，上海古籍出版社 1989 年版，第 472 頁。
〔註13〕〔清〕王鵬運：前引書，第 450 頁。
〔註14〕〔元〕白樸：《天籟集》，《四庫全書》第 1488 冊，第 629 頁。

進行詳細的編年。除去未編年的十首作品，其餘的九十五首作者將其分爲兩個時期。第一個時期是「居真定並遊燕、皖、鄂、豫、贛、湘、蘇」時的作品，這段時間起於元定宗海迷失後二年庚戌，即公元一二五〇年，迄於元世祖至元十六年己卯，即一二七九年。共有詞三十五首。第二個時期是「定居建康並遊蘇、陝（？）、浙」時的作品，這段時間起於元世祖至元十七年庚辰，即一二八〇年，迄於仁宗皇慶元年壬子，即公元一三一二以後。共有詞五十九首。雖然王博文談到白樸詞散失多半，就目前留存作品來看，他在南方定居期間的作品占到多數。而且，白樸在南方時期的作品也有有著不同於北方時期的創作風格。如下面兩首：

　　壯懷千載風雲，玉龍無計三冬臥。天教喚起，崢嶸才器，人稱王佐。豹略深藏，虎符榮佩，君恩重荷。看旌旗動色，軍容一變，鵬翼展，先聲播。　　我望金陵王氣，盡消磨、區區江左。樓船萬櫓，瞿塘東瞰，徒橫鐵索。八陣名成，七擒功就，南夷膽破。待他年畫像，麒麟閣上，爲將軍賀。

　　萬金不買青春，老來可惜歡娛地。有時記得江樓深夜，解鞍留寐。蘭焰噴虹，寶香薰麝，玉醅篘蟻。更誰能細說，當年風韻，江瑤柱，荔枝味。　　漂泊江湖萬里，渺難尋，採菱拾翠。何心更到，折枝圖上，賣花生裏。蓬鬢習騷，角巾欹墮，枕書聊睡。恨匆匆未辦，尊鱸歸，又秋風起。

這兩首詞同爲《水龍吟》，但風格卻不同。第一首寫於蒙元剛剛統一之時，此時的詞人居於北方，因而整首詞呈現出慷慨豪邁的藝術風格。第二首寫於作者定居南方之後，因而融入了南方詞的細膩和委婉。「漂泊江湖」「又秋風起」使整首詞籠罩在悲秋、思鄉的情景當中。如果說，這樣闡釋白樸詞的地域特色還嫌籠統，那麼，通過白樸《摸魚子》一詞和王沂孫《摸魚兒》詞的比較，我們更能深刻體會這一點。如白樸《摸魚子》：

　　敞青紅、水邊窗外，登臨元有佳趣。薰風蕩漾昆明錦，

一片藕花無數。才欲語，香暗度，紅塵不到蒼煙渚。多情
鷗鷺，盡翠蓋搖殘，紅衣落盡，相與伴風雨。　　橫塘路，
好在吳兒越女，扁舟幾度來去。採菱歌斷三湘遠，寂寞岸
花汀樹。天已暮。更留看，飄然月下凌波步。風流自許，
待載酒重來，淋漓醉墨，爲寫《洛神賦》。

又王沂孫《摸魚兒‧蓴》：

玉簾寒、翠痕微斷，浮空輕影零碎。碧芽也抱春洲怨，
雙卷小緘芳字。還又似。繫羅帶相思，幾點青鈿綴。吳中
舊事。悵酪乳爭奇，鱸魚謾好，誰與共秋醉。　　江湖興，
昨夜西風又起。年年輕誤歸計。如今不怕歸無準，卻怕故
人千里。何況是。正落日垂虹，怎賦登臨意。滄浪夢裏。
縱一舸重遊，孤懷暗老，餘恨渺煙水。

王沂孫這首詞上片描繪蓴菜，下片用張翰因秋風而思故鄉的典
故，表達自己的家國身世之感，這裡的「餘恨」是家國之恨。整首詞
以南方的風物爲依託，情感委婉細膩。白樸的詞寫於眞定，儘管《摸
魚子》詞牌的基調是委婉迂徐的，但「待載酒重來，淋漓醉墨，爲寫
《洛神賦》」一句，表達出的則是慷慨豪情。

由此看來，對白樸詞的研究我們不能忽視「地域性」問題。白樸
是北方人，有著北方人與生俱來的慷慨與豪邁。當他身處北方之時，
他的詞風則呈現出豪放的一面。但是，國破母失的人生經歷，使其內
心又有著沉鬱的一面。當他遷居建康之後，這種情感被很好地激發出
來。因而他的詞風是清俊的，情感是細膩的。他的詞作也具有了明顯
的南方化色彩，下面將對這個問題展開論述。

所謂「南方化特色」，應該主要包括兩個大的方面。首先，詞所
展現的背景是南方的山水風物；其次，詞的風格是清麗婉約的。同
時，詞在整體上呈現出南方的地域文化特色。劉揚忠先生在《五代
西蜀詞的地域文學特色》中談到，客觀文化環境和自然環境的培育
和薰陶對地域化特色的形成都是不容忽視的。比如西蜀詞的形成，
成都城市文化對文人詞創作的推動和鼓勵，四川盆地獨特自然環境

對詞人審美情趣的薰染以及蜀中獨特的文學傳統都扮演了重要的角色。儘管白樸是北方人，當他遷居建康之後，南方秀美的自然環境以及固有的文學傳統，對他的創作產生了重要的影響。因此，他的詞作有了南方化特色。

白樸雖然將家安在建康，但他的足跡卻涉及了南方的多個重要城市。從他的詞作中我們看到，杭州、鎮江、維揚都留下了他的足跡。同時，他也不斷走訪南方的名勝古蹟，金陵的朱雀橋、白鷺洲、烏衣巷、鳳凰臺、鍾山，杭州的西湖和鎮江的多景樓邊都留下了他的身影。在這裡，詞人的思緒在時空中隨意穿梭。如《水調歌頭》：

> 蒼煙擁喬木，粉堞倚寒空。行人日暮回首，指點舊離宮。好在龍蟠虎踞，試問石城鍾阜，形勢為誰雄？慷慨一尊酒，南北幾衰翁。　　賦朝雲，歌夜月，醉春風。新亭何苦流涕，興廢古今同。朱雀橋邊野草，白鷺洲邊江水，遺恨幾時終？喚起六朝夢，山色有無中。

又《永遇樂》：

> 一片西湖，四時煙景，誰暇遊遍。紅袖津樓，青旗柳市，幾處簾爭卷。六橋相望，蘭橈不斷，十里水晶宮殿。夕陽下，笙歌人散，唱徹採菱新怨。　　金明老眼，華胥春夢，腸斷故宮池苑。和靖祠前，蘇公堤上，謾把梅花撚。青衫盡耐，濛濛雨濕，更著小蠻針線。覺平生、扁舟歸興，此中不淺。

《水調歌頭》是白樸剛到南京時所作，舊日的離宮，朱雀橋的野草，白鷺洲的江水，激發了白樸對這座六朝古都的追懷。「慷慨一尊酒，南北幾衰翁」的描述，讓我們感受到詞人的身世之感和滄桑之歎。《永遇樂》寫於一二九一年，是白樸同李景安遊賞杭州西湖時所作。況周頤在《蕙風詞話》中評價此詞：「天籟詞，《永遇樂·同李景安遊西湖》云：『青衫盡付（《全金元詞》『付』作『耐』），濛濛雨濕，更著小蠻針線。』用坡公《青玉案》句：『青衫猶是，小蠻針線，曾濕西湖雨。』而太素語特傷心。其言外之意，雖形骸可土木，何有於小

蠻針線之青衫。以坡公之『瓊樓玉宇，高處不勝寒』比之，猶死別之於生離也。」〔註15〕這種評價切中肯綮，「夕陽下，笙歌人散，唱徹採菱新怨」「金明老眼，華胥春夢，腸斷故宮池苑」透露出的則是歷經滄桑之後不可言說的傷感情懷。

白樸在南方不僅寫了大量的懷古詞，而且還寫了大量的詠物詞，如《清平樂・詠木樨花》：

　　碧雲葉底，萬點黃金蕊。更看薔薇清露洗，澤國秋光如水。　　餘生牢落江南。幽香鼻觀曾參。見說小山《招隱》，夢魂夜夜雲嵐。

又《水調歌頭・十月海棠》：

　　金盤薦華屋，銀燭照紅妝。歡遊曾得多少，風雨送春忙。只道神仙漸遠，爭信情緣未斷，自有返魂香。萬木盡搖落，穠豔又芬芳。　　憶真妃，春睡足，按《霓裳》。馬嵬西下回首，野日淡無光。不避山茶小雪，似愛江梅新月，疏影伴昏黃。誰喚阿嬌起，呵手染輕霜。

又《清平樂・詠水仙花》：

　　玉肌消瘦，徹骨薰香透。不是銀臺金盞酒，愁殺天寒翠袖。　　遺珠悵望江皋，飲漿夢到藍橋。露下風清月慘，相思魂斷誰招？

同時，在這一時期的作品中，「山茶」、「竹葉」「苦茶」這樣的意想也頻頻出現。我們知道，木樨花是桂花的別稱，盛產於南方。據清代汪灝等撰《廣群芳譜》記載，海棠為春季開花，而十月海棠則為秋季開花，並且結果實，盛產於長江以南。水仙、山茶、苦茶和竹葉也是盛產於南方。如果和白樸居於北方的作品作一對照，白樸遷居後所作詞的南方化特色更加明顯。如《秋色橫空》：

　　搖落初冬。愛南枝回絕，暖氣潛通。含章睡起宮粉褪，新妝淡淡豐容。冰蘂瘦，蠟蒂融，便自有翛然林下風。肯羨蜂喧蝶鬧，豔紫妖紅。　　何處對花興濃。向藏春池館，

〔註15〕況周頤：《蕙風詞話》，人民文學出版社 1960 年版，第 75 頁。

透月簾櫳。一枝鄭重天涯信，腸斷驛使相逢。關山路，幾萬重。記昨夜筠通和淚封。料馬首幽香，先到夢中。

又《鳳凰臺上憶吹簫》：

茄鼓秋風，旌旗落日，使君威震雄邊。羨指麾貔虎，斗印腰懸。盡道多多益辦，仗玉節，毫邑新遷。江淮地，三軍耀武，萬竈屯田。　　戌軒。幾回□□，□盡戟門庭，珠履寶筵，慣雅歌堂上，起舞樽前。況是稱觴令節，望醉鄉，有酒如川。明年看，平吳事了，圖象凌煙。

《秋色橫空》爲詠梅之作，描寫的是北方冬天的景色。「關山路，幾萬重」給人一種蒼涼蕭瑟之感。《鳳凰臺上憶吹簫》爲我們展現的則是北方的秋景。「況是稱觴令節，望醉鄉，有酒如川。明年看，平吳事了，圖象凌煙」兩句，則表達出詞人的慷慨豪放之情。由此我們看到，在白樸的創作中，地域扮演了重要的角色。儘管有些詞的地域特色並不是很明顯，但是，從兩個時期創作的比較中，我們依然看到了詞風的變化。北方時期的創作，風格以豪邁爲主，情感是外放的，而南方時期的作品，風格是清麗的，情感是內斂的。詞人以南方的城市爲背景，以南方的風物爲對象，將南方的地域文化融鑄其間。由此，白樸詞的南方化特色便呈現出來。

當然，白樸詞的南方化特色並不是一個孤立的現象。蒙元統一全國，北人有機會到「杏花春雨江南」去做官和遊歷。南方的山水風物，激發了北人的詞情。比如元代少數民族詩人貫雲石和薩都剌就留下了描寫南方的詞作。如貫雲石的《水龍吟·詠揚州明月樓》：

晚來碧海風沉，滿樓明月留人住。瓊花香外，玉笙初響，修眉如妒。十二闌干，等閒隔斷，人間風雨。望畫橋簷影，紫芝塵暖，又喚起、登臨趣。　　回首西山南浦。問雲物，爲誰掀舞。關河如此，不須騎鶴，盡堪來去。月落潮平，小衾夢轉，已非吾土。且從容對酒，龍香浣繭，寫平山賦。

又《蝶戀花·錢塘燈夕》：

　　　　燈意留人雲自列。六市輕簾，鬪露錢塘月。十二修環
流翠結。東風搖落仙肌雪。　　　淺淺銀壺催曉色。蘭影香
中，總是江南客。去國一場春夢滅。關情不記分吳越。

　　在貫雲石的兩首詞作中，描寫了揚州的明月樓和錢塘的燈節。
「關河如此，不須騎鶴，盡堪來去」「關情不記分吳越」表達出國家
統一，詞人能夠暢遊南方山水的愉悅之情。在貫雲石的作品中，南
方的風物中依然留有北人的豪氣。在這裡，南北氣質得以融匯與結
合。

　　薩都剌（約1280～約1346），字天錫，號直齋。西域答失蠻氏。
入仕後，曾作福建閩海道廉訪司知事等職。晚年寓居杭州。存詞15
首。其中懷古詞5首，詠懷詞5首，壽詞2首，酬贈次韻詞2首，
題畫詞1首。成就最高的是懷古詞，如《滿江紅·金陵懷古》、《酹
江月·登鳳凰臺懷古用前韻》、《酹江月·姑蘇臺懷古》、《念奴嬌·
登石頭城次東坡韻》、《木蘭花慢·彭城懷古》。在這些詞中，薩都剌
以南方的名勝古蹟為依託，對歷史興亡進行深入的思考。同時，我
們也感受到北人薩都剌，在南方地域文化中的那份細膩和柔情。如
《滿江紅·金陵懷古》：

　　　　六代繁華，春去也、更無消息。空悵望、山川形勝，
已非疇昔。王謝堂前雙燕子，烏衣巷口曾相識。聽夜深、
寂寞打孤城，春潮急。　　　思往事，愁如織。懷故國，空
陳跡。但荒煙衰草，亂鴉斜日。玉樹歌殘秋露冷，胭脂井
壞寒螿泣。到如今、惟有蔣山青，秦淮碧。

又《念奴嬌·登石頭城次東坡韻》：

　　　　石頭城上，望天低吳楚，眼空無物。指點六朝行勝地，
唯有青山如壁。蔽日旌旗，連雲檣櫓，白骨紛如雪。一江
南北，消磨多少豪傑。　　　寂寞避暑離宮，東風輦路，芳
草年年發。落日無人松徑裏，鬼火高低明滅。歌舞尊前，
繁華鏡裏，暗換青青髮。傷心千古，秦淮一片明月。

　　站在石頭城上，詞人不禁引發了無盡的遐想。六朝舊跡早已灰

飛煙滅，只有青山依舊。南北的阻隔，曾經使多少英雄失去生命，
以至於「白骨紛如雪」。在歲月的流逝中，人終將老去，傷心千古，
只有不變的秦淮河。這兩首詞清婉沉鬱，讀之韻味無窮。而《木蘭
花慢・彭城懷古》一詞，上闋依然是懷古，但在下闋中，詞人宕開
一筆，「人生百年如寄，且開懷、一飲盡千鍾。回首荒城斜日，倚闌
目送飛鴻。」詞人作為北方人的豪邁又使他能夠超越懷古過程中的
感傷情懷。

　　《少年遊》一詞更是清致婉麗，如下：

　　　　去年人在鳳凰池。銀燭夜彈絲。沉火香消，梨雲夢暖，
　　深院繡簾垂。　　今年冷落江南月，心事有誰知。楊柳風
　　和，海棠月淡，獨自倚闌時。

　　王奕清在《歷代詞話》卷九中評此詞：「筆情何減宋人」〔註16〕，
吳梅《詞學通論》認為：「天錫小詞，亦有法度。如……，殊清婉可
誦。」〔註17〕如果沒有南方的生活經歷，薩都剌很難將南方的地域特
色與北人的豪邁情懷結合的如此之好。

　　胡祗遹（1227～1295），字紹開，號紫山。磁州武安（今屬河北）
人。曾任江南浙西道提刑按察使等職。《木蘭花滿・春日獨遊西溪》
寫下了他對杭州的感受：

　　　　愛西溪花柳，紅灼灼，綠陰陰。更細水園池，修篁門
　　巷，一徑幽深。春風一聲啼鳥，道韶華、一刻抵千金。飛
　　絮遊絲白日，忍教寂寞消沉。　　我來無伴獨幽尋。高處
　　更登臨。但白髮衰顏，羸驂倦僕，幾度長吟。人生百年適
　　意，喜今年、方始遂歸心。醉飲壺觴自酌，放歌殘照清林。

　　在西溪如此優美的環境中，詞人仍有一種孤獨之感。多年的仕宦
生涯，歸去之心也越發濃烈。作者放歌自酌，此時夕陽正從樹林深處
落下。此詞設景優美，「紅灼灼，綠陰陰」遣詞雖太過隨意，然整首

〔註16〕〔清〕王奕清：《歷代詞話》卷9。唐圭璋編：《詞話叢編》第二冊，
　　　第1289頁。
〔註17〕吳梅：《詞學通論》，華東師範大學出版社1996年版，第132頁。

詞仍給人自然清麗之感。

盧摯（1235～1306），字處道，號疏齋，又號嵩翁。登封潁陽（今屬河南）人，一說涿州（今屬河北）人。曾任江東道副使，嶺北湖南道廉訪史等職。在任職南方期間，詞人描寫了自己在南方的見聞和感受，如《黑漆弩》：

> 湘南長憶松南住。只怕失約了巢父。艤歸舟、喚醒湖光，聽我蓬窗春雨。　　故人傾倒襟期，我亦載愁東去。記潮來、黯別江濱，又弭棹、蛾眉佳處。

又《鵲橋仙》：

> 江山畫圖，樓臺煙雨。滿意雲間金縷。饒他蘇小更風流，便怎似、貞元舊譜。　　西湖載酒，薰南清暑。弭棹芙蓉多處。醉扶紅袖聽新聲，莫驚起、同盟鷗鷺。

這兩首詞一首寫於南京，一首寫於杭州。儘管詞作的藝術水平並不是很高，但從這裡我們也能看到，在北人的心中，南方的「煙雨」是最不能忽略的意象。因而，這一意象反覆出現。白樸無疑是遊寓詞人群中成就最高的一位，儘管遊寓詞人群不是嚴格意義上的南方詞人，但是他們遷居、做官、遊歷到這裡，和南方發生了密切的關係。通過對遊寓詞人群的研究，我們能夠從北人的角度去瞭解南方，以及在南北文化交流中南方地域文化對北方詞人的影響。因此，只有有了遊寓詞人的加入，我們的「元代南方詞壇研究」才更全面和客觀。

第三節　其　他

除元末隱士詞人外，還有幾位詞人是需要特別注意的——劉基、楊基、高啓、張肯等人。在以往的論述中往往將他們作為明代詞人看待，他們的詞也被作為明詞的開端。實際上，他們的絕大多數作品寫於元代，是對那段生活和情感的記錄。而且，高啓卒於1374年，魏觀卒於1374年，劉基卒於1375年，楊基卒於1378年，貝瓊卒於1379年，他們在明朝生活的時間都很短暫，只是他們的出仕經

歷決定了他們作品的歸屬。但是，我們本著以作品寫作時間爲朝代歸屬的原則，對他們的作品進行分析，所以在談到元代南方詞壇時是不能將他們忽略的。正是他們將元詞帶入了明代，明詞就是在他們的影響下繼續向前發展。通過對他們的解讀，我們會更深刻理解元詞與明詞的關係以及元詞對明詞究竟產生了怎樣的影響。

劉基、楊基、高啓無論從創作質量還是寫作數量來說都是明初出仕文人中的前三甲。劉基輔助朱元璋平定天下，明初各種典章制度多出自他與宋濂等人之手，可爲明代的開國元勳。楊基明初爲滎陽知縣，後任山西按察使。高啓元末隱居吳淞之青丘，洪武初年，召修《元史》，授翰林院編修，後辭歸。令人遺憾的是，這三人均未得善終。劉基因胡惟庸構陷，憂憤而死。楊基被罰勞役，死於工所。高啓以文字獲罪，腰斬於市。同宋元易代之際的南方文人主動選擇隱居的生活不同，元明過渡之際的南方文人雖然能夠實現治國平天下的夢想，但開國君主朱元璋的鐵腕統治卻切斷了他們的隱居之路。

劉基（1311～1375），字伯溫，浙江青田人。元寧宗至順三年（1332）中進士，深得揭傒斯賞識。曾經四次出仕，卻受排擠，終歸隱家中。直到至正二十年（1360）三月，在朱元璋的禮聘下，劉基才與宋濂等人同赴金陵，明初立國後被封爲「誠意伯」。有《寫情集》四卷，存詞 243 首。

在這些詞作中，有集句詞 29 首，詠物詞 26 首，時序詞 22 首，題畫詞 3 首，其餘則爲閨怨、送別、次韻酬贈之作。他的詠物詞以花卉草木爲主，有荷花、槿花、蓼花、桃花、水仙花、梅花、雞冠花、柳樹、紅樹和草。如《尉遲杯·水仙花》：

> 凌波步。怨赤鯉、不與傳針素。空將淚滴珠璣，脈脈含情無語。瑤臺路永，環佩冷、江臯荻花語。把清魂、化作孤英，滿懷幽恨誰訴。　　長夜送月迎風，多應被、彤闈紫殿人妒。三島驚濤迷天地，歡會處、都成間阻。淒涼對冰壺玉井，又還怕、祈寒凋翠羽。盼瀟湘、鳳杳篁枯，

賞心惟有青女。

又《風流子‧詠草》：

> 雪盡水平津。萋萋處、風景最愁人。想金勒未歸，繡
> 帷深閉，玉顏自老，芳意徒新。送日挽煙千萬里，迤邐際
> 蒼旻。蜀魄叫迷，楚魂思殢，碧雲如夢，眉黛空顰。　　淒
> 涼長門殿，飛花與清淚，共滴華茵。惟有亂螢，時來夕砌
> 相親。恨此身不化，柔條弱蔓，暗隨靈雨，得到楓宸。窗
> 掩黃昏，一生幾度青春。

這兩首詞慷慨悲涼，詞人借詠物抒寫志不能伸的情懷，「滿懷幽
恨誰訴」和「一生幾度青春」實際上是劉基屢遭挫折之後的人生感悟。
除此之外，青蛙、大雁、子規、蝴蝶、螢、燈花、露水、月亮等物象
也成為作者所詠的對象。如《惜餘春慢‧詠子規》：

> 隴水沉沙，巴猿咽雨。淚盡瀟湘竹死。多情怨魄，何
> 處飛來，聲在萬重雲裏。腸斷行吟放臣，去國佳人，地遙
> 天迥。悄空山，月冷風清，惟見野棠如綺。　　記向日、
> 瓊戶珠簾，櫻唇簧舌，吹商呵徵。朱顏尚在，十二闌干，
> 回首不堪重倚。滄海桑田有時，海若未枯，愁應無已。到
> 明朝、贏得萍花滿樹，錦般霞碎。

從「行吟放臣」、「去國佳人」推斷，這首詞當寫於作者元末棄職
隱居家中之時。「到明朝、贏得萍花滿樹，錦般霞碎」說明仕途的坎
坷並沒有摧毀作者建功立業的決心，正如張仲謀在談到子規時所言：
「鵜鴂固然只是個抒情意象，說到傷春、說到眾芳蕪穢、美人遲暮，
也仍然是一個詩興的比喻，詞人的惜流光、思華年，不是一般意義上
對於生命的惋惜，而是基於事業功名的執著追求。」〔註18〕在追求的
過程中，惆悵之情也時時伴隨著詞人，作者在《聲聲慢‧詠愁》中寫
到：

> 無蹤無跡。難語難言，依依只在心曲。雨冷雲昏日暮，
> 海涯天角。輕衾夢回酒醒，夜悠悠、蟲響燈綠。事去也，

〔註18〕張仲謀：《明詞史》，人民文學出版社，2002年版，第30頁。

縱相憐、不是那時金屋。 鏡裏輕揚婉娩，憑朱檻、知他爲誰顰蹙。鳳老桐枯，慘澹九峰青矗。湘江淚痕未盡，有哀猿、相伴幽獨。向此際，更那堪懷古送目。

作者還創作了大量的時序詞，有些專寫節令，如清明、端午、重陽等節日，有些則寫季節變換中的所感所想。在春、夏、秋、冬四季中，又以寫秋天的詞最爲突出，如《淡黃柳·臺城秋夜》：

江城夜寂，何處吹羌笛。城上月高風淅淅。翻動林梢敗葉。一片琅玕下空碧。 倦遊客。鄉關暮雲隔。漫回首，盼歸翼。想柴門、流水依然在，白髮參軍，青衫司馬，休向天涯滴淚。

又《浪淘沙·秋感》：

江上晚來風。煙靄濛濛。白蘋吹盡到丹楓。流水落霞衰草外，離恨無窮。 極目楚雲東。愁見歸鴻。拒霜相倚夕陽中。露重月寒芳意歇，知爲誰紅。

還有一些詞，雖在詞題中沒有點出，根據正文內容，當是秋思之作，如《玲瓏四犯·台州作》：

白露點珠，明河生浪，秋光看又一半。翠衾知夜永，清夢冷孤館。南樓數聲過雁，西池桂花零亂。歲序如何，江山若此，贏得鬢霜滿。 傷心謾回愁眼。見蛩吟蔓草，螢度荒疃。淚隨黃葉下，事逐浮雲散。滄波袞袞東流去，問誰是、登樓王粲。菊綻籬邊，賦歸來恐晚。

又《江神子》：

霏霏輕雨弄秋光。野煙蒼。晚風揚。征雁將愁，分付與寒螿。窗外聲聲啼到晚，人不寐，夜何長。 滄江波浪去茫茫。莫思量。使人傷。籬外黃花，只作舊時香。歌罷歸來深對酒，今古事，總凄涼。

這兩首詞情感低沉，意境悲涼，作者借秋天將自己身處元末的感傷情懷做了極好地宣洩。《玲瓏四犯》寫於台州，據林家驪先生《劉基年表》考證，至正十二年壬辰（1352）省檄劉基爲浙東元帥府都事，於台州、溫州一帶開展征討方國珍的軍事行動。「江山若此，贏

得鬢霜滿」則形象地刻畫出劉基為剿滅方國珍殫精竭慮。可惜的是當政者被方國珍賄賂，劉基被免職羈管紹興。劉基的詞作之所以有那麼多的愁緒，由此可見一斑。另外，還有一首《摸魚兒‧金陵秋夜》堪稱佳作：

> 正淒涼、月明孤館，那堪征雁嘹唳。不知衰鬢能多少，還共柳絲同膩。朱戶閉。有瑟瑟、蕭蕭落葉鳴莎砌。斷魂不繫。又何必殷勤，啼螿絡緯，相伴夜迢遞。　　樵漁事，天也和人較計。虛名枉誤身世。流年袞袞長江逝，回首碧雲無際。空引睇。但滿眼、芙蓉黃菊傷心麗。風吹露洗。寂寞舊南朝，憑闌懷古，淚零在衣袂。

這首詞寫於金陵，大致推斷寫於 1360 年之後，即劉基成為朱元璋的軍師之後。在追隨明代開國君主朱元璋的十幾年當中，劉基如魚飲水，甘苦自知。「虛名枉誤身世」、「淚零在衣袂」是劉基當時心境的真實寫照，儘管受到朱元璋的賞識，貴為「誠意伯」，但經歷元末的戰亂和跌宕的仕宦生涯後，劉基感到自己被建功立業的功名之心枉誤一生。於是，在六朝古都金陵的秋夜裏寫下了自己的這番感慨。除此之外，寫春天、夏天、冬天的作品也很多，如《驀山溪‧晚春》：

> 清明過了。簾幕餘寒淺。芳樹不勝風，任流水、飄紅去遠、煙昏雨暝，天襯海雲低，鶯意懶，蝶魂消，花盡成秋苑。　　遊絲落絮，特地相縈絆。無計網春暉，漫贏得、遮人望眼。登高凝睇，欲寄一封書，鴻路阻，豹關深，日暮空腸斷。

又《玉漏遲‧初夏》：

> 海榴花似火，看看又見麥秋時候。枝上鳴蜩，斷續一庭金奏。翠沼風漪未定，看葉底、明珠圓溜。苔徑黝。蝦鬚掛處，有人消瘦。　　緬想那日歡娛，是鴻雁來初，芙蓉開後。蔓草青蕪，但覺暗愁依舊。欲把相思寄與，霧煙慘、不堪回首。凝望久。寒鴉自啼疏柳。

又《鷓鴣天·冬暖》：

> 窗外群蛙久不鳴。夜來忽聽滿池聲。客心且喜逢冬暖，
> 天意猶當放晚晴。　　塵勞事，莫關情。清風皓月共忘形。
> 天桃應妒芙蓉色，故發鮮花照眼明。

劉基的節令詞同樣籠罩在愁緒當中，如《滿江紅》：

> 風澹寒輕，又還是、清明時節、幾處處、莓苔鋪繡，
> 碎紅堆纈。滿樹綠陰堪止渴，漫山黃霧松花發。背畫闌、
> 獨立檢韶華，聞啼鴂。　　懷往事，空淒切。思不斷，腸
> 千結。想繁華一瞬，夕陽明滅。玄武湖邊楊柳月。雞鳴埭
> 上棠梨雪。到如今、何處覓遺蹤，泉聲咽。

又《御街行·秋夕》：

> 梧桐滴露鳴金井。夜耿耿、如年永。月明棲鳥數移柯，
> 有似佳期不定。年華迅速。碧霄迢遞，別恨空心領。　　青
> 鸞怕見單棲影。任網遍，盤龍鏡。盈盈一水隔雙星，腸斷
> 羽迷鱗暝。消愁憑酒，惟應無奈，酒與愁同醒。

又《滿庭芳·重九》：

> 雨歇涼生，天高氣爽，又是一歲重陽。雁聲來處，雲
> 白草茫茫。黃菊知人無酒，也不惜、針死幽芳。龍山上，
> 西風暝靄，落日下牛羊。　　登樓何限興，一齊分付，絡
> 緯寒螿。把古今閒事，莫更思量。坐到銀河案戶，城角盡、
> 月轉空牆。凝眸久，驚烏蜚起，零露濕衣裳。

葉蕃叔在《寫情集序》中認為，劉基「風流文采英餘，陽春白
雪雅調，則發泄於長短句也。或憤其言之不聽，或鬱乎志之弗舒，
感四時景物，託風月情懷，皆所以寫其憂世拯民之心，故名之曰《寫
情集》，釐為四卷。其詞藻絢爛，慷慨激烈，盎然而春溫，肅然而秋
清，靡不得其性情之正焉。」〔註19〕這段評論無疑是對劉基詞作的
最恰當的概括，他通過季節的更替和四時景物的變換來抒發動蕩時
代帶給他的無法排解的憂愁。作者在《滿路花》中寫到：

〔註19〕〔明〕劉基著、林家驪點校：《劉基集》附錄六，浙江古籍出版社1999
年版，第675頁。

山煙掠草低，江月披雲濕。柝聲宵未了、鐘聲急。寒鴉何事，獨在枝頭立。老來諸病集。客里光陰，駛如馳馬難縶。　　恨新思故，記一長遺十。頹墉圍廢宇、憑誰葺。階前冷露，似向離人泣。歲暮蛟龍蟄。干將掛壁，任他苔鏽生澀。

從「老來諸病集」、「客里光陰」、「歲暮蛟龍蟄」推斷，這首詞大致寫於洪武六年（1373）或洪武七年（1374）居京之時。早在洪武四年，劉基已經告老還鄉。在胡惟庸的誣陷之下，朱元璋下旨奪了劉基的俸祿，他不得不入朝謝罪。在客居京城的一年半時間裏，劉基情緒低落，極為衰頹，而且疾病纏身。直到洪武八年的三月，朱元璋才遣使護送劉基還鄉。一月之後，他就去世了。由此可見，不管是在元朝的四次出仕四次辭官，還是在明朝位居高官，劉基始終被小人構陷，處於極度鬱悶的境地。所以，他詞中的沉鬱之氣也就不難理解了。

陳霆在《渚山堂詞話》卷一中認為：「劉伯溫有《寫情集》，皆詞曲也。惜其大闋頗窒滯，惟小令數首，覺有風味。故予所選小令獨多，然視宋人亦遠矣。」[註20] 在這段話中，他認為劉基的大闋「頗窒滯」，即凝滯不暢的意思，小令很有風味，但和宋人相比又差了很多。如《眼兒媚》：

煙草萋萋小樓西。雲壓雁聲低。兩行疏柳，一絲殘照，數點鴉棲。　　春山碧樹秋重綠，人在武陵溪。無情明月，有情歸夢，同到幽閨。

又《臨江仙》：

街鼓無聲更漏咽，不知殘夜如何。玉繩歷落耿銀河。鵲驚穿暗樹，露墜滴寒莎。　　夢裏相逢還共說，五湖煙水漁蓑。鏡中綠髮漸無多。淚如霜後葉，摵摵下庭柯。

又《謁金門》：

風嫋嫋。吹綠一庭秋草。天際夕陽無限好。斷腸芳樹

〔註20〕〔明〕陳霆：《渚山堂詞話》。唐圭璋編：《詞話叢編》第一冊，第359頁。

－104－

老。　　塵世茫茫難料。有酒便須傾倒。落葉滿階從不掃。醉來新月皎。

　　雖然這些小令不能與宋人小令相提並論，但寫得倒也清麗可喜。陳霆認爲他的大闋雖有凝滯之感，但總體成就從寫詞技巧和思想內涵來說還是高過小令的，如在詞選中入選頻率較高的《水龍吟》就是大闋：

　　　雞鳴風雨瀟瀟，側身天地無劉表。啼鵑迸淚，落花飄恨，斷魂飛繞。月暗雲霄，星沉煙水，角聲清嫋。問登樓王粲，鏡中白髮，今宵又添多少。　　極目鄉關何處，渺青山、髻螺低小。幾回好夢，隨風歸去，被渠遮了。寶瑟弦僵，玉笙簧冷，冥鴻天杪。但侵階莎草，滿庭綠樹，不知昏曉。

還有《摸魚兒》：

　　　問春光、尚餘幾許，傷心前夜風雨。夭桃豔杏都吹盡，蘭茝變成荒楚。春欲去。但渺渺、青煙白水迷津渚。多情杜宇。有恨血滋宵，哀音破曉，千叫一延佇。　　蓬萊路。還是鯨濤間阻。神仙縹緲何處。瓊樓玉殿深留景，不見下方塵土。誰最苦。瞑色滯、雙飛燕子歸無主。那堪訴與。又暗壁殘燈，重門轉漏，嗚煙夢中語。

　　這兩首詞情景交融，清麗流轉，放入宋詞中亦不遜色，遠非他的小令所及。另外，陳霆認爲《寫情集》，是詞亦是曲，這一判斷有失公正。實際上，他的一些詞確實太過隨意，有曲化問題，但並不是詞曲不分。如《解語花·詠柳》一詞：

　　　依依旎旎，嫋嫋娟娟，生態眞無比。細腰宮裏。和煙重、組繪滿園桃李。佳人睡起。畫未了、橫雲嫵媚。輕步還憐掌中身，不自勝紈綺。　　長想渭城雨後，恨繁絲難綰，陌上征騎。陽關歌罷香塵遠，枉把翠柔折寄。鴉啼向晚，羅幕掩數行清淚。一任他、化作浮萍，漂蕩隨流水。

還有《念奴嬌·詠蛙》：

　　　池塘過雨，有許多蛙黽，爲誰彊聒。乍寂還喧如聚訟，

　　餿縷宮商爭發。嘔啞蠻歌，兜離鴃唱，煩齒相敲齬。可人
　幽夢，驚迴天水空闊。　　最好白石清泉，被渠翻倒，作
　蹄涔丘垤。蚯蚓螻蛄無智識，相趁草根嘈啈。坐井持頤，
　當車怒目，幾欲吞明月。子陽安在，至今莫辨優劣。

　　這兩首詞多用口語、俗語，意脈不太連貫，也缺乏含蓄蘊藉之
美。需要指出的是，詞的曲化問題是元詞創作中的一個重要現象，
劉基作爲這一環境中成長起來的一位詞人，難免受其影響，但不必
刻意強調，他的作品基本遵循了詞作爲一種獨立文體的規則。劉基
的詞大多寫於元代，他和楊基、高啓等人共同成爲元明過渡之際的
重要詞家。

　　楊基（1326～1378），字孟載，號眉庵，祖籍嘉州（今四川樂
山），徙居吳中（今江蘇吳縣）。入明之前，他曾被張士誠辟爲丞相
府記室，後辭去，客饒介所。入明之後，他雖做明官，卻因讒言被
貶，卒於工所。有《眉庵集》十二卷，《全明詞》錄 74 首，《全明
詞補編》補錄 6 首，存詞共 80 首。

　　楊基的詞多由四時之景抒發胸中情懷，因而創作了大量的時序
詞和詠物詞，也有題畫、祝壽以及羈旅之作。在對春、夏、秋、冬
四季的描寫中，又以春天爲主，主題涉及到春思、春恨、閨怨等等，
「春」字在他的詞中不斷出現。如《多麗・春思》：

　　問鶯花，底事蕭索。是東風、釀成細雨，晚來吹滿樓
　閣。鬪寒金、再簪寶髻，鎮帷屏、重擭香幄。杏惜生紅，
　桃針淺碧，向人憔悴，未開一萼。念惟有、淡黃楊柳。搖
　曳珠箔。憑闌久、春鴻去盡，錦字誰托。　　奈夢裏、清
　歌妙舞，覺來偏更情惡。聽高樓、數聲羌笛，管多少殘夢，
　梅花驚落。鴛帶慵寬，鳳鞋懶繡，新晴誰與共行樂。料應
　在、楚雲湘水，深處望黃鶴。不似柳花，長任憑漂泊。

　　整首詞清新飄逸，將春天到來時的細膩情思婉轉地表達出來。在
俗化和曲化之風席卷詞壇之時，作者能寫出這樣本色的春思之作，實
屬不易。還有《青玉案》一詞：

　　五更風雨花如霰。問春在、誰庭院。報到春光浮水面。一雙鸂鶒，數莖芹藻，無數桃花片。　　武陵溪上東風怨。空趁漁郎再尋遍。拋棄已同秋後燕。那知別後，飄飄蕩蕩，這裡重相見。

　　整首詞情景交融、意境優美，給人一種輕靈蕩漾之美。楊基詞的影響雖不及劉基，但他在意境的營造和表達上顯然高於劉基，頗得北宋詞人風致。除寫春天到來時的情思，楊基還詠歎了春天的諸多物象，如春水、桃花、柳樹、黃鶯、燕子、柳絮、鷗。如《沁園春·春水》：

　　巴蜀雪消，湘漢冰融，淨無片埃。看風吹皺綠，晴涵杜若，雨添香膩，暖浸莓苔。江漲魚鱗，溪沉燕尾，贏得沙鷗宿鷺猜。花陰下，見行人待渡，芳意徘徊。　　湖邊十二樓臺。映多少珠簾影倒開。愛綠醅可染，蒲萄新釀，麴塵低醮，楊柳初栽。修禊人歸，浣紗女去，猶有餘香拂岸來。多情處，汎桃花無數，流出天台。

　　這首詞不僅詞采華豔，還有一股清新之氣。「修禊人歸，浣紗女去，猶有餘香拂岸來。多情處，汎桃花無數，流出天台」句在平易中卻滿口餘香。另外，楊基寫秋天的作品也堪稱佳作，如《摸魚兒·感秋》：

　　問黃花、為誰開晚，青青猶繞西圃。秋光賴有芙蓉好，那更薄霜輕霧。江遠處。但只見、寒煙衰草山無數。憑欄不語。恨一點飛鴻，數聲柔櫓，都不帶愁去。　　當時夢，空憶邯鄲故步。山陽笛裏曾賦。黃金散盡英雄老，莫倚善題鸚鵡。君看取。且信提攜，如意樽前舞。浮名浪許。要插柳當門，種桃臨水，歸老舊遊路。

又《念奴嬌·壬子重陽感舊》：

　　今年重九，被閒愁孤負，一番時節。菊蕊青青香未吐，知我無心扳折。紫蟹凝霜，金橙噴霧，舊事憑誰說。故山何處，莫山無限紅葉。　　遙想響屧廊西。涵空閣上，水與雲相接。回首十年成一夢，卻倚西風傷別。料得明年，

人雖強健，雙鬢都成雪。且須沽酒，與君低問明月。

「壬子」為洪武五年，即 1372 年。重陽之日，作者感懷往事，慨歎流年。「舊事憑誰說」、「故山何處」、「回首十年成一夢」透露出作者對往日歲月的追憶之情。《摸魚兒・感秋》一詞，張仲謀據「山陽笛裏曾賦」句推斷，寫於洪武七年（1374）高啟被腰斬之後。楊基的詞多以時序為主線，情感輕靈縹緲，在不經意的敘述中卻留給人們對那個時代的無數遐想。另外，楊基還有一首《惜餘春慢》，是入明後在山西按察使任上所作。作者在題序中寫到：「初到山西，才中秋，已寒甚，擁蔽裘矣。緬思故鄉，正當賞桂問月之期，杳莫可得。然諸友亦多散沒，惟止仲在焉。用填詞一闋寄之，則鄉情旅況，覽示何如。」

> 隴頭水澀，秋蟬過塞，雁鳴寒威陡至。恁早覺、袖手懶將開，這氣候、偏與中原異。峭砭肌骨，洌脆髭鬚，江南老實難當御。覽高山、何葉不零，那百草歸何處。　　記故鄉、秋暑方消，金粟飄香，黃花委地。謾攜壺，共上著翠微吟，盼白雲紅樹。時去世更無幾。南遷北往，番成夢裏。到明朝、贏得邊雪霏顛，空令撫髀。

入明之後，楊基到山西做官。南北氣候的差異，引發了作者對故鄉和友人的思念。此詞娓娓道來，情真意切。諸友散沒和「南遷北往」的敘述中蘊藏著作者的滄桑興亡之歎。作者還寫了一首禁體詠雪詞《水調歌頭》：

> 風色夜來緊，寒氣十分嚴。起看江上樓閣，無處不鉤簾。短短釣簑漁艇，小小竹籬茅舍，斜掛一青簾。醉眼傲今古，不飲笑陶潛。　　正簌簌，俄揚揚，復纖纖。楚山埋沒何在，高處露雙尖。人道黨家風味，不比陶家清致，我欲兩相兼。舉盞慶豐瑞，來歲不須占。

與前面所選詞不同的是，這首詞輕快流轉。儘管風雪連日，作者卻十分高興。看著江上的樓閣、漁艇以及岸邊的茅舍掩映在皚皚白雪之中，作者舉杯祝願風調雨順。明人陳霆在《渚山堂詞話》中

談到：「楊孟載作禁體雪詞，後闋云：『正簌簌，還颭颭，復纖纖。』則於古無所出，雖移之別詠，未爲不可。予謂雪詞既禁體，於法宜取古人成語，習之句中，使人一覽見雪，乃爲本色。嘗記山谷詠雪，有『臥聽疏疏還密密，曉看整整復斜斜』之句，因輒易之云：『正簌簌，還密密，復纖纖』，知者以爲何如。」〔註21〕

除這些時序詞外，楊基的詠物詞儘管數量不多，但也寫得頗具神韻，如《望湘人・詠塵》：

> 愛輕隨馬足，深碾繡輪，落花飛絮相和。紫陌春情，東華風暖，拂拂嫩紅掀簸。羅襪微生，素衣曾染，閒愁無那。看補巢、燕子唧將，細雨香泥重做。　　誰向花前行過。見金蓮蹤跡，尚留些個。無處覓佳音，贏得兩眉低護。鎖茂宏何事，猶攜紈扇，卻恐西風相污。且歸去、綠樹陰中，淨掃青苔高臥。

又《燭影搖紅・詠簾》：

> 花影重重，亂紋匝地無人卷。有誰惆悵立黃昏，疏映宮妝淺。只有楊花得見。解匆匆、尋方覓便。多情長在，暮雨迴廊，夜香庭院。　　曾記揚州，紅樓十里東風軟。腰肢半露玉娉婷，猶恨蓬山遠。悶悶如今怎遣。奈草色、青青似剪。且教高揭，放數點春，一雙新燕。

作者將這兩個意象細膩傳神地表現出來，清新俊逸，頗得詠物之致。在楊基的作品中，還有一首寫給妻子的壽詞《齊天樂・客中壽婉素》：

> 華鯨聲遠鶯聲早，匆匆瑞煙籠曉。蛾綠添眉，蜂黃點額，樓上妝梳初了。羅輕佩小。向晴日簾櫳，暖雲池沼。細爇名香，滿斟春酒拜翁媼。　　繁華流水東去，又梁園密雪，長於芳草。楊柳東風，梨花淡月，幾度夢魂牽繞。佳辰漸好。願此別歸來，會多離少。笑引兒孫，故鄉稱二老。

〔註21〕〔明〕陳霆：《渚山堂詞話》。唐圭璋編：《詞話叢編》第一冊，第 365 頁。

這首詞是作者客居異地為妻子婉素而寫的一首壽詞。楊基曾在蘇州、江西、山西等地做官，雖與妻子聚少離多，卻一日不曾忘卻，「幾度夢魂牽繞」。作者希望在以後的日子裏與妻子能夠在故鄉安享天倫之樂。遺憾的是，楊基被讒言所累，卒於工所，年僅四十七歲。這首詞不同於一般的應酬祝壽之詞，情真意切，感人至深。還有一首《念奴嬌》詞，更真切地表現出作者身處異地對家鄉、兒女的那份濃濃思念之情。

> 一天風雨，奈無情誤我，匆匆行色。龍女祠前三日住，可是東君留客。夢裏家山、燈前兒女，幾處煙波隔。數莖愁鬢，看來今又添白。　　遙想小小宮桃，盈盈牆杏，都被輕寒勒。只有春江如得意，添卻葡萄三尺。鶯燕休愁，鳧鷖莫笑，行止非人力。明朝西去，布帆高掛晴碧。

同他的長調和中調比起來，楊基的小令寫得纖麗可愛，如《清平樂·折柳》：

> 欺煙困雨。拂拂愁千縷。曾把腰肢羞舞女。贏得輕盈如許。　　猶寒未暖時光。將昏漸曉池塘。記取春來楊柳，風流正在輕黃。

又《點絳唇》：

> 何處飛來，柳梢一點黃金小。弄晴催曉。喉舌如簧巧。　　春夢須臾，正繞江南道。空相惱。被他驚覺。綠遍池塘草。

後世的詞論家們也給了楊基較高的評價，朱彝尊在《黑蝶齋詩餘序》中認為「詞莫善於姜夔，宗之者，張輯、盧祖皋、史達祖、吳文英、蔣捷、王沂孫、張炎、周密、陳允平、張翥、楊基，皆具夔之一體。基之後，得其門者寡矣。」〔註22〕田同之認為「明初作手，若楊孟載、高季迪、劉伯溫輩，皆溫雅纖麗，咀宮含商。」〔註23〕馮金伯

〔註22〕〔清〕朱彝尊：《曝書亭集》卷40，四部叢刊初編本，上海書店1989年版，第2頁。

〔註23〕〔清〕田同之：《西圃詞說》。唐圭璋編：《詞話叢編》第二冊，第1454

引胡殿臣語：「臥子論廉訪詩如三吳少年，輕俊可喜，所乏莊雅。予謂莊雅固詩人首推，清俊實詞家至寶。蓋詩不莊雅必無風格，詞不輕俊必無神韻。況其蒼雅幽豔，又有不屑以清俊見者，然則孟載之詩與詞，未易同日語矣。」〔註24〕

　　楊基的詞清新雅潔，沒有受元代曲化和俗化之風的影響。在元明過渡之際的詞人當中，他是較多保留了宋詞清新自然創作風格的一位詞人。雖然此期元詞已經處於邊緣化的地位，但楊基仍然精心結撰，所寫作品不失自然清俊之美。

　　高啓（1336～1374），字季迪，號槎軒，又號青丘子，吳郡長州人（今蘇州）。元末隱居吳淞之青丘。洪武二年（1369），應詔修《元史》，授翰林院編修。擢戶部右侍郎，辭歸。因上樑文一案被腰斬。《扣舷集》收詞一卷，《全明詞》收詞35首。

　　高啓的詞多抒懷之作，雖然只有三十多首，卻是他內心情感的真實記錄。作者通過這些詞，不僅表達出他的人生態度和自我追求，也塑造出自己灑脫不羈的文士形象。如《念奴嬌·自述》：

> 策勳萬里，笑書生骨相，有誰曾許。壯志平生還自負，羞比紛紛兒女。酒發雄談，劍增奇氣，詩吐驚人語。風雲無便，未容黃鵠輕舉。　　何事匹馬塵埃，東西南北，十載猶羈旅。只恐陳登容易笑，負卻故園雞黍。笛裏關山，樽前日月，回首空凝佇。吾今未老，不須清淚如雨。

　　此時的高啓，赤膽雄心，意氣風發。「吾今未老，不須清淚如雨」透露出作者雖匹馬塵埃，十載羈旅，卻仍然有著豪邁灑脫的情懷，還有《沁園春·寄內兄周思誼》：

> 憶昔初逢，意氣相期，一何壯哉。擬獻三千牘，叫開漢關，躡一雙屐，走上燕臺。我勸君酬，君歌我舞，天地疏狂兩秀才。驚回首，漫十年風月，四海塵埃。　　摩挲

────────────

〔註24〕　〔清〕馮金伯：《詞苑萃編》卷7。唐圭璋編：《詞話叢編》第二冊，第1918頁。

頁。

舊劍在笥。歎同掩、橫門盡草萊。視黃金百鎰，已隨手去，
素絲幾縷，欲上頭來。莫厭棲棲，但存耿耿，得失區區何
足哀。心惟願，長對尊中酒滿，樹上花開。

在這首詞中，作者不僅表現出與內兄周思誼志同道合、意氣相
投的深厚情誼，也抒寫出十年蹉跎、志不得伸的現實，最後發出「心
惟願，長對尊中酒滿，樹上花開」的祝願。在經歷了元末的戰亂之
後，高啓的心態發生了明顯的變化，如《木蘭花慢·過城東廢第》：

笑匆匆夢短，人間事，幾黃粱。早月墜箏樓，塵生戟
戶，草滿球場。美人盡爲黃土，甚溫柔、難把作仙鄉。桃
李一番狼藉，燕鶯幾許淒涼。　　虛言地久與天長。滄海
變耕桑。記花月當年，盡多歡樂，卻少思量。門前久無繫
馬，但棲鴉、臨晚占垂楊。試問今來過客，有誰感歎斜陽。

陳霆在《渚山堂詞話》卷二中評此詞：「張士誠據姑蘇，凡高門
大宅，悉爲其權倖所佔，計其一時歌鍾甲第之富，輿馬姬妾之盛，
自謂安享樂成，永永無慮。孰知不五六年，煙滅雲散，如高季迪之
《木蘭花慢》所慨是也。……蓋盛衰不常，物理反覆，雖貴侯世
戚，且不能保其盈滿，況於一時草竊者哉。此足爲陸梁者之戒。」
〔註25〕當作者入明後被召京城，他寫下了《倦尋芳·曉雞》：

喚回好夢，呼起閒愁，何處咿喔。叫得霜飛，早似戍
樓海角。征鐸車前都已動，朝衣燈下應初著。最匆匆，念
帳中驚聽，送郎行卻。　　問何事、不能緘口，催得人間，
許多離索。我厭功名，怕候曉關開鑰。但戀五更衾枕暖，
不知千里程途惡。且高眠，任窗月，被他啼落。

「我厭功名」反映出作者在經歷元明易代之時的社會大變革後，
渴望過一種自由、不受拘束的生活，如《摸魚兒·自適》：

近年稍諳時事，傍人休笑頭縮。賭棋幾局輸贏注，微
似世情翻覆。思算熟。向前去、不如退後無羞辱。三般檢
束。莫恃微才，莫誇高論，莫趁閒追逐。　　雖都道，富

〔註25〕〔明〕陳霆：《渚山堂詞話》。唐圭璋編：《詞話叢編》第一冊，第368
頁。

　　貴人之所欲。天曾付幾多福。倘來入手還須做，底用看人
　　眉目。聊自足。見放著、有田可種，有書堪讀。村醪且瀘。
　　這後段行藏，從天發付，何須問龜卜。

　　從這首詞可以看出，此時的高啓對多變的世事有了更深的體悟，
甘願過一種有田可耕、有書可讀的歸隱生活。這首詞與《念奴嬌・自
述》也形成了鮮明的對比。於是，高啓在修完《元史》之後，歸隱故
鄉。然而，灑脫不羈的高啓還是因文字獲罪於朱元璋，被腰斬於市。
明初的社會不同於元初，朱元璋並沒有爲不願出仕的易代南方人提供
隱居的可能。

　　高啓留下三首詠物詞，其中的兩首堪稱佳作，如《沁園春・雁》：
　　　木落時來，花發時歸，年又一年。記南樓望信，夕陽
　　簾外，西窗驚夢，夜雨燈前。寫月書斜，戰霜陣整，橫波
　　瀟湘萬里天。風吹斷，見兩三低去，似落箏弦。　　相呼
　　共宿寒煙。想只在、蘆花淺水邊。恨嗚嗚戍角，忽催飛起，
　　悠悠漁火，長照愁眠。隴塞間關，江湖冷落，莫戀遺糧猶
　　在田。須高舉、教弋人空慕，雲海茫然。

　　清人陳廷焯在《雲韶集》卷十二中認爲：「此作句句精秀，雖非
宋人風格，固自成明代傑作。『橫波』七字，精湛而雄秀，眞才人之
筆。」〔註26〕又《疏簾淡月・秋柳》：
　　　殘絲恨結。是弱舞初闌，困眠才歇。綠少黃多，錯認
　　早春時節。西風也送誰離別。斷長絲、似人攀折。謾思曾
　　見，燕邊分翠，馬頭吹雪。　　君莫問、隋宮漢闕。總寒
　　煙細雨，曉風殘月。不帶流鶯，卻帶斷蟬悲咽。老來腸緒
　　應愁絕。江南橫管吹切。莫欺憔悴，明年依舊，萬陰成列。

　　陳廷焯在《雲韶集》卷十二中評高啓詞：「青丘詞，信筆寫去，
不留滯於古，別有高境。」〔註27〕王國維認爲：「有明一代，樂府道
衰。《寫情》、《扣舷》，尙有宋元遺響。」〔註28〕然而，需要指出的是，

〔註26〕〔清〕陳廷焯：《雲韶集》卷12評語，清代王氏晴靄廬鈔本。
〔註27〕〔清〕陳廷焯：前引書。
〔註28〕王國維：《人間詞話・附錄》，人民文學出版社，1960年版，第255頁。

高啓的有些詞信手拈來，顯得太過率意，而且口語化色彩也非常濃，如《憶秦娥‧感歎》：

> 功名驟。時人笑我眞迁繆。眞迁繆。不能進取，幾年落後。一場翻覆難收救。布衣惟我還如舊。還如舊。思量前事，是天成就。

這首詞完全被口語化了，喪失了詞本來的含蓄蘊藉之美。還有「八人少個六人多」這樣的句子也很多，還有上面的《摸魚兒‧自適》一連用了三個「莫」字，具有曲化色彩。所以說，雖然高啓爲「吳中四傑」之首，他的詩文創作成就超過了其他三人，他的詞也不乏佳作，但總體成就不及劉基和楊基。

貝瓊（約 1297～1379），又名闕，字廷琚，一字廷臣，崇德（今浙江桐鄉）人。元末領鄉薦，後退居父山。洪武初，徵修《元史》，除國子監助教。《全明詞》收詞 28 首。他的詞作以抒懷爲主，如《玉蝴蝶》：

> 極目江南千里，故人何處，一段傷心。漠漠行雲才霽又作輕陰。訴西風、寒蛩近戶，背落日、歸鳥投林。正秋深。殘山剩水，應怕登臨。　難禁。多情總老，流黃不寄，尺素空沉。綠殢紅迷。豈知零落到而今。似丁香、離腸暗結，點白雪、衰鬢先侵。思惜惜。一聲羌管，幾處鄰砧。

又《瑣窗寒》：

> 雁別衡陽，春光已到，去年時節。河堤弱柳，拂水萬條堪結。更無情、東風幾番，海棠一夜西園發。但草深曲徑，看花人少，亂飛蝴蝶。　最是傷心切。總過了花朝，漢宮傳蠟。方回未老，白髮那教成雪。憶當時、歌扇舞裙，小樓十二空夜月。待重尋、舊侶高陽，喚酒攜桃葉。

又《應天長‧吳仲圭秋江獨釣圖》：

> 澄江日落。渺一葉歸帆，渡口初泊。垂釣何人，不管中流風惡。西山青似削，曠千里、楚鄉蕭索。問甚處、更有桃源，看花如昨。　往事總成錯。羨范蠡風流，古蹟

依約。微利虛名，何啻蠅頭蝸角。宮袍無意著。但消得綠
蓑青蒻。鱸堪斫、明月當天，酒醒還酌。

　　這三首詞清俊婉麗，列入宋詞中亦無愧色。除此之外，還有一些
時序詞，如《水龍吟‧春思》：

楚天歸雁千行，一書不寄相思苦。匆匆過了，踏青時
節，更愁風雨。燕子黃昏，海棠春曉，幾翻悽楚。問誰能
為寫，重重別恨，算除有、江淹賦。　　尚記銀屏翠箔，
抱琵琶、夜調新譜。芳年易度，沉腰寬盡，白頭如許。弱
水三山，武陵一曲，重尋何處。奈無情杜宇，年年此日，
到淮南路。

　　此詞清麗嫻雅，有稼軒遺風。另外，貝瓊還有詠物詞《八六子‧
秋日海棠》：

滿空山。亂飄黃葉，花仙特地衝寒。恨薄命蕭娘嫁晚，
捧心西施妝成，恍然夢間。　　清明時節曾看。院落早鶯
猶困，樓臺乳燕初還。恨過了韶華，一枝偷綻，拒霜爭豔，
斷霞分彩，空贏得、人自先驚老去，天應不放春閒。倚闌
干。春風別愁幾番。

　　劉基、楊基、高啟等人雖然都進入明代，但是他們在明代生活
的時間也就十年左右。他們的大多數詞作寫於元代，所以在談到元
代南方詞壇時，他們是不應該被忽視的。同時，他們也是元代後期
南方詞壇除隱士詞人之外的又一股重要力量。就題材內容而言，他
們以詠物詞和時序詞為主，這些詞以南方的山水風物和民情風俗為
依託，展現了南方的地域特色。他們在巴蜀春水、秋日海棠、金陵
秋夜的描述當中，表現出了南方的情韻。就詞風而言，劉基、高啟
等人由於處於元末這樣一個動盪的時代環境中，悲涼之感也就成為
他們詞作的主要基調，因而風格上是沉鬱柔婉的。總之，以劉基為
代表的入明詞人作為南方本土詞人，他們的詞作從內容和風格上都
表現出了南方的特色。

　　以上詞人和入明元末隱士詞人共同將元詞帶入明代，明詞正是
在謝應芳、邵亨貞、劉基、楊基、高啟等人的影響下繼續向前發展。

在明代市民經濟和俗文學大盛的時代背景下，詞的俗化和曲化較之元代更加明顯，瞿祐的《樂府遺音》也成爲明詞曲化的先聲。

第四章 元代南方詞壇之 地域文化特徵

地域文化視角是研究元代南方詞壇的重要切入點。所謂地域文化,不僅包括這個地區的空間構成,而且還包含這一地區在發展過程中所派生的文化意義。而且正是這種空間的、文化的差異爲中華文化圈內各種文化注入了各自的特性和內容。程民生在《宋代地域文化》中談到:「上古時代的地域文化,大致有中原華夏文化和東夷、西戎、北狄、南蠻文化,各有不同的層次和鮮明的特色。經過碰撞與融合,在更廣大的中原地區匯聚成漢文化。漢文化又依據各地自然環境和歷史,形成巴蜀、三秦、三晉、齊魯、燕趙、荊楚、吳越等地域文化。」〔註 1〕而元代南方詞壇正是以吳越文化爲中心的南方地域文化的產物。

第一節　元詞發展的地域性

人們習慣以「南宗詞」和「北宗詞」來大致概括元詞的兩種風格。一般來說,「北宗詞」被認爲體現了北方的文化特色和文學傳統,而「南宗詞」則繼承了南宋姜夔、張炎格律詞派的傳統。由此看來,

---

〔註 1〕程民生:《宋代地域文化》,河南大學出版社 1997 年版,第 3 頁。

元詞發展中的地域性已經是一個不爭的事實。但是，將元詞以地域為標準一分為二的做法又太過籠統。在研究元詞的地域性問題時，我們先要有這樣的認識。首先，元朝是一個統一的封建王朝，儘管統治者將原南宋統治下的人列為四等之末，但這並不影響南北的交流和互動；其次，此時的元王朝是一個多民族、多文化共存下的國家，在彼此的融合過程中，逐漸將各自的民族文化轉化為一種區域文化。因此，對元詞的地域性問題仍應該做深入的分析。那麼，我們在研究過程中就不應該忽視元朝統一後「南人北上」、「北人南下」這一現象。伴隨著這種現象的發生，地域性特徵更加突出。

　　1276 年 2 月 4 日，隨著南宋王朝向元廷獻上降表，從唐代末年就陷入分裂的政治局面終被結束。南北已經隔絕了太久，劉因詩中白溝以北即天涯即是對這一段歷史的準確概括。陳垣先生在《元西域人華化考》一書中談到：

> 蓋自遼、金、宋偏安後，南北隔絕者三百年，至元而門戶洞開，西北拓地數萬里，色目人雜居漢地無禁，所有中國之聲明文物，一旦盡發無遺，西域人羨慕之餘，不覺事事為之仿傚。且元自延祐肇興科舉，每試，色目進士少者十餘人，多者數十人，中間雖經廢罷，然舉行者猶十五六科，色目人之讀書應試者甚眾。……故儒學、文學，均盛極一時。而論世者輕之，則以元享國不及百年，明人敝於戰勝餘威，輒視如無物，加以種族之見，橫互胸中，有時雜以嘲戲，……清人去元較遠，同以異族入主，間有一二學者平心靜氣求之，則王世禎、趙翼兩家之言可參考也。
> 〔註2〕

　　南方詞壇和北方詞壇第一次以區域文化的代表平等地出現在我們的研究視野中。一旦禁區的閘門被打開，北人南下，南人北上就成為一種社會潮流。因為在統一剛剛到來之時，每一個人對曾經的異域都充滿了好奇，只不過有人是主動的，有人是被迫的。雖然，以個人

〔註2〕陳垣：《元西域人華化考》，上海古籍出版社 2000 年版，第 132 頁。

的微薄之力，他們不能對早已存在的南方詞壇和北方詞壇產生重大的影響，但這也是他們在不同地理環境下對詞境的又一次開拓。

　　第一批北上的南人是作爲人質的南宋皇室成員，而宮廷琴師汪元量就是其中的一位。汪元量（1241～1320 年左右），字大有，號水雲，錢塘（浙江杭州）人。至元十三年（1276），汪元量隨宋室三宮北上大都。至元十九年（1282），江南有事，元主遣宋君臣到上都。汪元量在他的五十二首詞中，爲我們記錄下他在大都和上都的生活。他在大都寫的《望江南・幽州九日》將一個南方人初到大都時的悲傷和對故鄉的思念之情表現得淋漓盡致。

　　　　官舍悄，坐到月西斜。永夜角聲悲自語，客心愁破正
　　思家。南北各天涯。

　　　　腸斷裂，搔首一長嗟。綺席象床寒玉枕，美人何處醉
　　黃花。和淚撚琵琶。

　　還有他上都歸來後寫的《憶秦娥》，可以看作是南方人中最早的「上京紀行詞」。「上京」即上都，與大都（今北京）南北相望，忽必烈在這裡建立了開平府。因爲處於灤河上游北岸，又有灤京、上京和灤陽之稱，今在內蒙古正藍旗。據《草木子》記載：「元世祖定大興府爲大都，開平府爲上都。每年四月，迤北青草，則駕幸上都以避暑，頒賜於其宗戚，馬亦就水草。八月草將枯，則駕回大都。自後宮裏歲以爲常。車駕雖每歲往來於兩都間，他無巡狩之事。」〔註3〕跟隨大駕北巡的爲皇帝的后妃、官員、儒士、宗教人士、軍隊以及皇帝的儀仗隊。如果不是政治的原因，作爲異朝人質的汪元量是不會前往這一片蒙古草原的，這一段經歷也豐富了他的詩詞內容。

　　　　馬蕭蕭，燕支山中風飄飄。風飄飄，黃昏寒雨，只是
　　無憀。玉人何處教吹簫，十年不見心如蕉。心如蕉。彩箋
　　難寄，水遠山遙。

　　燕支山在今天甘肅省山丹縣東，當時汪元量正在遣中。如果結

―――――――――――――――――
〔註3〕〔明〕葉子奇：《草木子》卷3，中華書局 1959 年版，第64頁。

合他的「上京紀行詩」來讀，燕支山中「馬蕭蕭」、「風飄飄」、「黃昏寒雨」的景象會更直觀。在去上京的過程中，汪元量創作了《出居庸關》、《長城外》、《蘇武洲氈房夜坐》、《居延》、《開平雪霽》、《草地》、《開平》、《草地寒甚氈帳中讀杜詩》等上京紀行詩。在一個南方人的心中，北方的苦寒加上政治的原因，這簡直是一次生死未卜的旅程，「今臣出長城，未知死何處」，「此時入骨寒，指墮膚亦裂。萬里不同天，江南正炎熱」。同時，汪元量也有了另外一種人生體驗，對於開平的大雪，發出了「偉哉復偉哉」的讚歎！在天山觀雪之後，也能和王昭儀「手持並刀鐵，相邀割駝肉。」在草地氈帳中再次讀杜甫詩的時候，作者有了不同的感悟：「少年讀杜詩，頗厭其枯槁。斯時熟讀之，始知句句好。」正是這十二年被迫北上的人生經歷，豐富了汪元量的詩詞創作。南歸之後，再過金陵之時，他寫下了《鶯啼序・重過金陵》這樣的好詞：

> 金陵故都最好，有朱樓迢遞。嗟倦客、又此憑高，檻外已少佳致。更落盡梨花，飛盡楊花，春也成憔悴。問青山、三國英雄，六朝奇偉。　　麥甸葵丘，荒臺敗壘，鹿豕銜枯薺。正潮打孤城，寂寞斜陽影裏。聽樓頭，哀笳怨角，未把酒、愁心先醉。漸夜深，月滿秦淮，煙籠寒水。
>
> 淒淒慘慘，冷冷清清，燈火渡頭市。慨商女不知興廢，隔江猶唱《庭花》，餘音嫋嫋。傷心千古，淚痕如洗。烏衣巷口青燕路，認依稀、王謝舊鄰里。臨春結綺。可憐紅粉成末，蕭索白楊風起。　　因思疇昔，鐵索千尋，謾沉江底。揮羽扇、障西塵，便好角巾私第。清談到底成何事，回首新亭，風景今如此。楚囚對泣何時已。歎人間，今古真兒戲。東風歲歲還來，吹入鍾山，幾重蒼翠。

十二年的北上經歷，不僅開闊了汪元量的視野，也使他從一位宮廷琴師轉變為元初的一位優秀的詩人、詞人。所處地域環境的變化，汪元量更能從一個新的角度審視自己的生活和創作。儘管這十二年的漂泊旅程對於汪元量而言是悲苦辛酸的，但他的作品留給我

們的確實是對那段歷史的最生動的記憶。

至元二十五年（1288），汪元量以道士身份南歸。至元二十七年（1290）九月，張炎踏上了北遊大都的旅程。據戴表元《送張叔夏西遊序》記載：「玉田張叔夏與余初相逢錢塘西湖上，翩翩然飄阿錫之衣，乘纖離之馬，於時風神散朗，自以爲承平故家貴遊少年不翅也。垂及強仕，喪其行資，則既牢落偃蹇，嘗以藝北遊不遇，失意邴邴，南歸愈不遇。」〔註4〕顯赫的身世和「南人」的政治地位，注定了張炎的大都之行必將不能如他所願。但是，他在不經意間留下了一個南方人在大都的見聞和感受。北上途中，他寫下了《壺中天·夜渡古黃河，與沈堯道、曾子敬同賦》：

> 揚舲萬里，笑當年底事，中分南北。須信平生無夢到，
> 卻向而今遊歷。老柳官河，斜陽古道，風定波猶直。野人
> 驚問，泛槎何處狂客。　　迎面落葉蕭蕭，水流沙共遠，
> 都無行跡。衰草淒迷秋更綠，惟有閒鷗獨立。浪挾天浮，
> 山邀雲去，銀浦橫空碧。扣舷歌斷，海蟾飛上孤白。

在白溝的阻隔下，詞人做夢都沒有想到自己會到北方，並且有今日的大都之行。面對黃河邊上的景物，感慨之情無以言表。到大都之後，詞人遇到了杭妓沈海嬌、汪菊坡，驚愕之餘，相對如夢，寫下了《國香》和《臺城路》二詞。到海雲寺遊賞，看到兩顆千葉杏，奇麗可觀，而江南卻沒有，於是寫下了《三姝媚》：

> 芙蓉城伴侶。乍卸卻單衣，茜羅重護。傍水開時，細
> 看來、渾似阮郎前度。記得小樓，聽一夜、江南春雨。夢
> 醒簫鼓，流水青蘋，舊遊何許。　　誰翦層芳深貯。便洗
> 盡長安，半面塵土。絕似桃根、帶笑痕來伴，柳枝嬌舞。
> 莫是孤村，試與問、酒家何處。曾醉梢頭雙果，園林未暑。

一年之後，張炎返回江南。當他再回憶這段往事時，更加感傷，於是寫下了《甘州》：

〔註4〕〔元〕戴表元：《剡源文集》卷13，《四庫全書》第1194冊，第175
頁。

> 記玉關、踏雪事清遊。寒氣脆貂裘。傍枯林古道，長
> 河飲馬，此意悠悠。短夢依然江表，老淚灑西州。一字無
> 題處，落葉都愁。　　載取白雲歸去，問誰留楚佩，弄影
> 中洲。折蘆花贈遠，零落一身秋。向尋常野橋流水，待招
> 來、不是舊沙鷗。空懷感，有斜陽處，卻怕登樓。

延祐六年（1319），周權攜詩稿北遊京師。袁桷非常賞識他，想
要爲他推薦館職，但是沒有成功。他的才華也得到了趙孟頫、歐陽
玄、陳旅等人的賞識。在大都期間，周權寫下了《洞仙歌·謝歐陽
學士偕陳眾仲教授過訪》一詞，以答謝他們的深厚友情。雖然在大
都沒有走上仕進之路，但是他的詩名得以在大都文化圈流播，也堅
定了他南歸後專一寫詩的決心。

以上我們談到兩種北上大都的南人，一種是作爲人質，一種是自
主地前往大都。還有一種人是因爲做官的原因。至元二十三年
（1286），受元世祖的委託，程鉅夫到江南尋訪人材，張伯淳、趙孟
頫就是其中的兩位。張伯淳存詞 22 首，其中壽詞 11 首，次韻酬贈之
作 11 首。趙孟頫詞中的應制、祝壽之作多寫於大都，而趙孟頫夫人
管道昇雖然只留下四首《漁父詞》，卻表達出對南方故鄉濃濃的思念
之情。

> 遙想山堂數樹梅。凌寒玉蕊發南枝。山月照，曉風吹。
> 只爲清香苦欲歸。
>
> 南望吳興路四千。幾時回去雪溪邊。名與利，付之天。
> 笑把漁竿上畫船。
>
> 身在燕山近帝居。歸心日夜憶東吳。斟美酒，鱠新魚。
> 除卻清閒總不如。
>
> 人生貴極是王侯。浮利浮名不自由。爭得似，一扁舟。
> 弄月吟風歸去休。

我們在第二章談到的大都詞人群，都是因任職大都的原因而在
那裡生活。他們和汪元量、張炎、周權等人共同組成了「南人北上」
這一生動的畫面。在這幅畫面中，有他鄉遇故知的驚喜，也有願望

不能達成的遺憾。但是，有了這一段在北方生活的經歷，他們對人生的體悟也更深刻，他們的創作也更豐富。反映在他們的詞作中，便成爲元詞史上的一個非常獨特的現象。

第一批來到江南的北人，應該是伯顏麾下的軍士。隨之而來的就是任職江南的北人，如胡祇遹、盧摯等人。至元十七年（1280），白樸正式定居建康，並於至元二十八年（1291）二月出遊杭州西湖。至元二十三（1286），張翥出生，他作爲北下南下的第二代，在南方度過了他人生當中三分之二的歲月。六十多歲北上大都，並且活躍於大都文壇，成爲南北地域文化共同孕育出的一朵奇葩。在第二章遊寓詞人群一節中，我們對「北下南人」中的詞人有詳細論述，這裡不再贅述。

「南人北上」、「北人南下」成爲元代的一道獨特的風景，他們的活動爲南北詞壇注入了新鮮的血液。南宋的失敗和四等之末的地位雖然使南方人對這些「手指紅梅作杏花」的北人多少有些輕視，但是他們還是願意到大都看一看。儘管北人對南人也沒有多少好感，但是南方秀美的山水無疑吸引了他們的視線。當南北的地域界限被打破，南北文人的流動成爲可能時，這也意味著古代文學的版圖將會有所變化。正如梅新林所談到的：「對於中國古代文學版圖而言，流域軸線是其『動脈』，城市軸心是其『心臟』，文人群體則是其『靈魂』。作爲文學活動與創作的主體，文人群體流向隨時改變著而且最終決定著古代文學版圖的整體格局。」〔註 5〕

第二節　元代南方詞壇之地域風情

通過元代南方詞人的地理分佈我們看到，元代南方詞壇實際上就是以江浙詞人爲主，江西詞人爲輔的地域性詞人群體。對於本土詞人群而言，他們一直生活在這裡，南方的山水和民情風俗便成爲

〔註 5〕梅新林：《中國古代文學地理形態與演變》，復旦大學出版社 2006 年版，429 頁。

他們最好的創作素材，因而他們詞作中的地域性較之遊寓詞人群和大都詞人群更為明顯和純粹。對於大都詞人群而言，因為他們在大都做官，和蒙古人、色目人、漢人共處在一個多元的文化圈中，他們詞作中的地域性某種程度上得到了消解。對於遊寓詞人群而言，南方的山水和風物對他們來說是美麗而陌生的，詞便成為他們最好的宣洩情感的方式，於是就出現了北方詞人創作的南方化特色。下面我們通過懷古詠史詞、節序詞、詠物詞來談南方詞壇的地域文化意識。

一、懷古詠史詞

　　南方的美不僅在於它的山水，更在於它的人文內涵。於是，每一處山水名勝都會引起觀賞者的追懷和遐想。金陵、蘇州、杭州、廣陵這些具有悠久歷史的古城，便成為他們駐足的常地。對南方山水的描寫以及對滄桑興亡的詠歎便成為文人詞作中的應有之義。趙孟頫通過組詞《巫山一段雲》寫了南方的淨壇峰、登龍峰、松鶴峰、上昇峰、朝雲峰、集仙峰、望霞峰、棲鳳峰、翠屏峰、聚鶴峰、望泉峰、起雲峰。吳鎮有感於瀟湘八景，閱讀圖經，選取家鄉嘉禾八景入畫，並且寫《酒泉子》組詞，詞題為空翠烽煙、龍潭暮雲、鴛湖春曉、春波煙雨、月波秋霽、三閘奔湍、胥山松濤、武水幽瀾。在他們的筆下，南方的山水是輕靈的，是有故事的，如吳鎮的《酒泉子‧胥山松濤》：

> 百畝胥峰，道是子胥磨劍處，嶙峋白石幾番童。時有兔狐蹤。　　山前萬個長松樹。下有高人琴劍墓。迴迴蒼檜四時青。紅日戰濤聲。

　　「百畝胥峰」原來是伍子胥磨劍的地方，而今卻成為兔狐出沒之地。在南方的地域文化中，人不僅在自然山水中暢遊，也是在和歷史做一次對話。當然，對杭州西湖的描寫也是不可或缺的一環。在詞人筆下，一年四季的西湖都是美麗的。張翥不僅寫了春天在西

湖泛舟的情景，也寫下了秋天泛舟西湖的感受，如《摸魚兒・春日
西湖汎舟》：

　　漲西湖、半篙新雨，麴塵波外風軟。蘭舟同上鴛鴦浦，
天氣嫩寒輕暖。簾半卷。度一縷、歌云不礙桃花扇。鶯嬌
燕婉。任狂客無腸，王孫有恨，莫放酒杯淺。　　垂楊岸，
何處紅亭翠館。如今遊興全懶。山容水態依然好，惟有綺
羅雲散。君不見。歌舞地、青蕪滿目成秋苑。斜陽又曉。
正落絮飛花，將春欲去，目送水天遠。

又《八聲甘州・秋日西湖汎舟，午後遇雨》：

　　向芙蓉湖上駐蘭舟，淒涼勝遊稀。但西泠橋外，北山
堤畔，殘柳依依。追憶鶯花舊夢，回首冷煙霏。惟有盟鷗
好，時傍人飛。　　聽取紅筵象板，盡歌回彩扇，舞換仙
衣。正白蘋風急，吹雨暗斜暉。空惆悵、離懷未展，更酒
邊、忍又送將歸。江南客、此生心事，只在漁磯。

　　這兩首詞細膩婉轉，又有一種感傷的情調。一陣春雨讓西湖的
水漲起來，泛舟湖上，在微寒中又有一種暖意。這裡雖然山水依舊，
但是當年的歌妓已經風流雲散。飄落的柳絮伴著紛飛的楊花，春天
就要過去，於是有一種傷春之感。秋天的西湖之上，遊人已經很少
了。殘柳依依，只有鷗鳥在上空盤旋，客居江南的張翥不禁生發出
悲秋的情緒。張翥是北方人，只是他的父親作為吏員從征江南，並
且作了杭州鈔庫的副使，他們才寓居杭州。但是，他知道自己的故
鄉是在北方，於是引發出「江南客、此生心事，只在漁磯」這樣的
感慨。元順帝後至元末年，張翥北上大都任職，對江南的思念又成
為他後二十多年的情感牽掛，他在《憶錢塘》一詩中曾經寫到：

　　平湖十里碧漪風，歌舫漁舟遠近同。天竺雨餘山撲翠，
海門潮上日蒸紅。雙心花月隨年換，回首閭閻委地空。白
髮故人零落盡，浮生悵望夢魂中。

　　除杭州外，金陵、蘇州、廣陵這些城市也經常出現在詞人的作
品中。遊寓詞人薩都剌一到南方，就寫了大量的懷古詠史詞，《滿江

紅‧金陵懷古》、《酹江月‧登鳳凰臺懷古用前韻》、《登石頭城次東
坡韻》等。金陵的古蹟加上北人的豪情呈現給我們的是一種曠遠之
美，「古往今來，人生無定，南北行人路。浩歌一曲，莫辭別酒頻注」。
長期生活在南方的張翥也寫過一首《憶舊遊‧重到金陵》：

> 悵麟殘廢井，鳳去荒臺。煙樹欹斜。再到登臨處，渺
> 秦淮自碧，目斷雲沙。後庭謾有遺曲，玉樹已無花。向宛
> 寺裁詩，江亭把酒，暗換年華。　　雙雙舊時燕，問巷陌
> 歸來，王謝誰家。自昔西州淚，等生存零落，何事興嗟。
> 庾郎似我憔悴，回首又天涯。但滿耳西風，關河冷落凝暮
> 笳。

當作者來到古都金陵，惆悵之情油然而生。「庾郎似我憔悴」一
句將詞人的鄉關之思傳達出來。庾信是南方人，奉命出使西魏卻被
留在了北方，對南方故鄉的思念便成爲他永久的痛。同薩都剌比起
來，張翥這首詞更爲細膩柔美。薩都剌還寫了《酹江月‧姑蘇臺懷
古》：

> 倚空臺榭，愛朱闌飛瞰，百花洲渚。雲嶺迴廊香徑悄，
> 爭似舊時庭戶。檻外遊絲，水邊垂柳，猶學宮腰舞。繁華
> 如夢，登臨無限清古。　　果見荒臺落日，麋鹿來遊，漫
> 爾繁榛莽。忠臣抉目東門上，可退越來兵伍。空鑄干將，
> 終爲池沼，掩面歸何所。遺風千載，尚聽儂歌白佇。

昔日繁華熱鬧的姑蘇臺，如今已是一座荒臺。在古今的對照中，
滄桑興亡之感油然而生。南方詞人周權也寫過一首《念奴嬌‧姑蘇
臺懷古》：

> 周權飛臺千尺。直雄跨層雲，東南勝絕。當日傾城人
> 似玉，曾醉臺中春色。錦幄塵飛，玉簫聲斷，麋鹿來宮闕。
> 荒涼千古，朱闌猶自明月。　　送目獨倚西風，問興亡往
> 事，飛鴻天末。且對一尊浮大白，分甚爲吳爲越。物換星
> 移，歎朱門、多少繁華消歇。漁舟歌斷，夕陽煙水空闊。

雖然薩都剌是北方人，周權是南方人，但是他們所描寫的姑蘇
臺卻沒有太大的差別。北方詞壇和南方詞壇經過長期的阻隔，雖有

著不同的風貌，但是在這首詞上，他們的詞風卻沒有太大的不同。

揚州也是詞人經常歌詠的對象，張翥有一首《春從天上來・廣陵冬夜》。在揚州的一個冬天的晚上，詞人與松雲子談論五音二變十二調，並且品簫定之。當時月滿霜空，松雲子吹春從天上來曲，音韻淒遠，詞人有霞外飛仙之想，於是寫下這首詞：

> 嫋嫋秋風。聽響徹雲間，彩鳳啼雄。嬴女飛下，玉佩玲瓏。腸斷十二臺空。渺霜天如海，寫不盡、楚客情濃。燭銷紅。更鏘金振羽，變徵移宮。　　揚州舊時月色，歎水調如今，離唱誰工。露葉殘蛾，蟾花遺粉，寂寞瓊樹香中。問坡仙何處，滄江上、鶴夢無蹤。思難窮。把一襟幽怨，吹與魚龍。

整首詞清雅綿邈，韻味無窮。此時的揚州冬夜沒有蕭瑟清冷之感，而有一種空靈悠遠之美。張可久也有《木蘭花慢・維揚懷古》一詞：

> 笑多情明月，又隨我，上揚州。愛十里珠簾，千鍾美酒，百尺危樓。風流。聒天笳鼓，記茱萸、漫下菊花酒。淮水東來渺渺，夕陽西去悠悠。　　巡遊。當日錦帆收。翠柳纜龍舟。但老樹寒蟾，荒祠野鼠，古渡閒鷗。嬌羞。美人如玉，算吹簫、座客不勝愁。未可腰錢鶴背，且將十萬纏頭。

除此之外，滕王閣、虎丘、吳門等古蹟也進入到詞人的描寫範圍內。懷古詠史詞是本土詞人群和遊寓詞人群的創作重點，而大都詞人則相對少一些。在程文海的 56 首詞作中，壽詞占到 35 首，次韻之作 12 首，酬贈送別之作 9 首。歐陽玄的 12 首詞是南歸之前，詞人記敘在北方所見所感的作品。趙孟頫和虞集的作品，既有南方生活的描述，又有上都生活的見聞。因此，對大都詞人群而言，他們詞作中南方地域文化的特色受到一定程度的消解。他們中的大多數人出生在南方，並且在那裡度過了自己的青春歲月。當他們北上之後，在大都這樣一個多元文化並存的國際大都市中，他們不自覺

地對南北文化進行了融匯、整合。對於本土詞人群來說，他們從出生就徜徉在南方的山水當中。濛濛的煙雨，動人的傳說，地域文化意識早已浸潤到創作者的靈魂深處。遊寓詞人群是這裡的後來者，他們用最直觀的語言呈現著這裡的不同，是外來者對這裡的讚美。

二、節序詞

　　吳熊和先生在《唐宋詞通論》中談到：「許多事實表明，詞在唐宋兩代並非僅僅作為文學現象而存在。詞的產生不但需要燕樂風行這種具有時代特徵的音樂環境，它同時還關涉到當時的社會風習、人們的社交方式，以歌舞侑酒的歌妓制度以及文人同樂工歌妓交往中的特殊心態等一系列問題。詞的社交功能與娛樂功能，在相當長的時間內，是同它的抒情功能相伴而行的。不妨說，詞是在綜合上述複雜因素在內的歷史背景下產生的一種文學——文化現象。」〔註6〕在這段話中，吳先生不僅指出詞具有抒情功能、社交功能和娛樂功能，而且還談到詞與當時社會風俗、人們的社交方式等的密切關係。那麼，節序詞就是對當時社會風俗的一種反映。

　　據黃傑在《宋詞與民俗》中統計，《全宋詞》中的節序詞共有 1406 首，涉及從元旦到除夕的 24 種節日。其中，元宵詞 330 首，重陽詞 277 首，中秋詞 210 首，七夕詞 133 首，端午詞 89 首。如果再把「春夏秋冬」這一廣義的節序包含進來，數目會更多。元代南方詞人繼承宋代詞人的傳統，也創作了大量的節序詞。但是，節序詞的數量則相對要少。其中，元宵詞、端午詞、清明詞位居前列。通過對這些節序詞的分析，我們會對元代南方的風俗民情有進一步的瞭解，這也是地域文化中的重要內容。

（一）元宵詞

　　元宵節，又叫元夜、元夕、上元、燈夕、燈節。據《元史·張養浩傳》記載：「世祖臨御三十餘年，每值元夕，閭閻之間燈火亦禁；

〔註6〕吳熊和：《唐宋詞通論》，浙江古籍出版社 1989 年版，第 455 頁。

況閫庭之嚴，宮掖之邃，尤當戒愼」。〔註7〕由此看來，元初雖然保留了前朝的慶祝傳統，但是實行了禁燈制度。元初宋遺民詞人劉辰翁則爲我們記錄下當時的一些片段，如《望江南・元宵》：

> 春悄悄，春雨不須晴。天上未知燈有禁，人間轉似月無情。村市學簫聲。

又《卜算子・元宵》：

> 不是重看燈，重見河邊女。長是蛾兒作隊形，路轉風吹去。　　十載廢元宵，滿耳番腔鼓。欲識尊前太守前，起向尊前舞。

元初南方的元宵節雖然沒有了南宋時的流光溢彩，但是增加了北方人的番腔戲鼓。隨著北人的南下，一些北方的風俗也被帶到了南方。張翥有《風入松・廣陵元夜，病中有感》：

> 東風巷陌暮寒驕。燈火鬧河橋。勝遊憶遍錢塘夜，青鸞遠、信斷難招。蕙草情隨雪盡，梨花夢與雲銷。　　客懷先自病無聊、綠酒負金蕉。下帷獨擁香篝睡，春城外、玉漏聲遙。可惜滿階明月，更無人爲吹簫。

在這樣一個元宵夜，客居廣陵的張翥卻生病了。對杭州勝遊的追憶，「更無人爲吹簫」的感歎，使我們感受到詞人的那份孤獨與寂寞。然而，「燈火鬧河橋」的場景，卻掩飾不住廣陵元宵節的熱鬧氣氛。元朝建立之初，爲強化其統治，實行了「禁夜」制度，「其夜禁之法，一更三點，鐘聲絕，禁人行；五更三點，鐘聲動，聽人行；有公事急速及喪病產育之類不在此限。違者笞二十七下，有官者笞一下。」〔註8〕直到至元二十九年（1292）六月，才正式解除了燈禁。從這首詞我們看到，元代元宵節又恢復了前朝時的熱鬧繁華。邵亨貞、韓奕等人也創作了數量頗多的元宵詞，但對他們來說。元宵節帶給他們更多的是易代之際的感傷。

〔註7〕〔明〕宋濂等撰：《元史》卷175，中華書局1976年版，第4091頁。
〔註8〕《元典章》卷57，刑部十九・禁夜，中國書店1990年版，第807頁。

（二）端午詞

端午節又叫「浴蘭令節」，元代描寫這一節日的詞有朱晞顏的《喜遷鶯・永嘉思遠樓端午》：

> 香塵盈籃。是舊日賜來，宮羅疊雪。服艾衣清，浴蘭湯暖，輸與個人娟潔。性巧戲拈，針廛得、虎兒獰劣。鬢半嚲，貼朱符翠篆，同心雙結。　　愁絕追楚俗。獨弔湘累，日映沉菰葉。彩鷁浮空，鳴鼉聒晝，十里翠紅相接。漫有倚空闌檻，誰把朱簾高揭。歸去也，聽叩舷兒女，尚傳歌闋。

同時，端午節也是五月份最重要的節日，家家掛艾虎，貼朱符，吃粽子。人們沐浴更衣，穿著乾淨的衣服，憑弔屈原。吳存在《水龍吟・督軍湖觀競渡》中寫到：

> 平湖暮色冥濛，雷風喚起雙龍舞。吸乾彭蠡，須臾噀作，一川煙雨。漢女霓旌，湘妃翠蓋，馮夷鼉鼓。想祝融指揮，濤奔浪卷，來赴世間端午。　　此地番君舊境，問當年軍容何許。垂楊斷岸，幾回想像，水犀潮弩。風景依然，英雄遠矣，悠悠漢楚。笑邦人只記，飯筒纏採，泊江懷古。

競渡，也就是賽龍舟，是我國南方地區的一項重要民俗活動。這首詞就為我們描寫了端午節在督軍湖觀看競渡的所見所想。湖上暮色濛濛，突然間下起了雨，賽龍舟的活動仍在進行當中。環顧四周，這裡風景依然，但是昔日的英雄早已遠去，只有這些習俗保留了下來。元末隱士詞人舒頔寫了《水龍吟・端陽日，寓苧干作，時四方洶洶，民思太平，而勢未寧也》：

> 輕雲閣雨還晴，蒼黃又負端陽節。去年今日，大郭深處，寸腸千結。好事無多，良辰難再，猶傳遺蘗。看連城潯洞，大家愁惱，這光景、何時歇。　　因想金陵佳麗，鬧秦淮、龍舟稱絕。牙檣錦纜，翠冠珠髻，畫闌羅列。回首丘墟，滿襟塵土，向人空說。且停杯，容我離騷細讀，弔羅江月。

在元末的戰亂當中，人們流離失所，端午節也就沒有了往日的熱鬧。詞人在現在——過去——現在的時空中穿梭，在簡約的敘事中，今昔形成了鮮明的對照，詞人的惆悵之情也便躍然紙上。

（三）清明詞

清明詞也是詞人常寫的節序詞，張雨有《蝶戀花》，張翥有《多麗》、《望海潮》、《風入松》，吳存有《木蘭花慢》，邵亨貞有《齊天樂》等詞。其中，邵亨貞的兩首詞是寫得較好的作品，如《齊天樂·戊子清明次曹雲翁韻》：

> 深窗暮灑梨花雨，隨風亂零如霰。寒食初過，連陰未解，黃昏酒闌人倦。春燈漫翦。怪濃潤沾衣，淺寒迎面。芳事蹉跎，強將花譜自舒卷。　　天涯芳草漸滿，踏青晴路阻，闌檻憑遍。燕隔重門，舟迷晚渡，應是不勝清怨。歡遊未展。縱不奈淒迷，懶尋消遣。只怕晴時，落紅千萬點。

又《齊天樂·甲戌清明雨中感舊》：

> 離歌一曲江南暮，依稀灞橋回首。立馬東風，送人南浦，認得當年楊柳。梨花過後。悄不見鄰牆，弄梅纖手。綺陌東頭，個人還似舊時否。　　相如近來病久。縱腰圍暗減，猶未全瘦。宿酒昏燈，重門夜雨，寒食清明依舊。新愁漫有。第一是傷心，粉銷紅溜。待約明朝，問舟官渡口。

「戊子」爲至正八年，即 1348 年。像往年的清明一樣，外邊又下起了雨。連日陰雨連綿，踏青的計劃只好擱置。「只怕晴時，落紅千萬點」點出詞人的傷春之情。雨灑深窗，舟迷晚渡則是一幅美麗的江南清明煙雨圖。儘管詞人「懶尋消遣」，但此時的江南是平靜的。「甲戌」爲洪武二十七年，即 1394 年，此時的詞人已經在明朝生活了近三十年。「離歌一曲」、「灞橋回首」、「立馬東風」、「送人南浦」、「新愁漫有」傳達給我們的是詞人的滿腹愁緒。「認得當年楊柳」則是對舊日歲月的追懷。這兩首清明詞不僅是當時詞人心境的再現，

同時也是時代變遷的見證。

元代的寒食節和清明節合併為一天，人們在這一天祭祖上墳。張翥在《謁金門・寒食臨川平塘道中》寫道：

> 溪水慢。岸口小橋衢斷。沽酒人家門巷短。柳陰旗一半。　細雨鳴鳩相喚。曲港落花流滿。兩兩睡紅鸂鶒暖。惱人春不管。

江淮等地在寒食節的時候，人們會在家門插柳枝，而「柳陰旗一半」就是這種風俗的生動寫照。岸口的小橋，緩緩的溪水，曲港的落花傳遞出的是一個生機盎然的春天。邵亨貞有《摸魚子・寒食雨中》一詞：

> 倚闌干、暮雲千里，天涯芳草悽楚。愔愔巷陌重門掩，何況滿窗疏雨。江上路。又還見、黃金暗柳千萬縷。荒村歲序。縱燕子新來，梨花未掃，好景自虛度。　江淹老，誰解重吟恨賦。東風依舊南浦。青煙店舍長安道，夢裏翠屏朱戶。閒院宇。悵猶記、佳人秉燭深夜語、新詩漫與。奈世事驅馳，流光荏苒，回首更延佇。

雨中的寒食節讓詞人的愁緒更加濃烈。如今的荒村歲月和昔日的秉燭夜語，不由得引發出作者對時光流逝和世事多變的感歎之情。這種情緒同時也成為元末詞人詞作中共有的情感基調。

（四）中秋詞

中秋節是一年中的第二大節日，在這一天，人們賞月遊玩，共享天倫。據宋吳自牧《夢粱錄》卷四記載：「八月十五日中秋節，此日三秋恰半，故謂之『中秋』。此夜月夜倍明於常時，又謂之『月夕』。此際金風薦爽，玉露生涼，丹桂香飄，銀蟾光滿，蓋金吾不禁之故也。王孫公子，富家巨室，莫不登危樓，臨軒玩月，或開廣榭，玳筵羅列，琴瑟鏗鏘，酌酒高歌，以卜竟夕之歡。至如鋪席之家，亦登小小月臺，安排家宴，團欒子女，以酬佳節。雖陋巷貧窶之人，解衣市酒，勉強迎歡，不肯虛度。此夜天街買賣，直至五鼓，玩月遊人，婆娑於市，

至曉不絕。」〔註9〕在元代，中秋節的風俗依舊，人們依然會舉杯邀月，思念不在身邊的親人。邵亨貞有《江月晃重山・中秋客窗》：

> 碧樹天香帶露，朱樓翠襲歛寒。夜深人醉碧闌干。玲
> 瓏影，長是隔簾看。　　又見庭前素魄，何堪鏡裏朱顏。
> 十年一夢此身閒。西窗悄、詩興頗相關。

雖是中秋，詞人卻漂泊在外，於是生發出歲月流逝之歎。謝應芳有《水調歌頭・中秋言懷》：

> 戰骨縞如雪，月色慘中秋。照我三千白髮，都是亂離
> 愁。猶喜淞江西畔，張緒門前楊柳，堪繫釣魚舟。有酒適
> 清興，何用上南樓。　　摜金甲，馳鐵馬，任封侯。青鞋
> 布襪，且將吾道付滄州。老桂吹香未了，明月明年重看，
> 此曲為誰謳。長揖二三子，煩為覓蒐裘。

雖然又到了這個團圓的節日，戰爭卻為它蒙上了一層陰影。亂離中的愁緒，戰死將士的白骨使這個中秋節顯得格外的淒涼。這種情緒也成為元明過渡之際詞人的共同情感基調。

（五）七夕詞

七夕節，即七月七日的「乞巧節」。史衛民在《元代社會生活史》這樣描述這個節日：「七巧節的活動，包括掛牛郎織女圖、鬥巧、禮拜摩訶羅等『巧神』和擺宴等內容。在這一天，宮廷及官員士庶之家，均作大棚，懸掛七夕牽牛織女圖，準備瓜、果、酒、餅、蔬菜、肉脯等，邀請親眷、小姐、女流等，舉行『巧節會』，所以這一天又稱為『女孩兒節』」。〔註10〕如滕賓的《玉漏遲・七夕行臺諸公見餞》：

> 問誰爭乞巧。誰知巧處成煩惱。天上佳期，底事別多
> 歡少。雨夢雲晴半晌，又早被西風吹曉。愁未了。星橋隔
> 斷，銀河深杳。　　可笑兒女浮名，似瓜果登盤，情絲縈

〔註9〕〔宋〕吳自牧：《夢梁錄》，浙江人民出版社 1980 年版，第 26～27
　　　頁。
〔註10〕史衛民：《元代社會生活史》，中國社會科學出版社 1996 年版，第 356
　　　頁。

繞。　　百拙無能，贏得自家華皓。我笑姮娥解事，但歲
歲孤眠空老。歸去好，江上綠波煙草。

在這首詞中，作者用牛郎織女不能團聚的愛情故事表明了自己
的人生追求，「歸去好，江上綠波煙草。」同時，將七夕節的一些習
俗放入詞中，比如「乞巧」、「瓜果登盤」。張翥也寫了《眉嫵・七夕
感事》和《破陣子・七夕戲詠》。如《眉嫵・七夕感事》：

又蛛分天巧，鵲誤秋期，銀漢會牛女。薄命猶如此，
悲歡事，人間何限夫婦。此情更苦。怎似他、今夜相遇。
素娥妒、不肯偏留照，漸涼影催曙。　　私語釵盟何處。
但翠屏天遠，清夢雲去。縱有閒針縷，相憐愛、絲絲空綴
愁緒。竊春伴侶。問甚時、重畫眉嫵。讓鉛淚彈風，都付
與洗車雨。

又《破陣子・七夕戲詠》：

此夕天孫河鼓，多情駿女癡兒。鵲駕年年仍遠渡，蛛
閣家家長巧絲。星期莫怨諮。迢遞金釵私語，淒涼紈扇宮
詞。奔月姮娥催去路，行雨巫山空夢思。都無重會時。

作者通過「素娥妒、不肯偏留照，漸涼影催曙」這樣一個細節，
感歎他們相會時間的短暫，「問甚時、重畫眉嫵」則表達出對他們的
美好祝願。另外，謝應芳、邵亨貞、韓奕等人也創作了七夕詞。

（六）其　它

除以上五種外，節序詞還涉及春節、上巳節、中元節、重陽節。
張可久在《風入松・三月三西郊即事》中寫到：

啁喳嬌燕語茅茨。紅暗海棠枝。雙丫小髻誰家女、踏
青歸、三月三時。淡淡鬱金衫子，盈盈玉藥釵兒。　　避
人忙掩女仙祠。背後見腰支。金鞭過客爭回首，拉山翁、
懷古成詩。當日苧蘿村裏，誤人曾有西施。

這首詞寫了上巳節鄰家女子踏青歸來的場景。避入仙祠的細節，
爭相回首的過客，展示了女子的美麗容顏和嬌羞之態。梁寅也有《燕
歸慢・上巳雨》一詞：

花徑蕭條。恰桃霞已盡，梨雪初飄。雲霾嗔麗景，風
雨妒佳期。山中行樂本寥寥。那更值、年荒酒價高。諸生
共高詠，只聞靜，勝嬉遊。　　千嶂暝，故人遠，濘妨馬，
水平橋。象筵寶瑟何由見，與誰共羽觴浮。蘭亭遺跡長蓬
蒿。怎能句、山陰棹小舟。對景度新曲，獨堪向，故人求。

在這首詞中，梁寅展現了山中歲月的寂寥。上巳節本來是一個
踏青遊賞的日子，一場春雨使整座山籠罩在雲霾之中。在戰亂的年
月裏，昔日的勝遊已不復存在。張翥在《婆羅門引》中，則爲我們
展現了中元節在杭州西湖舟中觀水燈的場景：

暮天映碧，玻璃十頃蕊珠宮。金波湧出芙蓉。誰喚川
妃微步，一色夜紅妝。看光搖星漢，起舞魚龍。　　月華
正中。畫船漾，藕花風。聲度鸞簫縹緲，雁柱玲瓏。酒闌
興極，更移上、瓊樓十二層。殘醉醒、煙水連空。

通過對元代南方詞人節序詞的分析，我們對元代南方地區的風
俗也有了大致的瞭解。這些風俗習慣在沿襲南宋風俗的同時，又加
入了這個少數民族王朝的異質因素，比如元宵節的番腔戲鼓，這樣
一些東西更加豐富了南方的地域文化。

三、詠物詞

詠物詞在唐五代詞中就已經出現，許伯卿據曾昭岷、曹濟平、
王兆鵬、劉尊明四先生所編《全唐五代詞》統計，敦煌詞正編（199
首）、副編（434首）各有詠物詞20首和6首，共26首，題材涉及
19種具體事物，如月、花、琴、劍、海棠等物象；唐詞正編（355
首）、副編（174首）各有詠物詞83首和81首，共165首，題材涉
及27種具體事物，如柳、牡丹、桃花、荷花、雪等物象；五代詞正
編（689首）、副編（70首）各有詠物詞55首和24首，共79首，
題材涉及24種具體事物，如柳、蝶、雲、鴛鴦等物象。

到了宋代，詠物詞的發展取得了更大的成就，據路成文統計，
「宋代詠物詞數量相當大，達到3200餘首，占現存全部宋詞的15%

強；宋代詞人中，有詠物詞傳世者達 400 餘人」。〔註11〕其中，柳永、蘇軾、周邦彥、辛棄疾、姜夔、史達祖、吳文英和王沂孫對詠物詞的發展起到了重要作用。許伯卿在《宋詞題材研究》一書中，對三千多首詠物詞題材構成進行列表，居於前十位的是：植物、氣象、飲食、天象、動物、生活用品、文體用品、工藝品、服飾和人體。

宋室滅亡之後，出現了南宋遺民詞人唱和而成的《樂府補題》，通過對龍涎香、白蓮、蓴、蟬、蟹五物的詠唱，寄託他們的亡國之悲、故國之思和身世之感。至此，詠物詞的發展已達到較為完備的階段。元代南方詞人也創作了大量的詠物詞，荷花、水仙、柑華、落梅、櫻桃、菊花、海棠、荼蘼、楊梅等南方的物產紛紛進入詞人的創作中。本文據《全金元詞》，將元代南方詞人詠物詞題材構成列表如下（未收入《全金元詞》的南宋遺民詞人沒有記入）：

序　號	題　材	數　量
1	梅花	15 首
2	月	4 首
3	梨花	4 首
4	水仙	4 首
5	荷花	3 首
6	雪	7 首
7	潮	1 首
8	菊	2 首
9	雨	1 首
10	海棠	3 首
11	蘭花	2 首
12	萍	1 首
13	柑花	1 首

〔註11〕路成文：《宋代詠物詞史論》，商務印書館 2005 年版，第 1 頁。

14	荼蘼	1首
15	楊梅	1首
16	玉簪	2首
17	風車	1首
18	棋	1首
19	櫻桃	1首
20	燈花	1首
21	湘雲	2首
22	瓊花	1首
23	牡丹	1首
24	芍藥	1首
25	么鳳	1首
26	眉間雁	1首
27	鬧蛾	1首
28	枕頭	1首
29	柳絮	1首
30	鵲	1首
31	扇	1首
32	柳	1首
33	楊花	1首
34	碧桃	1首
35	蓮花	1首
36	鳳仙花	1首

　　在元代詞人詠物詞創作中，張翥的成就無疑是最大的。張翥（1287～1368），字仲舉，號蛻庵。晉寧（今山西臨汾）人，但自幼隨父在江南生活。少年時，跟隨江東大儒李存學習道德性命之學。不久，到杭州跟隨仇遠學習，得其詩歌音律之奧妙，從而以詩文「知名一時」。後來，參加編修遼、金、宋三史，起用為翰林國史院編修。他人生中的後二十年基本在大都翰林院任職，他也成為大都文壇的

核心。至正二十八年三月卒，年八十二。綜觀張翥的一生，他在南方生活了六十多年，直到老年才回到北方，因此，我們也可以把他作爲南方人看待，而他的詠物詞同他在南方的生活經歷有也著密切的聯繫，我們將他放在這一節論述。張翥有《蛻岩詞》兩卷。其中，《蛻岩詞》有《四庫全書》本，《四部備要》本，《知不足叢書》本，《彊村叢書》本。《全金元詞》依據《彊村叢書》本，收錄其詞 133 首。

　　張翥詞在明代並沒有被特別關注，但在清代卻受到了極大的推崇。葉申薌《本事詞》認爲：「張仲舉擅長樂府，爲元代詞宗。」〔註12〕張德瀛在《詞徵》中談到：「蛻岩詞無自制腔，其詞訹於根，而盎於華，直接宋人步武。於元之一代，誠足以度越諸子，可謂海之明珠、鳥之鳳凰矣。」〔註13〕陳廷焯在《詞壇叢話》中認爲：「元代作者，惟仲舉一人耳。」〔註14〕朱彝尊在《詞綜》中，選錄張翥詞 27 首，僅列周密、吳文英、張炎、周邦彥、辛棄疾和溫庭筠之後，而爲元代詞人之冠。其中，詠物詞占到十首。在《全金元詞》中，一共收錄張翥的詠物詞三十多首，占到其詞作的近四分之一。

　　對張翥而言，他的詠物詞創作是在前人奠定的較高基礎上進行的，這也對張翥的詠物詞創作提出了更高的要求。然而，此時的元王朝已經進入較爲穩定的階段。對張翥而言，作爲隨蒙古軍征伐江南的第二代，他已是徹徹底底的元朝人。因此，南宋遺民詞人寄託遙深的詠物詞已不僅僅是張翥所要學習的對象，這也使得張翥的視野更爲開闊。他不僅可以著眼於「物」的呈現，也可以著眼於「意」的傳達，也可以將這兩者有機的結合起來。在審美情志的表達上，

〔註12〕〔清〕葉申薌：《本事詞》卷下。唐圭璋編：《詞話叢編》第三冊，第 2381 頁。
〔註13〕〔清〕張德瀛：《詞徵》卷 6。唐圭璋編：《詞話叢編》第五冊，第 4171 頁。
〔註14〕〔清〕陳廷焯：《詞壇叢話》。唐圭璋編：《詞話叢編》第四冊，第 3727 頁。

他可以選擇南方的意象，也可以選擇北方的意象，也可以將這二者結合起來。而這種表達，在沒有實現國家統一的北宋以及南宋都是很難達到的。如《六州歌頭·孤山尋梅》一詞：

> 孤山歲晚，石老數查牙。逋仙去。誰爲主。自疏花。破冰芽。烏帽騎驢處。近修竹，侵荒蘚，知幾度。踏殘雪，趁晴霞。空谷佳人，獨耐朝寒峭，翠袖籠紗。甚江南江北，相憶夢魂賒。水繞雲遮。思無涯。　又苔枝上，香痕沁，么鳳語。凍蜂衘。瀛嶼月，偏來照，影橫斜。瘦爭些。好約尋芳客，問前度，那人家。重呼酒。摘瓊朵。插鬢鴉。喚起春嬌扶醉，休孤負錦瑟年華。怕流芳不待，回首易風沙。吹斷城笳。

此詞上片著重寫尋梅之興與得梅之樂，下片著重寫賞梅之趣與惜梅之情。在化用姜夔《暗香》、《疏影》句子和典故的基礎上，又加入了北方特有的意象，如「風沙」「城笳」。這首詞既有南宗詞的「騷雅」，又有北宗詞的蒼茫和雄健，體現出了自己的時代特色。因此，王奕清在《歷代詞話》卷九中引卓人月云：「古今梅詞甚多，惟張翥《六州歌頭》一首……眞有飛鴻戲海、舞鶴遊天之勢。」〔註15〕當然，這種氣魄，不僅是張翥個人才性的張揚，也是這個多民族統一王朝所賦予的。另外，詞人詠雙頭蓮的《摸魚兒》一詞，在元好問《摸魚兒·雙蕖怨》的基礎上展開，但又自出新意，不落窠臼，這兩首詞可謂元代詠蓮花的「南北雙璧」。

> 問蓮根、有絲多少，蓮心知爲誰苦。雙花脈脈嬌相向，只是舊家兒女。天已許。甚不教、白頭生死鴛鴦浦。夕陽無語。算謝客煙中，湘妃江上，未是斷腸處。　香奩夢，好在靈芝瑞露。人間俯仰今古。海枯石爛情緣在，幽恨不埋黃土。相思樹。流年度、無端又被西風誤。蘭舟少住。怕載酒重來，紅衣半落，狼藉臥風雨。——元好問

〔註15〕〔清〕王奕清，《歷代詞話》。唐圭璋編：《詞話叢編》第二冊，第1287頁。

> 問西湖、舊家兒女，香魂還又連理。多情慾賦雙蕖怨，
> 閒卻滿奩秋意。嬌旖旎。愛照影、紅妝一樣新梳洗。王孫
> 正擬。喚翠袖輕歌，玉箏低按，涼夜爲花醉。　　鴛鴦浦，
> 淒斷凌波夢裏。空憐心苦絲脆。吳娃小艇應偷採，一道綠
> 萍猶碎。君試記。還怕是、西風吹作行雲起。闌干謾倚。
> 便載酒重來，尋芳已晚，餘恨渺煙水。——張翥

元好問的《摸魚兒》通過蓮花歌頌這對青年男女堅貞的愛情，
而張翥也是以蓮花爲所託之物，但是表達的卻是「尋芳已晚」的遺
憾。其中，「怕載酒重來」與「便載酒重來」都表現出詞人對蓮花的
愛惜之情，然而，蓮花還是在風雨和人爲的摧殘下凋謝了，空留下
詞人之遺恨在煙水間蕩漾。張翥詞雖後出，但藝術成就絲毫不遜於
元好問。其中，「餘恨渺煙水」一句，又出自王沂孫《摸魚兒·蒪》
一詞：

> 玉簾寒、翠痕微斷，浮空輕影零碎。碧芽也抱春洲怨，
> 雙卷小緘芳字。還又似。繫羅帶相思，幾點青鈿綴。吳中
> 舊事。悵酪乳爭奇，鱸魚謾好，誰與共秋醉。　　江湖興，
> 昨夜西風又起。年年輕誤歸計。如今不怕歸無準，卻怕故
> 人千里。何況是。正落日垂虹，怎賦登臨意。滄浪夢裏。
> 縱一舸重遊，孤懷暗老，餘恨渺煙水。

王沂孫這首詞上片描繪蒪荇，下片用張翰因秋風而思故鄉的典
故，藉以表達自己的家國身世之感，這裡的「餘恨」是家國之恨。而
張翥則很好化用這一意境，但這裡的「餘恨」是「尋芳已晚」的遺憾。
由此我們看到，張翥在借鑒元好問和王沂孫詞的同時，又進行了個性
化的抒寫。處於蒙古族建立的統一王朝之下，張翥的詞學視野也更爲
廣闊。

元代是蒙古族建立的統一的多民族國家，因而其文化也呈現出
多元化和包容性的特徵。相對於宋代詞人而言，張翥在詞學創作中，
多了種貫通南北的氣度，這使得張翥的詠物詞也具有了南北渾融的
美學特質。這是宋代詠物詞大家所沒有的，也是詠物詞在元代的新

變。

在路成文《宋代詠物詞史論》中，作者提出六種創作姿態。他認為，早期詠物詞采用「旁觀式」的創作姿態，蘇軾詠物詞采用「旁觀式」與「潛入式」的創作姿態，周邦彥詠物詞采用「雙向交流式」的創作姿態，辛棄疾詠物詞采用「俯瞰式」的創作姿態，姜夔採用「交融互滲式」的創作姿態，史達祖採用「凝情靜觀式」的創作姿態。這六種創作姿態無疑對張翥的詠物詞創作提出了極大的挑戰。同時，《樂府補題》的出現，標誌著詠物詞的發展已經進入較為完備的階段。處在詠物詞創作的高起點上，張翥很難再有新的突破。於是，張翥向眾多的詠物詞大家學習，從而形成了自己「轉益多師」式的創作姿態。如《摸魚兒·題熊伯宣藏梅花卷子》：

記西湖、水邊曾見，查牙老樹如此。冰痕冷沁苔枝雪，的皪數花才試。天也似。愛玉質、清高不久閒紅紫。孤山處士。總賦得招魂，煙荒雨暗，寂寞抱香死。　　春風筆，休憶深宮舊事。添人多恨多思。墨池雪嶺三生夢，喚起縞衣仙子。仍獨自。伴瘦影、黃昏和月窺窗紙。聲聲字字。寫不盡江南，閒愁萬斛，訴與綠衣使。

「春風筆，休憶深宮舊事」化用姜夔《暗香》、《疏影》二詞句子，吳衡照認為「張仲舉詞出南宋，而兼諸公之長。如題梅花卷子云：『墨池雪嶺三生夢，喚起縞衣仙子。仍獨自。伴瘦影、黃昏和月窺窗紙。』絕似石帚。」〔註16〕許昂霄認為「仍獨自」二句，「有追魂攝魄手段。」整首詞筆致瀟灑，在清空騷雅中自有一種豪邁之氣，尤其是「春風筆，休憶深宮舊事。添人多恨多思」和「聲聲字字。寫不盡江南，閒愁萬斛，訴與綠衣使。」〔註17〕還有《水龍吟·廣陵送客，次鄭蘭玉賦蓼花韻》：

〔註16〕〔清〕吳衡照：《蓮子居詞話》卷2。唐圭璋編：《詞話叢編》第三冊，第2436頁。
〔註17〕〔清〕許昂霄：《詞綜偶評》。唐圭璋編：《詞話叢編》第二冊，第1570頁。

芙蓉老去妝殘，露葦滴盡珠盤淚。水天瀟灑，秋容冷淡，憑誰點綴。瘦葦黃邊，孤蘋白外，滿汀煙毿。把餘妍分與，西風染就，猶堪愛，紅芳媚。　　幾度臨流送遠，向花前、偏驚客意。船窗雨後，樹枝低入，香零粉碎。不見當年，秦淮花月，竹西歌吹。但此時此處，叢從滿眼，伴離人醉。

吳衡照認爲此詞：「蓼花云：『船窗雨後，樹枝低入，香零粉碎。』絕似玉田。」〔註18〕整首詞意境渾厚，尤其「不見當年，秦淮花月，竹西歌吹。但此時此處，叢從滿眼，伴離人醉」兩句，在今昔對照中，給人一種沉鬱之感和漂泊羈旅之歎。

另外，《定風波》一詞：

恨行雲、特地高寒，牢龍好夢不定。婉娩年華，淒涼客況，泥酒渾成病。畫闌深，碧窗靜。一樹瑤華可憐影。低映。怕月明照見，青禽相併。　　素衾正冷。又寒香、忱上薰愁醒。甚銀床霜凍，山童未起，誰汲牆陰井。玉笙殘，錦書迥。應是多情道薄倖。爭肯。便等閒孤負，西湖春興。

此詞是作者漂泊西江客舍時所做，漂泊的生活讓作者感到人世的淒涼，於是用酒解脫心中的鬱悶之情。此時，梅花的香味讓詞人從醉中醒來，於時發出「便等閒孤負，西湖春興」的浩歎。吳衡照認爲「西江客舍聞梅花吹香滿床云：『一樹瑤華可憐影。低映。怕月明照見，青禽相併。』絕似碧山。」其詠玉簪一詞，吳衡照也認爲「絕似夢窗」。〔註19〕

由此我們看到，站在宋人以及以王沂孫爲代表入元南宋遺民詞人創作詠物詞的較高起點上，張翥在詠物詞的創作上也在進行著極大地努力和嘗試。就詞牌而言，選擇《摸魚兒》、《水龍吟》這些常見的詠物詞詞牌；就所詠對象的選擇上，以梅花爲主，同時還有蓮

〔註18〕〔清〕吳衡照：前引書，第 2436 頁。
〔註19〕〔清〕吳衡照：《蓮子居詞話》卷 2。唐圭璋編：《詞話叢編》第三冊，第 2436 頁。

花、牡丹、芍藥、蓼花、桂花、海棠、桃花、水仙、杏花以及雲、雪花、柳絮、玉簪、枕頭等等生活中的物象；在詠物詞的借鑒上，以姜夔、吳文英、王沂孫和張炎這些詠物詞大家為主要學習對象，同時，又不落窠臼，在創作中採用貫通南北的詞學視野，從而形成自己轉益多師式的創作姿態。

吳文英是宋代創作詠物詞最多的詞家，他將詠物、抒情和敘事融合為一體，並且運用隱喻和象徵等藝術技法。他在形成其獨特詠物詞創作風格的同時，也造成了我們解讀上的一些困難。王沂孫身處宋元易代之時，他的詠物詞創作有著深婉的寄託，如果不結合他的身世和經歷來讀，我們也是很難理解的。再加上整個南宋詞壇復雅之風的影響，此時的詠物詞創作雖然在藝術技法等方面取得了極大的成就，但在詞意的表達上卻顯得極為晦澀。因此，詠物詞的繼續發展就顯得極為艱難。面對詠物詞發展的這種現狀，張翥在進行詠物詞創作時，不僅運用貫通南北的詞學視野，而且從審美上主動回歸姜夔的詠物詞傳統，如《水龍吟・西池敗荷》：

> 水宮仙子歸來，為誰獨立西風背。凌波夢斷，可憐零落，一奩環佩。雨葉敲寒，露房倒影，秋聲驚碎。問西亭翠被，將愁何處，空留得，餘香在。　最愛雙飛白鷺，鎮相依、蓼邊蘋外。舞衫歌扇，有人繡出，水情雲態。西子湖邊，越娘舟上，憶曾同採。甚人今未老，花應依舊，約明年再。

又《蝶戀花・柳絮》：

> 陌上垂楊吹絮罷。愁殺行人，又是春歸也。點點飛來和淚灑。多情解逐章臺馬。瘦盡柔絲無一把。細葉青顰，閒卻當時畫。惆悵此情何處寫。黃昏淡月疏簾下。

《水龍吟》上片詠物，下片抒情，「甚人今未老，花應依舊，約明年再」透射出詞人在看到西池殘敗荷花之後的一份樂觀曠達之情。此處不僅寫物，又蘊含著深刻的哲理。因此，詠物與抒情在這裡渾然融為一體。《蝶戀花》一詞，借柳絮表達詞人對於春歸的遺恨，

並且運用大家熟悉的典故，使詞意在較為淺顯的語境下得以呈現。
這兩首詞雖然沒有深婉的寄託，精工的刻畫、肆意的鋪陳，但在淺
淡中自有一種深遠之致，從而達到了姜夔所追求的清空騷雅之境。
另外，張翥還有一首《東風第一枝・憶梅》：

> 老樹渾苔，橫枝未葉，青春肯誤芳約。背陰未返冰魂，
> 陽梢已含紅萼。佳人寒怯，誰驚起、曉來梳掠。是月斜、
> 花外麛禽，霜冷竹閒幽鶴。　雲淡淡，粉痕漸薄。風細
> 細，凍香又落。叩門喜伴金尊，倚闌怕聽畫角。依稀夢裏，
> 記半面、淺窺朱箔。甚時得、重寫鸞箋，去訪舊遊東閣。

此詞頗得姜夔《暗香》之妙，整首詞在意境的表現上清冷淡雅，
詠物抒情融為一體，以至楊慎在《詞品》中贊道：「古今梅辭，以波
仙《綠毛么鳳》為第一，此亦在魁選矣。」〔註20〕由此我們看到，
在回歸姜夔審美理想傳統的過程中，張翥詠物詞突破入元南宋遺民
詞人詠物詞創作的藩籬，從而建立起有自己時代特色的詠物詞創作
傳統。

張翥在南宋遺民詞人詠物詞創作的較高基礎上，以貫通南北的
詞學視野，轉益多師式的創作姿態，主動向姜夔詠物詞的審美理想
回歸，從而形成其清空雅致，淺顯渾融的詠物詞風格。可以說，在
曲化之風影響元代詞壇的過程中，張翥詠物詞依然保留了詠物詞的
固有傳統，他自己也成為元代詠物詞的集大成者。

另外，我們再談一下張翥的其他作品。在張翥的詞集中，有十
幾首題畫詞。其中，有題山水畫的，如《高陽臺・題趙仲穆作陳野
雲居士山水便面》、《行香子・山水便面》；有題花鳥畫的，如《摸魚
兒・題熊伯宣藏梅花卷子》、《感皇恩・題仲穆畫凌波水仙圖》、《疏
影・王元章墨梅圖》、《滿江紅・錢舜舉桃花折枝》、《踏莎行・題趙
善長王元章，為楊垓合寫三友圖》；有題人物畫的，如《孤鸞・題錢
舜舉仙女梅下吹笛圖》、《清平樂・盛子昭花下欠伸美人圖》。其中，

〔註20〕　〔明〕楊慎：《詞品》卷 2。王雲五主編：《叢書集成初編》第 2675
　　　　冊，商務印書館民國二十五年版，第 108～109 頁。

《疏影‧王元章墨梅圖》一首：

山陰賦客。怪幾番睡起，窗影生白。縹緲仙姝，飛下瑤臺，淡佇東風顏色。微霜恰獲朦朧月，更漠漠、瞑煙低隔。恨翠禽、啼處驚殘，一夜夢雲無跡。　　惟有龍煤解染，數枝入畫裏，如印溪碧。老樹枯苔，玉暈冰圈，滿幅寒香狼藉。墨池雪嶺春長好，悄不管、小樓橫笛。怕有人、誤認眞花，欲點曉來妝額。

這首詞用有關梅花的典故不僅將畫面意境具體呈現出來，「怕有人、誤認眞花，欲點曉來妝額」更是對王冕的畫梅技法作了生動的讚揚。同爲題花鳥畫的《摸魚兒‧題熊伯宣藏梅花卷子》，許昂霄認爲「有追魂攝魄手段」[註21]。他的題山水畫和人物畫的詞則不如題花鳥畫詞，這裡不再贅述。

張翥年逾六十才以「隱逸」身份被朝廷徵召，之前的歲月，張翥一直生活在南方，而且活動於江南文壇。在明大將徐達佔據大都之前，張翥去世。可以說，他見證了元朝由建立到滅亡的全過程。人生的最後二十幾年，張翥活躍於大都文壇，由此，他也溝通了南北文壇。張翥詞雖「欲求一篇如梅溪、碧山之沉厚，則不可得矣」，然「元詞之不亡者，賴有仲舉耳」，「自仲舉後，明代絕少作者，直至國朝詞，爲之中興，益信仲舉之詞，風骨之高，直絕響三百餘年。」[註22]

另外，福建詞人洪希文存詞 33 首，多涉及南方的民情風俗和日常生活。洪希文（1282～1366），字汝質，侍奉父親居住山中，有《續軒渠集》。在他的作品中，出現了「茶詞」，如《阮郎歸‧焙茶》、《浣溪沙‧試茶》、《品令‧試茶》、《蹋莎行‧雪中山茶》。在《浣溪沙‧試茶》中寫到：

獨坐書齋日正中。平生三昧試茶功。起看水火自爭雄。
勢挾怒濤翻急雪，韻勝甘露透香風。晚涼月色照孤松。

[註21]　〔清〕許昂霄：《詞綜偶評》。唐圭璋編：《詞話叢編》第二冊，第 1570 頁。
[註22]　〔清〕陳廷焯：《雲韶集》卷 11，清代王氏晴靄廬鈔本。

又《品令‧試茶》：

> 旋碾龍團試。要著盞無留膩。喬雲獻瑞，乳花鬥巧，
> 松風飄沸。爲致中情，多謝故人千里。　　泉香品異。洞
> 休把尋常比。啜過惟有，自知不帶，人間火氣。心許云誰，
> 太尉黨家有妓。

「試茶」指烹茶的全過程，宋代詞人中就有多人寫作這一題材，而在元人中，洪希文是寫作茶詞最多的一位，這與福建是產茶之地有密切的關係。同時，洪希文還創作了《如夢令‧櫻桃》、《洞仙歌‧早梅》、《蝶戀花‧臘梅》和《水調歌頭‧雪梅》。在《洞仙歌‧早梅》中寫到：

> 野亭驛路，盡是尋幽客。水曲山隈浩無極。見松荒菊
> 老，歲晏江空，搖落盡、幾點南枝消息。　　天寒雲淡，
> 月弄黃昏色。綽約眞仙貌姑射。占得百花頭上，積雪層冰，
> 捱不去，只恁地皚皚白。問廣平心事竟何如，縱鐵石肝腸，
> 也難賦得。

在這首詞中，詞人刻畫出傲立雪中的早梅形象，並且指出它的美是難以用語言形容的。洪希文長期隱居生活在福建山中，他的詞善於捕捉日常生活中的細微之事，從而爲我們展現出平常之美。

從元代南方詞人創作的懷古詠史詞、節序詞和詠物詞，我們能夠看到元代南方地區的山川名物和民俗風情。通過對懷古詠史詞的分析，我們看到了南方的山水、城市和名勝古蹟。通過節序詞，我們也瞭解了南方的風俗習慣，詠物詞則爲我們展示了南方的花卉蟲鳥。由此，元代南方的地域風情和區域文化精神通過這些詞人的創作體現出來。

第三節　元代南方詞壇之地域性群體

在前面的論述中我們談到元代南方詞壇主要由兩個地域性詞人群組成：江浙詞人群和江西詞人群。江浙詞人群是南宋詞壇的主要創作者，入元之後雖然他們的創作遠不如在南宋時期，但是依然保

持了他們的詞壇核心地位。江西詞人群雖然在元代南方詞壇位居第二，但同兩宋江西詞的繁盛比起來，已經相差甚遠。下面將對這兩個地域性詞人群體進行論述。

就兩宋江西詞人群而言，邱昌員在《兩宋江西詞發展及其貢獻的定量分析》一文中曾經做過統計，兩宋江西一共有 190 多位詞人，居全國之首。同時形成了兩宋江西詞壇上的七個詞人群體，即晏歐詞人、江西詩派中的江西詞人、江西南渡詞人、辛派中的江西詞人、淳雅派中的江西詞人、風格閒逸的江西詞人和「鳳林書院」詞人。這些詞人主要分佈在吉州、洪州、臨川、建昌軍、饒州、臨江軍、信州等地方。他們以地域爲核心、以家族、師生等關係爲紐帶，形成頗具規模的地域性創作群體，對兩宋詞的發展有著重要的意義。同時，「鳳林書院」詞人群體中的一些詞人自然過渡到元代，並在元朝生活了很長時間，因此，也將他們作爲元初宋遺民詞人來看待，這些元初的江西詞人形成了以廬陵爲中心的江西詞人群，代表人物有劉辰翁等人。牛海蓉博士在《元初宋金遺民詞人研究》一書中專列「以廬陵爲中心的江西詞人群」一節，根據她的描述，元初江西詞人共 30 多人，地域分佈大致爲：廬陵 8 人，西昌 4 人，吉水 3 人，安成 3 人，塗川 3人，南豐 1 人，太和 1 人，永新 1 人，禾川 1 人，永豐 1 人，宜春 1人，撫州 1 人，高安 1 人，豐城 1 人，修水 1 人。再加上《全金元詞》中的江西詞人 17 位，整個元代江西詞人大約有 50 位。所以說，元代江西詞人從創作人數和數量來看，都呈現出極度下滑的趨勢。

我們還可以看到，兩宋江西詞人群之間的師承、家學關係比較明顯，而元代的江西詞人群則比較分散，只是一個因地域關係而連接在一起的群體。就元初江西詞人群而言，他們承接南宋江西詞人而來，對南宋他們有著共同的情感寄託；對元代中後期的江西詞人來說，他們的創作僅是個人情性的抒發。虞集、梁寅是其中創作成就較高的兩位。程文海和吳澄是朋友，吳澄又是虞集的父執。但是，他們並沒有花太多的心力在詞的創作上。因此，元代南方詞壇中的江西詞人群雖

然位居第二，但是同兩宋江西詞人相比已經不可同日而語了。

　　南方詞壇中的另一個詞人群是江浙詞人群。1127 年，隨著宋室南渡，江浙自然成為詞人的匯聚地和詞的創作中心。1276 年，蒙古鐵騎南下，南宋滅亡。雖然元朝統治者將南宋統治區域內的人列為「四等之末」，但是在文化上並沒有給予太多的干涉，「元季士夫好以文墨相尚，獨怪有元之世文學甚輕，當時有九儒十丐之謠，科舉亦屢興屢廢，宜乎風雅之事，棄如弁髦。乃搢紳之徒，風雅相尚如此。蓋自南宋遺民故老，相與唱歎於荒江寂寞之濱，流風餘韻，久而弗替，遂成風會，固不繫乎朝廷令甲之輕重也」〔註 23〕，於是在元初就出現了一個以故都臨安為中心的兩浙詞人群。

　　在牛海蓉博士《元初宋金遺民詞人研究》一書所列「以故都臨安為中心的兩浙詞人群」一節中，她為我們介紹了元初兩浙詞人群中的 40 多位詞人。再加上《全金元詞》中江浙行省的近 70 位詞人，整個元代共有 120 位左右。其中，張炎和仇遠無論就當時的聲望和對後世的影響來說，都位居兩浙詞人群之前列。元代中後期南方詞壇之所以能取代北方詞壇，並且奠定明清南方詞壇的主導地位，與他們兩人有著密切的關係。儘管南宋滅亡了，但是他們依然活躍在南方詞壇，收授弟子，獎掖後進，對於詞這一文體在元代的延續起到了重要作用。張翥、邵亨貞就是在他們的影響下而逐漸成熟的元代詞人。因此，江浙詞人群不僅是元代南方詞壇的核心，也決定了明清南方詞壇的發展走向。

　　總之，江西詞人群和江浙詞人群共同構成了元代的南方詞壇。儘管他們承南宋詞壇而來，但他們的作品在數量和質量上與兩宋江西詞人、江浙詞人相比已經產生了一定的差距。就他們在元代詞壇的地位來說，則是不可動搖的。通過對這兩個詞人群的分析，元代南方詞壇的地域構成及與南宋詞壇的關係也便呈現出來。

〔註 23〕〔清〕趙翼：《廿二史札記》卷 30「元季風雅相尚條」，中華書局 1984 年版，第 705 頁。

第五章　元代南方詞壇與北方詞壇

　　南方詞壇與北方詞壇在經歷長時間的南北隔絕後，在元代成為統一政權下的兩個地域性詞壇。同時，這兩個詞壇在對峙與交融中逐漸形成了元詞自己的特徵。就詞體功能而言，不論是南方詞壇還是北方詞壇，同唐五代詞「娛賓遣興」的娛樂功能不同，此期的詞更側重於交際和實用，壽詞和酬贈次韻之作的大量創作便是最好的例證。在詞語的選用上，同南宋「崇雅黜俗「之風不同，南北詞人力求通俗易懂。雖然詞的含蓄雋永之美被消弱了，但這也是詞人在元代審美風尚中做出的自我調整。但是，各自所承詞學傳統的不同以及南北地域的差異，還是造成了南北詞壇創作主體及詞風的不同。

第一節　南北詞壇發展之不平衡性

　　綜觀整個元詞史，我們發現南北詞壇在其發展過程中有著不平衡性。就元代北方詞壇而言，它上承金代詞壇而來，在元代前期和中期佔據重要的位置，並且形成了以河北、河南、山東籍詞人為主，包括其他漢人和色目人參與其中的創作群體。據《全金元詞》統計，

河北籍詞人 15 位，留存詞作約 410 首；

河南籍詞人 9 位，留存詞作約 520 首；

山東籍詞人 5 位，留存詞作約 190 首；

山西籍詞人 4 位，留存詞作約 30 首；

陝西籍詞人 4 位，留存詞作約 15 首；

大都詞人 2 位，留存詞作約 50 首；

少數民族詞人 5 位，留存詞作約 40 首。

北方詞人通過詞這一文體表情達意，酬贈唱和，總體上呈現出一種豪放質樸的創作風貌。伴隨著元朝的統一，北方詞壇進入了它的全盛期，並且湧現出王惲、劉敏中、劉因等優秀詞人。隨著曲的興盛，南北詞壇的融合，北方詞壇逐漸衰落了。1364 年，隨著許有壬的去世，「圭塘唱和」成為元代北方詞壇的完美謝幕。

與北方詞壇不同，南方詞壇貫穿了元詞史的始終。雖然較之北方詞壇，南方詞壇進入元代的時間要晚，它卻有著厚積薄發之勢。就元代前期來說，雖然南北詞壇並行向前發展，但是北方詞壇略勝一籌。這也成為研究者以北宗詞為中心考察元代詞壇面貌及變化的一個重要原因。就元代中期來說，隨著南人的北上和北人的南下，南北詞壇的互動和交流變得多了起來。值得注意的是，此一時期雜劇的興盛，在無形中消減了北方文人創作詞的熱情。而這一點對南方詞人則沒有太大的影響。因此，南方詞壇處於穩定的發展階段。就元代後期而言，南方湧現出了大量的隱士詞人，再加上劉基、高啟這樣的入明詞人，元詞迎來了繼元初之後的又一次繁榮。然而，此時的北方詞壇卻衰落了。

通過對南方詞壇和北方詞壇在元代前期、中期、後期發展狀況的梳理，我們看到南方詞壇走過了一個與北方詞壇並行到一枝獨秀的過程。也正是在這樣一個此消彼長的發展過程中，南方詞壇逐漸取代北方詞壇，進而確定了自己的主導地位。

第二節　南北詞壇創作主體之比較

創作主體對於一種文學樣式的發展有著重要的意義。創作主體

身份、審美趣味和所選題材的不同無形中會影響到詞的創作風貌。當然，元代南北詞壇由於地域的差異，創作主體在身份、審美趣味和所選題材上的不同就更加明顯。我們試圖通過與北方詞壇創作主體的對照，去呈現出南方詞壇的特色。

（一）創作主體的身份

元代南北詞壇創作者的身份有著明顯的不同，本文據《全金元詞》列北方詞人身份如下：

詞　人	身　　份
李冶	至正初，以學士徵，就職一月，辭去
楊果	文臣，入元爲北京宣撫使，拜參知政事，出爲懷孟路總管
李庭	文臣，曾爲安西府諮議
許衡	文臣，累官元中書左丞，集賢大學士兼國子祭酒
劉秉忠	文臣，至元初，拜光祿大夫，位太保
姜彧	文臣，歷宦至行臺御史中丞
杜仁傑	至元中，屢徵不起，以子貴，贈翰林承旨，資善大夫
耶律鑄	文臣，累官中書左丞相
白樸	元一統後，徙居金陵，縱情山水
王惲	文臣，至元中曾官監察御史，翰林學士
胡祗遹	文臣，爲荊湖北道宣慰副使
魏初	文臣，中統初爲中書省掾史，累官至南臺御史中丞
張之翰	文臣，至元末自翰林侍講學士，知松江府事
陳思濟	文臣，歷官監察御史，河南等處行中書省事
劉元	始爲黃冠，後善塑佛像
盧摯	文臣，至元五年進士，大德初授集賢學士，大中大夫，後遷江東道廉訪史
張弘範	參加統一戰爭，封淮陽王
姚燧	文臣，爲江東廉訪史，後入爲太子賓客，進承旨學士，拜太子少傅
蕭㪺	文臣，大德間，拜太子諭德

梁曾	文臣，歷遷知南陽府，召為兵部尚書。仁宗朝，拜集賢侍講學士
劉敏中	文臣，拜監察御史、宣撫遼東山北，後召為集賢學士。武宗時為淮西肅政廉訪使，轉山東宣慰使，又召為翰林學士承旨
劉因	至元中，徵為承德郎右贊善大夫
歐陽龍生	任瀏陽文靖書院山長，遷道州路教授
同恕	拜集賢侍讀學士
鮮于樞	曾官太常寺典簿
王沂	文臣，曾任臨淮縣尹、國史院編修官，國子學博士、翰林待制
蒲道源	嘗為郡學正
張養浩	文臣，曾為東平學正，選堂邑縣，拜監察御史
安熙	不屑仕進，家居教授
王結	文臣，元統中官至中書左丞
王旭	文臣，嘗為碭山令
張埜	曾官翰林學士
喬吉	寫小令和雜劇
貫雲石	仁宗時，拜侍讀學士，封京兆郡公
薛昂夫	官三衢路達魯花赤
曹居一	仕元為行臺元外郎
許有壬	文臣，延祐三年進士，累拜集賢大學士太子諭德
許有孚	文臣，登進士第，授湖廣儒學副提舉，歷中憲大夫，同僉太常禮儀院事
許楨	文臣，以門功補太祝，應奉翰林
宋褧	文臣，泰定元年進士，累官監察御史
偰玉立	延祐進士，至正中為泉州達魯花赤，後遷海南道肅政廉訪使
蘇大年	曾官翰林編修
薩都剌	泰定四年進士，歷官淮西閩海河北廉訪司經歷
陸仁	寓居崑山，無出仕經歷
邢叔亨	至正間蒲縣尹
高道寬	道士，中統中提點陝西興元等路道教

　　由上表可見，元代北方詞壇的創作者不僅是詞人，而且大多數曾在元朝任職，屬於元代文臣。本文據《全金元詞》列南方詞人身份如下：

詞　人	身　　份
許謙	學者，曾授業金履祥，累薦不起
陳孚	文臣，調翰林國史院編修官，累官台州路治中
燕公楠	文臣，累拜湖廣行省右丞
張伯淳	文臣，除杭州路教授，官至翰林侍講學士
程文海	文臣，翰林學士，歷官廉訪使，拜承旨
吳澄	學者，曾徵至京師，以母老辭歸
胡炳文	學者，曾官蘭溪學正
陳櫟	學者，教授於家
趙孟頫	文臣，入元拜翰林學士承旨，封魏國公
騰賓	道士，至大間任翰林學士，出爲江西儒學提舉，後棄家入天台爲道士
曹伯啓	文臣，淮東廉訪使，陝西諸道行御史臺中丞
陸文圭	學者，延祐初中鄉舉
吳存	學者，延祐初爲本路學正，調寧國教授
袁易	學者，曾爲徽州路石洞山長
劉詵	學者，隱居教學，屢薦不起
葉森	文臣，通蒙古學，推爲譯吏，後改鹽官州判官
楊載	文臣，延祐二年進士，官寧國路總管府推官
朱晞顏	文臣，初爲平陽州蒙古掾，又曾爲江西瑞州監稅
鄭禧	文臣，登進士曾任黃岩州同知
虞集	文臣，累官翰林學士，兼國子祭酒
歐陽玄	文臣，延祐二年進士，累官翰林學士承旨
周權	隱士
陸行直	文臣，官翰林典簿
衛德嘉	隱士，授潮州路儒家正，不就
徐再思	文臣，嘗爲嘉興路吏

張雨	棄家爲道士，居茅山
馮子振	文臣，曾官集賢待制
張可久	文臣，以路吏轉首領官，又曾爲桐廬典吏
吳鎮	隱士，平生以畫傳
洪希文	隱士，隨父居山中
李孝光	文臣，隱居雁蕩五峰山下，授秘書監丞
馬熙	文臣，官右衛率府教授
張翥	文臣，累拜翰林學士承旨
趙雍	文臣，曾官集賢待制，同知湖州路總管府事
王蒙	隱士，隱居仁和黃鶴山
金炯	元季中鄉舉
吳景奎	文臣，嘗爲浙東憲府掾從事
袁士元	授縣學教諭，擢翰林國史院檢閱官，不赴
謝應芳	郡闢教鄉校
倪瓚	隱士，元末棄家泛舟五湖
湯彌昌	曾官瑞安州判官
梁寅	元末隱居教授
舒頔	隱士，爲貴池教諭，台州學正
華幼武	隱居家中
邵亨貞	隱士，元時訓導松江府學
錢霖	後爲黃冠
于立	學道會稽山中
石岩	官縣尹
郯韶	嘗辟試漕府掾
柯九思	文臣官至奎章閣鑒書博士
王禮	元末爲廣東元帥府照磨，明興不仕
趙汸	晚年屏跡東山
王逢	隱士，至正中累薦不起
陶宗儀	隱士，明初累徵不就
唐桂芳	授崇安縣教諭，遷南雄路儒學正

俞和	隱士，寓居錢塘
凌雲翰	隱士，退居吳興
韓奕	隱於醫
原妙	釋子，主持天目山大覺寺
善住	釋子，嘗居吳郡城之報恩寺
明本	釋子，坐道場於吳興之天目山
梵琦	釋子，晚居海鹽天寧寺西偏
李道純	釋子
朱思本	釋子
吳眞人	道士
王惟一	道士
王玠	道士

由上表可見，元代南方詞人的主要身份是隱士、學者、文臣、釋子和道士（未收入《全金元詞》的元初南宋遺民詞人雖未列入，但可將他們看作隱士）。需要指出的是，南方詞人中的學者詞人雖有短暫的出仕經歷，然大多時間是在鄉里傳道授業，過著一種半隱居的生活。他們各自的人數大致如下：

身　份	詞　　　人	人數
隱士詞人	吳鎮、王蒙、袁士元、謝應芳、倪瓚、梁寅、舒頔、舒遜、華幼武、邵亨貞、錢霖、錢應庚、顧阿瑛、于立、何可視、王禮、王逢、陶宗儀、俞和、凌雲翰、韓奕	22人
文臣詞人	陳孚、燕公楠、張伯淳、程文海、趙孟頫、曹伯啓、馮子振、虞集、歐陽玄、柯九思	10人
學者詞人	吳澄、胡炳文、陳櫟、陸文圭、吳存、袁易、劉詵、許謙、李孝光	9人
釋道詞人	騰賓、張雨、原妙、善住、明本、梵奇、李道純、朱思本、吳眞人、王惟一、王玠	11人

由上可見，南北詞壇創作主體的身份有著明顯的不同。元代北方詞壇創作主體身份多爲文臣，而南方詞壇創作主體的身份主要是

隱士、釋道、文臣和學者。對於學者詞人而言，他們大多為家居教授，在鄉里過著一種半隱居的生活，釋道詞人也過著隱士一樣的生活，文臣在南方詞人中只是很少的一部份。因此，南方詞壇創作者的主要身份是一群過著隱居生活的文人。

（二）創作主體的審美趣味

由於南北詞壇地域以及所承詞學傳統的不同，創作主體在審美趣味上也有著明顯的差異性。同北方詞人推崇蘇軾、辛棄疾和元好問不同，南方詞人在延續南宋詞風的同時卻表現出了極大的包容性。下面分別列南北方詞人追和前人詞如下：

南方詞人追和詞表：

詞 人	追 和 對 象	詞 牌
歐陽玄	歐陽修	《漁家傲》十二首
張玉娘	蘇軾、李清照	《水調歌頭·次東坡韻》、《如夢令·戲和李易安》
張雨	姜夔	《早春怨·擬白石》
邵亨貞	擬花間、蘇軾、周邦彥、陳與義、康與之、姜夔、史達祖、辛棄疾、元好問、劉過	《擬古十首》、《河傳·戲效花間體》、《花間訴衷情》、《沁園春》眉目二首
柯九思	楊補之	《柳梢青·和楊無咎梅詞四首》
沈景高	劉過	《沁園春·和劉龍洲指甲》
韓奕	陸游	《鵲橋仙·漁父詞和放翁韻》

北方詞人追和詞表：

詞 人	追 和 對 象	詞 牌
王惲	蘇軾	《好事近·嘗點東坡橘樂湯作》
張之翰	劉過、蘇軾	《唐多令·和劉改之》、《酹江月·賦濟南風景，和東坡韻》
張埜	仲殊、辛棄疾	《念奴嬌·白蓮用仲殊韻》、《沁園春·止酒效稼軒體》

許有壬	辛棄疾	《賀新郎・用稼軒韻》
薩都剌	蘇軾	《念奴嬌・登石頭城次東坡韻》
白樸	仲殊、元好問	《奪錦標》、《水龍吟》用元好問韻二首

　　由以上二表可以看出，元代北方詞人主要追和蘇軾、辛棄疾和元好問，而南方詞人不僅追和蘇軾、辛棄疾和元好問，還追和花間詞人、周邦彥、姜夔、史達祖等其他詞人。同北方詞壇創作主體對南宋詞風的排斥不同，南方詞壇創作主體表現出了極大的包容性。同時，這兩個表也反映出這樣一個事實，那就是北方詞壇發展的單一化傾向和南方詞壇發展過程中的多樣化。因此，當曲這一新型文體興盛之時，北方詞壇的衰落便是非常自然的事情，而南方詞壇的多樣性和包容性為它贏得了元代後期獨盛的局面。

（三）創作主體所選的題材

　　南北詞壇的不同除了與創作主體的身份、審美趣味有關係外，還與創作主體所選的題材有關係。反過來說，創作主體所選題材的不同，表現出了南北詞壇的差異性。除了酬贈次韻、詠物、送別等這些普通的題材外，南北詞壇在題材的側重上又有著明顯的不同。就北方詞壇而言，上京紀行成為北方詞人取材的一個新的亮點。

　　上京紀行是伴隨元代兩都巡幸制度而繁榮起來的一種題材，據虞集在《上都留守賀惠愍公廟碑》記載：「昔世祖皇帝在潛藩，建牙纛廬帳於灤河之上，始作城郭宮室，以謹朝聘、出政令、來遠邇、保生聚，以控朔南之交。及乎建國定都於燕，遂以是為上都而治開平焉。大駕一歲巡幸，未暑而至，先寒而南，宮府侍從宿衛咸在，凡修繕供億一責於留守之臣。」〔註1〕在皇室巡幸活動的影響之下，能夠前往上京遊賞及觀禮便成為元代文人選取的題材之一。廼賢在《次上都崇真宮呈同遊諸君子》中寫到：

〔註1〕〔元〕虞集：《道園學古錄》卷13，《四庫全書》第1207冊，第192～193頁。

> 雞鳴涉灤水，慘淡望沙漠。穹廬在中野，草際大星落。
> 風高馬驚嘶，露下黑貂薄。晨露發嶠，旭日照城郭。嵯峨
> 五色雲，下覆丹鳳閣。琳宮多良彥，休駕得棲泊。清尊置
> 美酒，展席共歡酌。彈琴發幽懷，擊筑詠新作。生時屬承
> 平，幸此帝鄉樂。頋言崇令德，相期保天爵。

在元代大量的「上京紀行詩」中，最著名的要數楊允孚的百首組詩《灤京雜詠》。在這本詩集中，作者以一個南人的眼光記錄了塞外的景色和風土人情，正如楊鐮先生在《元詩史》中談到的：「在元代，前往上京觀禮、巡遊，是『北方士人』，也是全國人士的一大興奮點，因爲可以前往上京時，南北詩人對於大都以北的蒙古草原感到神秘陌生已經有三四個世紀之久。從五代時期契丹興起，那就是中原人世的秘境絕域。元代開國，前往上京的古道就往返著一批又一批的官員，一幫又一幫的商隊，一群又一群的遊客，人們興奮、疲倦、好奇，他們一次次、一輪輪，將感受寫在自己的詩冊上。」﹝註2﹞除元詩外，元曲中也出現了以上京紀遊爲題材的作品。

相對於元詩和元曲，元詞中的上京紀行之作則少得多。有劉敏中的《水龍吟·九日上都次韻答邢伯牙》和《鵲橋仙·上都金蓮》二首，王惲《木蘭花慢》二首等十幾首作品。在這些作品中，詞人描寫了自己在上京或者前往上京途中的見聞和感受。這些詞進一步擴大了詞所表現的範圍，豐富了詞創作的題材。儘管南人汪元量北遣上京之時曾涉足這一題材，後來的南人只有馮子振寫了《鸚鵡曲·至上京》，但這首作品在是詞是曲上仍然存在爭議，所以，上京紀行詞雖然數量不多，但也足以構成北方詞壇的一道獨特的風景。

而對於南方詞壇來說，題畫詞成爲南方詞人創作的重點。題畫詞在唐、五代就已出現，而眞正的發展卻在宋代。關於題畫詞的定義，吳文治在《宋代題畫詞論說》中有明確的界說：「題畫詞，它是詞的一種，指詞人根據畫面內容而興發感受，產生聯想從而創作的

﹝註2﹞楊鐮：《元詩史》，人民文學出版社2003年版，第645頁。

詞。題畫詞與題畫詩一樣，有廣義與狹義之分。狹義的題畫詞，指的是直接題寫於畫面的詞，它是題款藝術的組成部份，與書、畫、印構成一個完整的藝術作品，這是中西方繪畫的差異性，是中國文化獨有的。廣義的題畫詞，一方面，從處所上講，不僅包括題在繪畫作品上的詞作，也包括題在扇面、畫屏、手卷等具有畫面的器物上的詞；另一方面，就內容而言，也包括詠畫、贊畫的詞作，它們可能不直接書寫在畫面上（或寫在畫卷的背面，或寫在另一張紙上），但它們多稱讚畫技或讚賞繪畫者的高風亮節，也有就畫面而抒發情感的，與狹義的題畫詞在藝術特色與技巧上很難區分。」〔註3〕我們這裡採用廣義的題畫詞定義，它的內容大致分為題山水畫詞、題花鳥畫詞和題人物畫詞。

據《全宋詞》統計，題花鳥畫詞大致有 64 首，題人物畫詞大致有 51 首，題山水畫詞大致有 26 首，一共 141 首。就題人物畫詞而言，存詞數量最多的是張炎和劉辰翁，題山水畫詞存詞最多的是范成大、張炎和周密，題花鳥畫詞存詞最多的是張炎，而張炎、劉辰翁、周密又被作為元人看待。確切的說，題畫詞的數量在宋末元初才有了大的發展。

元代題畫詞的發展與文人畫有著密切的關係。呂海春在《從題畫詩與詩意圖看元代詩歌與文人畫之關係》時談到：「元代文人身份的雙重性，大大加強了詩畫之間的融通。元代有不少作家既是詩人，又是畫家，他們不但善詩，而且還擅長繪畫。其中的代表人物，除了早期被稱為『詩書畫三絕』的趙孟頫之外，還有元畫四大家：倪瓚、吳鎮、黃公望、王蒙；此外，錢選、高克恭、柯九思、曹知白等人也都兼長詩畫。而正是有了這麼一批人成為元代文人畫發展的中堅人物，元代詩畫的發展形成了嶄新的局面。由於作者身份的轉變，元代又始終沒有建立起自己的畫院制度，而文人作畫其實在某

〔註3〕吳文治：《宋代題畫詞論說》，河北大學 2005 年文學碩士論文，第 3 頁。

種程度上更進一步提高了繪畫的地位，繪畫可以像詩歌一樣成為表達意緒的傳媒。」﹝註4﹞實際上，元代文人的身份不僅僅是雙重的，詩、文、詞、書、畫集於一身，他們的身份也具有了多樣性。雖然元代沒有建立起自己的畫院制度，文人的地位也不能和宋朝相提並論，然而，同人物畫、花鳥畫在創作上的困頓不同，元代的山水畫卻得到了極大的發展。在這一繪畫潮流的影響之下，出現了大量的題山水畫詞。本文據《全金元詞》，列元代題山水畫詞、題花鳥畫詞、題人物畫詞如下：

題山水畫詞 56 首

作 者	篇數	詞 牌
吳鎮	8首	《酒泉子》
張翥	2首	《高陽臺‧題趙仲穆作陳野雲居士山水便面》、《行香子‧山水便面》
王國器	13首	《菩薩蠻‧題黃子久溪山雨意圖》、《菩薩蠻‧題倪徵君惠麓圖》、《西江月‧題洞天清曉圖》、《踏莎行》題破窗風雨圖十首
沈禧	3首	《風入松‧題驛亭圖》、《滿庭芳‧為施克明題雪擁藍關圖》、《風入松‧詠畫景》
張□	1首	《踏莎行‧題破窗風雨圖，和王筠庵韻》
金炯	1首	《踏莎行‧題破窗風雨圖和王筠庵韻》
謝應芳	1首	《高陽臺‧題張德機荊南精舍圖》
束從周	1首	《小重山‧題錢德均水村圖》
湯彌昌	2首	《虞美人‧題錢德均水村圖》、《祝英臺近‧題錢德均水村圖》
邵亨貞	2首	《摸魚子‧題王德璉山居圖》、《賀新郎‧題王德璉水村卷》
韓奕	1首	《百字令‧為沈畫師題寫山樓》
善住	1首	《朝中措‧桃源圖》
陸行直	1首	《清平樂‧題碧梧蒼石圖》

﹝註4﹞呂海春：《從題畫詩與詩意圖看元代詩歌與文人畫之關係》，復旦大學2001年博士學位論文，第 11 頁。

陸留	1 首	《清平樂・題碧梧蒼石圖》
王鉉	1 首	《清平樂・題碧梧蒼石圖》
元卿	1 首	《清平樂・題碧梧蒼石圖》
葉衡	1 首	《清平樂・題碧梧蒼石圖》
衛德嘉	1 首	《清平樂・題碧梧蒼石圖》
施可道	1 首	《清平樂・題碧梧蒼石圖》
曹方父	1 首	《清平樂・題碧梧蒼石圖》
衛德辰	1 首	《清平樂・題碧梧蒼石圖》
趙由俊	1 首	《清平樂・題碧梧蒼石圖》
陸承孫	1 首	《清平樂・題碧梧蒼石圖》
徐再思	1 首	《清平樂・題碧梧蒼石圖》
竹月道人	1 首	《清平樂・題碧梧蒼石圖》
郝貞	1 首	《清平樂・題碧梧蒼石圖》
劉則梅	1 首	《清平樂・題碧梧蒼石圖》
郭麟孫	1 首	《清平樂・題碧梧蒼石圖》
盧摯	1 首	《六州歌頭・題萬里江山圖》
張埜	1 首	《阮郎歸・題秋山草堂圖》
蘇大年	1 首	《踏莎行・題巫峽雲濤圖用王國器韻》
薩都剌	1 首	《酹江月・題清溪白雲圖》

題人物畫詞 28 首

作　者	篇數	詞　　　牌
趙孟頫	1 首	《水龍吟・題蕭史圖》
馮子振	2 首	《鸚鵡曲・龐隱圖》、《鸚鵡曲・拔宅沖升圖》
吳鎮	17 首	《沁園春・題畫骷髏》、《漁父・臨荊浩漁父圖十六首》
張翥	2 首	《孤鸞・題錢舜舉仙女梅下吹笛圖》、《清平樂・盛子昭花下欠伸美人圖》
沈禧	1 首	《清平樂・題漁父圖》
邵亨貞	3 首	《浣沙溪・折花士女圖》、《減字木蘭花・崔女郎像》、《太常引・蘇小小像》
韓奕	1 首	《沁園春・題鶯鶯像》
胡祗遹	1 首	《木蘭花慢・題倪都運南塘蓮社廬山社蘭亭會後世圖畫》

題花鳥畫詞 15 首

作 者	篇數	詞 牌
虞集	1 首	《□□□・題梅花寒雀圖》
張雨	2 首	《踏莎行・王蕺隱五香圖》、《柳梢青・題楊補之墨梅》
張翥	4 首	《摸魚兒・題熊伯宣藏梅花卷子》、《疏影・王元章墨梅圖》、《感皇恩・題趙仲穆畫凌波水仙圖》、《踏莎行・題趙善長王元章，為楊垓合寫三友圖》
倪瓚	1 首	《定風波・題畫梅》
凌雲翰	1 首	《滿江紅・詠梨花鳥圖》
吳瓘	1 首	《柳梢青》竹莊梅
魏初	1 首	《木蘭花慢・宋漢臣墨梅並序嘉議宋公於予為世契兄》
姚燧	1 首	《木蘭花・劉子善得常德壽梅圖持歸鎮江壽其父梅軒》
王結	1 首	《望江南・戲題梅圖》
許有壬	1 首	《玉燭新・題李伯瞻一香圖次韻》
宋褧	1 首	《如夢令・題楊補之施篷墨梅》

　　由上表可見，隨著元代文人畫的興盛，題山水畫詞成為元代題畫詞的重點。其中，題山水畫詞 56 首，題人物畫詞 28 首，題花鳥畫詞 14 首。與宋代相比，元代在題花鳥畫詞的創作上呈明顯下降趨勢。總體上來說，宋元題畫詞在創作數量上大致相當，但就元代短暫的詞史而言，題畫詞在元代的地位可以和宋代媲美。另外，元代南北方詞人在題畫詞的創作上也有著明顯的不同，本文據《全金元詞》將元代南方詞人和北方詞人的題畫詞列表如下：

元代南方詞人題畫詞簡表

詞 人	篇數	詞 名
趙孟頫	1 首	《水龍吟・題蕭史圖》
虞集	1 首	《□□□・題梅花寒雀圖》
張雨	2 首	《踏莎行・王蕺隱五香圖》、《柳梢青・題楊補之墨梅》
馮子振	2 首	《鸚鵡曲・龐隱圖》、《鸚鵡曲・拔宅沖升圖》

吳鎮	25首	《沁園春‧題畫骷髏》、《酒泉子》八首、《漁父‧臨荊浩漁父圖十六首》
張翥	10首	《摸魚兒‧題熊伯宣藏梅花卷子》、《疏影‧王元章墨梅圖》、《高陽臺‧題趙仲穆作陳野雲居士山水便面》、《孤鸞‧題錢舜舉仙女梅下吹笛圖》、《感皇恩‧題趙仲穆畫凌波水仙圖》、《行香子‧山水便面》、《清平樂‧盛子昭花下欠伸美人圖》、《踏莎行‧題趙善長王元章，為楊垓合寫三友圖》、《木蘭花慢‧題紅犀扇面》、《滿江紅‧錢舜舉桃花折枝》
王國器	13首	《菩薩蠻‧題黃子久溪山雨意圖》、《菩薩蠻‧題倪徵君惠麓圖》、《西江月‧題洞天清曉圖》、《踏莎行》題破窗風雨圖十首
沈禧	5首	《清平樂‧題扇小景》、《清平樂‧題漁父圖》、《風入松‧題驛亭圖》、《滿庭芳‧為施克明題雪擁藍關圖》、《風入松‧詠畫景》
張□	1首	《踏莎行‧題破窗風雨圖，和王筠庵韻》
金炯	1首	《踏莎行‧題破窗風雨圖和王筠庵韻》
謝應芳	2首	《西江月‧題畫》、《高陽臺‧題張德機荊南精舍圖》
倪瓚	1首	《定風波‧題畫梅》
束從周	1首	《小重山‧題錢德均水村圖》
湯彌昌	2首	《虞美人‧題錢德均水村圖》、《祝英臺近‧題錢德均水村圖》
邵亨貞	5首	《浣沙溪‧折花士女圖》、《減字木蘭花‧崔女郎像》、《太常引‧蘇小小像》、《摸魚子‧題王德璉山居圖》、《賀新郎‧題王德璉水村卷》
凌雲翰	1首	《滿江紅‧詠梨花鳥圖》
韓奕	3首	《水龍吟‧次韻題湧金飛雪畫扇》、《百字令‧為沈畫師題寫山樓》、《沁園春‧題鶯鶯像》
善住	1首	《朝中措‧桃源圖》
陸行直	1首	《清平樂‧題碧梧蒼石圖》
陸留	1首	《清平樂‧題碧梧蒼石圖》
王鉉	1首	《清平樂‧題碧梧蒼石圖》
元卿	1首	《清平樂‧題碧梧蒼石圖》
葉衡	1首	《清平樂‧題碧梧蒼石圖》

衛德嘉	1首	《清平樂・題碧梧蒼石圖》
施可道	1首	《清平樂・題碧梧蒼石圖》
曹方父	1首	《清平樂・題碧梧蒼石圖》
衛德辰	1首	《清平樂・題碧梧蒼石圖》
趙由俊	1首	《清平樂・題碧梧蒼石圖》
陸承孫	1首	《清平樂・題碧梧蒼石圖》
徐再思	1首	《清平樂・題碧梧蒼石圖》
竹月道人	1首	《清平樂・題碧梧蒼石圖》
郝貞	1首	《清平樂・題碧梧蒼石圖》
劉則梅	1首	《清平樂・題碧梧蒼石圖》
郭麟孫	1首	《水調歌頭・題水村圖》
吳瓘	1首	《柳梢青》竹莊梅
柯九思	4首	《柳梢青・和楊無咎梅詞四首》
陸祖允	1首	《菩薩蠻・題錢德鈞水村圖》

元代北方詞人題畫詞簡表

詞 人	篇數	詞 名
胡祇遹	2首	《鷓鴣天・甥孫以紅葉扇索樂府》、《木蘭花慢・題倪都運南塘蓮社廬山社蘭亭會後世圖畫》
魏初	1首	《木蘭花慢・宋漢臣墨梅並序嘉議宋公於予為世契兄》
盧摯	1首	《六州歌頭・題萬里江山圖》
姚燧	1首	《木蘭花・劉子善得常德壽梅圖持歸鎮江壽其父梅軒》
劉敏中	1首	《沁園春・題戶部郎完顏正甫舒嘯圖》
王結	1首	《望江南・戲題梅圖》
張埜	1首	《阮郎歸・題秋山草堂圖》
許有壬	1首	《玉燭新・題李伯瞻一香圖次韻》
宋褧	1首	《如夢令・題楊補之施篷墨梅》
蘇大年	1首	《踏莎行・題巫峽雲濤圖用王國器韻》
薩都剌	1首	《醉江月・題清溪白雲圖》
王惲	2首	《感皇恩》題平江捕魚圖、《江城子・賦拜月圖》

　　元代南方詞人題畫詞共 98 首，北方詞人題畫詞共 14 首，一共 112 首。題畫詞成爲元代南方詞人的重要創作題材。北方詞人雖然也留下十幾首作品，但大致可以忽略，他們創作的重點仍然是酬贈次韻之作和壽詞。這也成爲南北詞人在題材選擇上的一個重要區別。同時，題人物畫詞在明代得到了極大地發展。從宋代的題花鳥畫詞爲主——元代的題山水畫詞爲主——明代的題人物畫詞爲主這樣一種演變歷程中，我們也可看出在題畫詞發展過程中，朝代變遷、文人風尚及審美思潮對它的重要影響。正是伴隨著中國文化俗化一脈的腳步，題人物畫詞才逐步進入到詞人的創作視野中來。

　　在以上的論述中，我們通過詞人身份、審美趣味和所選題材的不同，對南北詞壇創作主體的不同性進行了分析。在這種對照當中，我們發現南方詞壇是一個由隱居文人爲主，在審美傾向上兼收並蓄的創作群體。同時，由於元代文人畫的發展，題畫詞成爲南方詞人創作過程中的一種重要題材。

第三節　南北詞壇詞風之比較

　　趙維江在論述金元詞的總體特徵時談到：「在當時的中國實際上存在著兩個並行的詞壇——南宋詞壇和金元詞壇；存在著兩個建立在地理文化意義上的不同體派——南宗詞派與北宗詞派。南宗詞派和北宗詞派既是地理意義上的劃分，更是文化意義上的劃分。一方面南、北詞派分別爲南、北詞壇的主流派，另一方面二者在地理上又是相互交叉的。可以說，詞體創作上本來存在的婉約與豪放兩種風格類型，在當時特定的歷史條件下，已經演化成了一種有著地理文化意義的詞體概念和體派概念。」〔註5〕

　　顯然，作者這裡以婉約與豪放兩種風格來概括南宗詞和北宗詞的風格類型。實際上，這樣的區分稍顯籠統，北方詞壇的主體風格

〔註5〕趙維江：《金元詞論稿》，中國社會科學出版社 2000 年版，第 32 頁。

是豪放質樸的，但是一些詞人同時也創作出極爲清麗婉約的作品。
比如白樸，他是北方人，當他定居南方之後，詞風發生了改變，他
很好地將豪氣和柔情結合在一起，給我們以清麗之感。所以說，在
談到元代北方詞壇的具體詞人時，還需要作更加細緻的分析。還有
張翥，他被認爲是「南宗」詞的代表，實際上他是北方人，並且在
大都度過了二十多年的歲月，成爲大都文壇的核心。「南宗」對於他
而言，僅是對詞體復雅理論和實踐的追求。對白樸和張翥來說，獨
特的人生經歷已經使南北地域文化精神同時浸染到他們的靈魂深
處，他們既屬於南方，又屬於北方，我們也很難用「南宗」「北宗」
這樣的概念去界定他們。

對於南方詞壇而言，在元代不同的階段則表現出不同的風格特
徵。元初的南方詞壇緊承南宋詞壇而來，張炎、仇遠等遺民詞人提
倡雅正，講究格律，基本延續了南宋之雅正詞風。所以說，元初的
南北詞壇在風格上有著明顯的差異，北方詞壇的豪放質樸和南方詞
壇的清俊雅正形成了鮮明的對照。隨著南人的北上，北人的南下，
南北詞風得以融匯，再加上曲對詞的影響，口語、俗語大量進入詞
中，詞的曲化已成不可阻擋之勢。儘管張翥等人以復雅相號召，並
且身體力行，然而，在俗化之風的影響下，這些實踐者本人也出現
了理論與創作的背離。在他們的詞作中，既有極爲雅正的作品，也
出現了曲化的創作。所以說，元代中後期的南方詞壇在風格上是清
麗質樸、平易通俗的。南北詞風之所以會這樣的差異，當然與當時
的詞學主張有著密切的關係。

我們知道，元代北方詞人深受元好問的影響，趙維江在《金元
詞論稿》中指出，元好問「在承繼蘇軾以來『以詩爲詞』的詞體觀
念即『詞詩』說的基礎上，形成了一種自覺的詞史意識，他還進一
步借助於傳統詩論，引入『言外』說、『滋味』說和『情性』說等理
論，並將蘇、辛作爲體現『詞詩』理論的典範，在詞體的本質、功
能以及風格、流派等一系列詞學基本問題上提出了許多頗有新見的

主張，由此使『詞詩』說在理論上得到了進一步的豐富和完善，爲北宗詞創作和詞學批評理論的發展以深遠的影響。」〔註6〕其他北方詞人的詞學主張並沒有超出這一範疇，李長翁在《古山樂府序》中談到：

> 詩盛於唐，樂府盛於宋，宋諸賢名家不少，獨東坡、稼軒傑作，磊落倜儻之氣，溢出豪端，殊非雕脂鏤冰者所可彷彿。往年僕遊京師，古山張公一見，招置館下，燈窗雪案，披誦公所著樂章，湛然如秋空之不云，燁然如春華之照谷，淒然如猿啼玉澗，昂然如鶴唳青霄，恚然如庖丁鼓刀，翩然如公孫舞劍，千變萬態，意高語妙，眞可與蘇、辛二公齊驅並駕。〔註7〕

劉敏中在《江湖長短句引》中談到：

> 聲本於言，言本於性情，吟詠性情莫若詩，是以《詩三百》，皆被之絃歌。延襲歷久，而樂府之制出焉，則又詩之遺音餘韻也。逮宋而大盛，其最擅名者東坡蘇氏，辛稼軒次之，近世元遺山又次之。三家體裁各殊，然並傳而不相悖，殆猶四時之氣律不同，而其元化之所以斡旋，未始不同也。至於有得，惟能者能之。禮部侍郎濟南張養浩希孟，使江南，往返僅半歲，得樂府百有餘首，輯爲一編，目之曰《江湖長短句》，歸以示余。余讀之，藻麗葩妍，意得神會，橫縱捲舒，莫可端倪。其三湘五湖晴陰明晦之態，千品萬彙競秀爭流之狀，與夫羈旅之情，觀遊之興，懷賢弔古之感，隱然動人。視其風致，蓋出入於三家之間，可謂能也。〔註8〕

由上可見，北方詞人尊崇蘇軾、辛棄疾，主張吟詠性情。同時，我們還發現，從今天留存下來的詞學論著、詞作題序、金元人所編詞選和元人文集中散見的詞論來看，北方詞人對詞的探討和分析遠

〔註6〕趙維江：《金元詞論稿》，中國社會科學出版社2000年版，第110頁。

〔註7〕朱祖謀：《彊村叢書》，上海古籍出版社1989年版，第6593頁。

〔註8〕〔元〕劉敏中：《江湖長短句引》，《中庵集》卷9，《四庫全書》1206冊，第79頁。

遠少於南方詞人。

隨著南宋的滅亡，詞這一文學樣式走過了它的鼎盛期。到元代中期，南宋遺存的騷雅詞風更是受到元代通俗時風的巨大衝擊。在這樣的社會背景下，張炎對宋代詞學進行總結，寫下《詞源》，「余疏陋譾才，昔在先人侍側，聞楊守齋、毛敏仲、徐南溪諸公商榷音律，嘗知緒餘，故生平好爲詞章，用功踰四十年，未見其進。今老矣，嗟古音之寥寥，慮雅詞之落落，僭述管見，類列於後，與同志者商略之。」〔註9〕

在這部書中，張炎明確提出「清空」、「雅正」的詞學主張，詳細論述詞律和唱曲的方法，並且附了許多圖譜。隨後陸輔之的《詞旨》，「皆述叔夏論詞之旨，與叔夏《詞源》同條共貫。」從這兩部書中，我們能夠看到元初南宋遺民對前代詞學的總結與傳承，並且希望爲元代的作詞者提供創作的依據：在遵循詞律的基礎上以達到清空雅正的境界。有元一代的南方詞人都在朝這個方向努力，但是始終未能實現復雅的目標。正如虞集在《葉宋英自度曲譜序》中談到的：

> 後世雅樂黃鍾之寸，卒無定説，今之俗樂，視夫以夾鍾爲律本者，其聲之哀怨淫蕩，又當何如哉。近世士大夫號稱能樂府者，皆依約舊譜，仿其平仄，綴輯成章，徒諧俚耳則可。乃若文章之高者，又皆率意爲之，不可叶諸律，不顧也。太常樂工知以管定譜，而撰詞實腔，又皆鄙俚，亦無足取。求如三百篇之皆可絃歌，其可得乎？臨川葉宋英，予少年時識之，觀其所自度曲，皆有傳授。章節諧婉，而其詞華，則有周邦彥、姜夔之流風餘韻。心甚愛之，蓋未及與之講也。及忝在朝列，與聞製作之事，思得宋英其人本雅以訓俗，而去世久矣，不可復得。〔註10〕

〔註9〕　〔宋〕張炎：《詞源》卷下。唐圭璋編：《詞話叢編》第一冊，第255頁。

〔註10〕　虞集：《葉宋英自度曲譜序》，《道園學古錄》卷32，《四庫全書》第1207冊，第465～466頁。

虞集在這段話中為我們揭示出元詞發展中的幾個問題。第一，元人依照舊譜，綴輯成章，卻顯俚俗；第二，士大夫率意為詞，不諧音律；第三，太常樂公所定之譜，粗鄙俚俗。造成這些問題的原因，朱晞顏在《跋周氏塤篪樂府引》中曾經談到：

> 舊傳唐人《麟角》、《蘭畹》、《尊前》、《花間》等集，富豔流麗，動蕩心目，其源蓋出於王建宮詞，而其流則韓渥《香奩》、李義山《西崑》之餘波也。五季之末，若江南李後主、西川孟蜀王，號稱雅製，觀其憂幽隱恨，觸物寓情，亡國之音哀思極矣。洎宋歐、蘇出而一掃衰世之陋，有不以文章而值得造化之妙者，抑豈輕薄兒紈綺子，遊詞浪語而為誨淫之具者哉！其後稼軒、清真各立門戶，或以清曠為高，或以纖巧為美，正如桑葉食蠶，不知中邊之味為如何耳。最晚姜白石堯章以音律之學為宋稱首，其遺詞綴譜迥出塵俗，真有「一洗萬古凡馬空」之氣。宋亡以來，音韻絕響，士大夫悉意詩文名理之學，人罕及之，惟遺山《中州》一集，近見流播，寥寥逸韻，獨出騷餘，非有高情遠韻者不能學也。〔註11〕

士大夫是文學創作的主體，當他們將注意力放在詩文名理之上，而不去從事詞這一文體的創作時，這一文學樣式就很難發展。元代整個社會通俗之風的盛行，也使得詞的復雅之路滿是荊棘。同時，散曲的流行也進一步影響到詞的創作，以致戴表元在《題陳強甫樂府》中指出：

> 少時閱唐人樂府《花間集》等作，其體去五、七言律詩不遠。遇情愫不可直致，輒略加隱括以通之，故亦謂之曲。然而繁聲碎句，一無有焉。近世作者，幾類散語，甚者竟不可讀，余為之憒憒久矣。」〔註12〕

〔註11〕〔元〕朱晞顏：《跋周氏塤篪樂府引》，《瓢泉吟稿》卷5，《四庫全書》第1213冊，第424頁。

〔註12〕〔元〕戴表元：《題陳強甫樂府》，《剡源文集》卷19，《四庫全書》第1194冊，第249頁。

從以上材料可以看出，當時的詞作者，寫出的詞「幾類散語」。「散語」當是從詞的語體形式進行的描述，即是散文化的句法。這一點也是宋詞與元詞在語言上的一個重要區別。李昌集在論述「曲體對散文句法的吸收」時曾經談到：

> 韻文體與散文體的交融本是文學史上不斷的出現的現象。辭賦便是二者嫁接後形成的一種韻散相兼的文體。在詩詞中，亦不乏借散文之法爲詩詞的嘗試者，若詩中之韓愈、黃庭堅，詞中之辛稼軒，然爲數畢竟寥寥，未構成詩詞體中普遍的現象。其原因即在散文語體內在構造的根本特徵──步節的可變性、模糊性和自由性與詩詞步節的穩定性、明確性正相牴牾。詞本較詩更易汲收散文語體，但詞句式的確定性限制了詞在這方面的進一步擴展（應該說，正因爲此，詞才形成了自身特有的形式特徵和獨到的韻味）。但曲體步節構造中所允許的靈活性、模糊性卻與散文語體的根本特徵產生了某種一致性，曲體中出現大量的散文化語句便是很自然的現象了。〔註13〕

到了元代，隨著以通俗爲美審美時代的到來和曲的興盛，原本在詞中不具有普遍性的散文化語句，隨著口語、俗語的進入，被大量地運用到詞作中來，所以造成了詞在語言表達上的「幾類散語」。仇遠在《山中白雲詞序》中也談到：

> 世謂詞者詩之餘，然詞尤難於詩，詞失腔猶詩落韻，詩不過四五七言而止，詞乃有四聲五音均拍重輕清濁之別，若言順律舛，律協言謬，俱非本色。或一字未合，一句皆廢，一句未妥，一闋皆不光采，信夐夐乎其難。又怪陋邦腐儒，窮鄉村叟，每以詞爲易事，酒邊興豪，即引紙揮筆，動以東坡、稼軒、龍洲自況，極其至四字《沁園春》、五字《水調》、七字《鷓鴣天》、《步蟾宮》，拊几擊缶，同聲附和，如梵唄，如步虛，不知宮調爲何物，令老伶俊娼，

〔註13〕 李昌集：《中國古代散曲史》，華東師範大學出版社1991年版，第215頁。

面稱好而背竊笑，是豈足與言詞哉。」〔註14〕

　　由此可見，隨著整個社會審美思潮的改變，文人士大夫的創作傾向已經發生了改變。儘管吳澄這樣的學者──理學家提出溫柔敦厚的詞教論以抬高詞的地位，但效果甚微，吳澄談到，「夫詩與詞，一爾，岐而二之者，非也。自其二之也，則詩猶或有風雅頌之遺，詞則風而已。詩猶或以好色不淫之風，詞則淫而已。雖然，此末流之失然也，其初豈其然乎？使今之詞人真能由香奩、花間而反諸樂府，以上達於三百篇，可用之鄉人，可用之邦國，可歌之朝廷而薦之郊廟，則漢、魏、晉、唐以來之詩人有不敢望者矣，尚可嘐嘐然不揣其本而齊其末哉！」〔註15〕從他的這段話可以看出，正是由於這些南方詞人在理論和創作上的堅持，才使南宋詞風多多少少得以延續，只是較之以前的醇雅走向了通俗質樸。

　　以上從南北詞壇發展的不平衡性、創作者的身份、所選的題材、詞風、詞論等方面對元代南北詞壇的不同進行了詳細的論述。元代南方詞壇並不是孤立的存在，從時間維度考察，它與南宋詞壇有著密切的聯繫，尤其是南宋中後期的詞風對元代南方詞壇產生了重要的影響。俗詞在南宋得到了進一步的發展，壽詞、釋道詞的大量創作，對元詞產生了直接的影響，《全金元詞》中的三分之一為道士詞，只是南宋以釋子詞人為主，元代以道士詞人為主。同時，俗詞也影響到元詞的整體語言風格，以淺近通俗為主。從空間維度考察，南方詞壇與北方詞壇共同構成了元詞的全貌，雖然它們在不同的地域中發展，但是隨著南北的互動與交流，二者的差異逐漸縮小，再加上曲的影響，元詞呈現出樸直通俗的整體風格。也正是在這種時空的觀照中，元代南方詞壇更加清晰地呈現出來。

〔註14〕〔元〕仇遠：《山中白雲詞序》，《叢書集成初編》第 2653 冊《山中白雲詞》，商務印書館民國二十六年，第 29 頁。

〔註15〕〔元〕吳澄：《戴子容詩詞序》，《吳文正集》卷 15，《四庫全書》第 1206 冊，第 164 頁。

第六章　元代南方詞壇之
承祧與新變

　　元朝統治者在文化上的寬容政策，使詞這一文學樣式自然地過渡到新朝，所以元代南方詞壇是南宋詞壇自然過渡的結果，而仇遠則是由宋到元的橋樑。在傳統詩文和元曲三者夾擊之下，南方詞壇能夠取代北方詞壇並最終奠定在明清詞壇的主導地位，仇遠功不可沒。他的學生張翥正是秉承老師的創作理論，在大一統的時代環境下，以貫通南北的詞學視野，溝通南北詞壇，成爲「元代詞宗」。儘管南方詞人在繼承南宋詞風上做出了極大的努力，但是隨著朝代的變遷和人們審美風尚的轉移，詞的曲化已然成爲元詞創作中不可迴避的問題，由此也引發了對詞體功能和詞的地位一系列問題的思考。

第一節　承祧之關捩——仇遠

　　在宋元詞的過渡中，仇遠扮演了極爲重要的角色。仇遠（1247～1328 以後），字仁近（或仁父），號山村、山村民。錢塘（今浙江杭州）人，與白珽並稱「仇白」。元初隱居錢塘，後爲鎮江路儒學學正、溧陽州儒學教授，並以杭州路知事致仕，張翥、張雨遊其門。晚年暢遊山水，與張炎、周密、趙孟頫等人都有交往。詞集《無弦琴譜》

二卷，清人朱祖謀編入《彊村叢書》，《全宋詞》存詞 120 首。

作爲由宋入元的詞人，仇遠的詞始終籠罩在深深的憂傷和濃濃的愁緒當中。儘管在元朝生活了半個世紀，這種情緒並沒有在時間的流逝中褪去，如他的《糖多令》：

> 涼露濕秋蕪。空庭啼蟋蛄。紫苔衣、猶護金鋪。疏箔翠眉人不見，流水急，泣鰥魚。　恨草倩誰鋤。西風吹鬢疏。問劉郎、別後何如。縱有桃花千萬樹，也不似，舊玄都。

又《憶舊遊》：

> 對庭蕪黯淡，院柳蕭疏，還又深秋。正一星鐙暗，更一聲雁過，一點螢流。合成一片離思，都在小紅樓。想撲地陰雲，人愁不盡，替與天愁。　酸風未應□，雨簌簌瀟瀟，欲下還收。憶繡帷貪睡，任花梢晨影，移上簾鈎。被池半卷紅浪，衣冷覆薰籌。怎望得江南，風流庾信空白頭。

「縱有桃花千萬樹，也不似，舊玄都」和「怎望得江南，風流庾信空白頭」表現出的仍是對前朝的追憶和思念之情。《摸魚兒·柳絮》和《齊天樂·蟬》是他詠物詞中的佳作：

> 惱晴空、日長無力，風吹不盡愁緒。馬頭零亂流光轉，粟粟巧黏紅樹。閒意度。似特地、隨他燕子穿簾去。徘徊不語。謾彷彿眉尖，留連眼底，芳草正如霧。　冥濛處。獨憑闌干凝佇。翠蛾今在何許。隔花簫鼓春城暮。腸斷小窗微雨。休更舞。明日看、池萍始信低飛誤。長橋短浦。恨不似危紅，蒼苔點徧，猶澀馬蹄駐。

> 夕陽門巷荒城曲，清音早鳴秋樹。薄翦綃衣，涼生鬢影，獨飲天邊風露。朝朝暮暮。奈一度淒吟，一番悽楚。尚有殘聲，驀然飛過別枝去。　齊宮往事謾省，行人猶與說，當時齊女。雨歇空山，月籠古柳，彷彿舊曾聽處。離清正苦。甚懶拂冰窗，倦拈琴譜。滿地霜紅，淺莎尋蛻羽。

　　這兩首詞朦朧含蓄，採用了比興寄託的手法，然而通過「風吹不盡愁緒」和蟬的凄吟之聲，表現出的依然是詞人的悲苦之情。當時周密編撰的《絕妙好詞》專收南宋詞人的作品，起於張孝祥，終於仇遠，選詞近四百首。周密本著醇雅的審美原則，在編選上非常嚴格，張炎在《詞源》卷下中認爲：「近代詞人用功者多，如《陽春白雪》集，如《絕妙詞選》，亦自可觀，但所取不精一。豈若周草窗所選《絕妙好詞》之爲精粹。」〔註1〕其中，仇遠的《八犯玉交枝‧招寶山觀月上》和小令《生查子》均被選入。前一首云：

　　　　蒼島雲連，綠瀛秋入，暮景卻沉洲嶼。無浪無風天地白，聽得潮生人語。擎空孤注，翠倚高閣評虛，中流蒼碧迷煙霧。唯見廣寒門外，青無重數。　　不知是水，不知是山是樹，漫漫知是何處？倩誰問、凌波輕步？漫凝佇、乘鸞秦女。想庭曲、《霓裳》正舞。莫須長笛吹愁去，怕喚起魚龍，三更噴作前山雨。

　　這首詞雅正風流，情景交融，以至清人王奕清認爲這首詞的下闋，「其縱橫之妙，直似東坡。」〔註2〕

　　後一首寫道：

　　　　釵頭綴玉蠶，耿耿東窗曉。京洛少年遊，猶恨歸來早。寒食正梨花，古道多芳草。今宵試青燈，依舊雙花小。

　　他的《月山青》和《更漏子》雖然未被選入，同樣有一種空靈旖旎之美。

　　　　四月時。五月時。柳絮無風不肯飛。捲簾看燕歸。雨淒淒。草淒淒。及早關門睡起遲。省人多少詩。

　　　　東花風，都過了。冷落綠陰池沼。春草草，草離離。離人歸未歸。　　暗魂消，頻夢見。依約舊時庭院。紅笑淺，綠罋深。東風不自禁。

　　仇遠足跡遍及江南，與南宋遺民也有著密切的交往。如《摸魚

〔註1〕張炎：《詞源》卷下。唐圭璋編：《詞話叢編》第一冊，第266頁。
〔註2〕〔清〕王奕清：《歷代詞話》卷9。唐圭璋：《詞話叢編》第二冊，第1288頁。

兒‧答二隱》：

> 愛青山、去紅塵遠，清清誰似巢許。白雲窗冷燈花小，
> 夜靜對床聽雨。愁不語。念錦屋瑤箏，卻伴閒雲住。蓮心
> 尚苦。謾自折蘭苕，答書蕉葉，都是斷腸句。　　鷗沙外，
> 還笑失群鴛鷺。淒涼煙水深處。碧窗空寄江南弄，鴉墨亂
> 無行數。梅半樹。悵未識、佳人日暮情誰與。何時筆路。
> 共繫柳遊韉，印苔金屐，湖曲步春去。

「二隱」即李彭老和李萊老，宋亡隱居山中。在這首詞中，仇遠
傳達出三人經歷易代之後共有的傷感情懷。仇遠在《山中白雲詞序》
中曾經談到：

> 讀《山中白雲詞》，意度超玄，律呂協洽，不特可寫青
> 檀口，亦可被歌管薦清廟。方之古人，當與白石老仙相鼓
> 吹……予幼有此癖，老顏知難，然已有三數曲流傳朋友間，
> 山歌村謠，是豈足與叔夏詞比哉。古人有言曰：『鉛汞交煉
> 而丹成，情景交煉而詞成。』指迷妙訣，吾將從叔夏北面
> 而求之。」〔註3〕

由此看來，仇遠對張炎的詞學理論給予了極大的認同，他也在
創作中遵循著協律、雅正的原則。張翥跟隨仇遠學習，得其音律之
奧，在詞的創作上緊追老師步伐，追求清麗和雅，清代詞論家陳廷
焯對張翥詞作出了這樣的評價：「仲舉詞自是祖述清真，取法白石，
其一種清逸之趣、淵深之致，固不減夢窗。南宋自姜白石出，乃有
大宗，後有作者，總難越其範圍，夢窗諸人師之於前，仲舉傚之於
後，詞至是推極盛焉。自仲舉後，明代絕少作者，直至國朝詞，為
之中興，益信仲舉之詞，風骨之高，直絕響三百餘年。」〔註4〕雖
然張翥在元詞的復雅之路上進行了極大的努力，他作為「元代詞宗」
的地位也不可動搖，然而，在整個社會以通俗為美審美風尚的影響
之下，張翥的一些詞也流於散文化和口語化，他在創作上並沒有達

〔註3〕〔元〕張炎：《山中白雲詞》，《叢書集成初編》第 2653 冊，商務印書
　　　館民國二十六年，第 29～30 頁。
〔註4〕〔清〕陳廷焯：《雲韶集》卷 11，清代王氏晴靄廬鈔本。

到老師仇遠的高度。

在仇遠七十四歲的時候，張翥寫下《最高樓·爲山村仇先生壽》一詞：

　　方寸地，七十四年春。世事幾浮雲。躬行齋內蒲團穩，耆英社裏酒杯頻。日追遊，時嘯詠，任天眞。　　喜女嫁男婚今已畢，便束帛安車那肯出。無一事，掛閒身。西湖鷗鷺長爲侶，北山猿鶴莫移文。願年年，湯餅會，樂情親。

在這首詞中，張翥爲我們展示了仇遠優游山水，適意曠達的晚年生活。仇遠寫過《摸魚兒·柳絮》和《臨江仙·柳》兩首詠物詞，如《臨江仙·柳》：

　　湘水曉行無酒，楚鄉客久思家。空城暗柳老愁芽。燕歸才社後，人老尚天涯。　　記得津頭輕別，離觴愁聽琵琶。東風吹淚落鷗沙。一番新雨重，飛不起楊花。

張翥追和二詞，寫下《蝶戀花·柳絮》：

　　陌上垂楊吹絮罷。愁殺行人，又是春歸也。點點飛來和淚灑。多情解逐章臺馬。　　瘦盡柔絲無一把。細葉青鬟，聞卻當時畫。惆悵此情何處寫。黃昏淡月疏簾下。

又《臨江仙·次韻山村先生賦柳》：

　　搖蕩春光湖上路，多情偏識倡條。畫船繫在赤闌橋。花飛人別處，綠暗雨休朝。　　惱亂東風扶不起，空憐燕姹鶯嬌。舞衣香冷董嬌嬈。相思無限恨，猶似舊宮腰。

這兩首詞清麗和雅，頗得仇遠遺韻。張雨也是仇遠的學生，詞風婉麗，格調清新。仇遠曾作《雪獅兒·梅》：

　　武林春早，乘興試問，孤山枝南枝北。見說椒紅，初破芳苞猶綠。羅浮夢熟。記曾有、幽禽同宿。依稀似、縞衣楚楚，佳人空谷。　　嬌小春意未足。甚嬌羞，怕人玉堂金屋。誤學宮妝，粉額蜂黃輕撲。江空歲晚，最難是、舊交松竹。忒幽獨。笛倚畫樓西曲。

又《瑤花慢·雪》

　　疏疏密密，漠漠紛紛，乍舞風無力。殘磚斷礎，才轉

眼、化作方圭圓璧。非花非絮，似騁巧、先投窗隙，立小
樓、不見青山，萬里烏飛無跡。　　休鄰凍梗冰苔，算飛
入園林，都是春色。年華婉娩，誰信道、老卻梁園詞客。
踏青近也，且一白、何消三白。把一白、分與梅花，要點
壽陽妝額。

張雨追和二詞，作《瑤花慢‧賦雪次仇山村韻》：

篩冰爲霧，屑玉成塵，借阿姨風力。千岩競秀，怎一
夜、喚作連城之璧。先生閉戶，怪短日、寒催駒隙。想平
沙鴻爪成行，□似醉時書跡。　　未隨埋沒雙尖，便淡掃
蛾眉，與鬥顏色。裁詩白站，驢背上、駝取灞橋吟客。撚
鬢自笑，盡未讓、諸峰頭白。看洗出宮柳梢頭，已借淡黃
塗額。

又《獅兒詞‧賦梅次仇山村韻》：

含香弄粉，便句引、遊騎尋芳，城我南城北。別有西
村、斷港冰漸微綠。孤山路熟。伴老鶴、晚先尋宿。怕凍
損、三花兩蕊，寒泉幽谷。　　幾番花陰濯足。記歸來醉
臥，雪深平屋。春夢無憑，鬢底鬧蛾爭撲。不如圖畫，相
對展、官奴風竹。燒黃燭。自聽瓶笙調曲。

《瑤花慢‧賦雪次仇山村韻》在語言上不如原詞典雅，意境上也
不如原詞含蓄雋永。而《獅兒詞‧賦梅次仇山村韻》則和仇遠之詞不
相上下。陳匪石在《聲執》卷下中評道：「其詞皆樊榭所謂淒惻傷感，
不忘故國者。是名雖屬元，實乃南宋餘韻。蓋草窗、碧山、玉田、山
村之所倡導，如張翥、張雨、邵亨貞等，皆屬此派。在元代詞學爲南
方之一流別，與北人平博疏快者迥乎不同。」〔註5〕由此看來，仇遠
的創作對張翥、張雨產生了重要的影響，尤其是詠物詞的寫作。

元成宗大德元年（1297），西域人高克恭在月泉精舍爲仇遠畫
《山村圖》。仇遠拿此圖求人集資建屋，供他隱居，當時名士紛紛
題跋，這件事也轟動一時。到他晚年的時候，更是結交方外，到處
遊覽，仇遠的瀟灑風神和江湖情結由此可見一斑。郭鋒在《南宋江

〔註5〕〔清〕陳匪石：《聲執》。唐圭璋編：《詞話叢編》第五冊，第4961頁。

湖詞派研究》一書中，將姜夔及南宋遺民詞人歸入江湖詞派，並指
出他們在一代宗師姜夔影響之下，以清空爲創作風格，以騷雅爲審
美理想，成爲宋元之間的一個重要詞派。我們姑且不去考慮作爲一
個詞派他們有著怎樣的意義，但是以仇遠及南宋遺民爲主的江湖情
結、隱逸之風確實影響了有元一代的南方詞壇，這也是元代中後期
創作者多爲隱士的重要原因。如果說仇遠過著半隱半俗的生活，而
他的學生張雨在二十歲的時候就出家爲道士，自號「句曲外史」。
經歷了宋元易代後的社會大變動，元初南宋遺民詞人對人生有了更
深的體悟。「南人」低下的政治地位和科舉的廢止，使元代南方詞
人更自覺地從山水江湖中去找回文人的品格和自尊，即使在延祐年
間重開科舉，但南方文人的這種自我追求並未改變。

　　仇遠是詞由宋到元的橋樑，正是有了他，姜張詞風才能在元代
開花結果，南宋詞脈才能延續，並且在清代再度復興。也正是有了他，
南方詞壇才能在與北方詞壇的對峙和交融中取代北方詞壇，並且成爲
元代後期詞壇的主導。

第二節　新變之表現──詞的曲化

　　元代是詩、詞、曲三種韻文並存的時代，也是三種文體互動頻繁
的時代。而這三種文體中，詞的地位較爲尷尬。清人李漁在《窺詞管
見》中談到：「作詞之難，難於上不似詩，下不類曲，不淄不磷，立
於二者之中。大約空疏者作詞，無意肖曲，而不覺彷彿乎曲。有學問
人作詞，盡力避詩，而究竟不離於詩。一則苦於習久難變，一則迫於
捨此實無也。」〔註6〕沈謙在《塡詞雜說》中也談到：「承詩啓曲者，
詞也，上不可似詩，下不可似曲。然詩曲又俱可入詞，貴人自用。」
〔註7〕他們兩人從文體自身的角度論述了詩、詞、曲之間的微妙關係
以及寫詞的艱難。而對於詞曲而言，這個問題就更爲複雜。曲與詞的

〔註6〕〔清〕李漁：《窺詞管見》。唐圭璋編：《詞話叢編》第一冊，第 549 頁。
〔註7〕〔清〕沈謙：《塡詞雜說》。唐圭璋編：《詞話叢編》第一冊，第 629 頁。

淵源關係，使曲與詞的關係更加緊密，李昌集在《中國古代散曲史》中談到：「在古代韻文體中，曲與詞在『長短句』總體構成上是類同的，當詞體誕生後不久，便有曲體的出現。依本書的觀點，詞、曲本是同一母體（民間雜言歌辭）在不同搖籃中（文人圈、民間層）孕育出的孿生姊妹，只是曲體進入文人圈的時代後於詞而已。但曲體的成熟畢竟後於詞體的成熟，而曲體較詞體又有若干的不同，在這個意義上，曲體不妨可以說是詞體的進一步延伸和變化。」〔註8〕何春環在《唐宋俗詞研究》中談到：「元代散曲繼唐宋詞之後應運產生，正是在唐宋詞特別是唐宋俗詞（包括民間俗詞和文人俗詞）的母體裏孕育出來，它從多方面吸收了唐宋俗詞的各種營養，繼承了唐宋俗詞的諸多遺傳基因，增強與提高了自己的生命力，從而不斷發展壯大起來。因此，散曲和唐宋俗詞具有不可分割的淵源關係。我們完全可以論定：正是歷來遭人貶斥的唐宋俗詞，直接開啓了興盛一代的元人散曲。」〔註9〕

趙孟頫《人月圓》、白賁《鸚鵡曲》、馮子振《鸚鵡曲》、趙雍《人月圓》、梁寅《人月圓・春夜》、張可久的《人月圓》和《黑漆弩》，在《全金元詞》和《全元散曲》中都有收錄。倪瓚《小桃紅・一江秋水澹寒煙》和《憑闌人・贈吳國良》在《詞綜》和《全元散曲》中同時出現。《御選歷代詩餘》又收入馬致遠的《天淨沙・秋思》。其中，收入《御選歷代詩餘》的詞也被收入《全元散曲》中，如邵亨貞和倪瓚的《憑闌人》，劉秉忠的《乾荷葉》，張雨的《喜春來》，王惲的《後庭花》、《小桃紅》，倪瓚的《殿前歡》、《小桃紅》、《折桂令》和《水仙子》，趙孟頫和邵亨貞的《後庭花》。由此可見，詞和曲在一些小令的劃分上尤其含混不清，以至對於這些具有詞學專長的選家來說，由於個人所持觀點的不同，也有著不同的選擇。

〔註8〕李昌集：《中國古代散曲史》，華東師範大學出版社 1991 年版，第 208 頁。

〔註9〕何春環：《唐宋俗詞研究》，北京師範大學 2006 年博士學位論文，第 212 頁。

針對這一問題，眾多的詞曲專家發表了自己的看法。隋樹森在《北曲小令與詞的分野》中列出十五調牌名和形式完全相同的牌名：人月圓、黑漆弩、憶王孫、太常引、喜春來、朝天子、百字令、秦樓月、梧葉兒、糖多令、小桃紅、憑欄人、殿前歡、折桂令和驟雨打新荷。他認為黑漆弩、喜春來、朝天子、梧葉兒、小桃紅、憑欄人、殿前歡、折桂令、驟雨打新荷九調在詞中用得少，在曲中則非常見，所以將它們歸入曲是可以的。至於其他六個牌名，則需要根據具體情況來定。最後提出，用風格來區分詞曲是不完備的，北曲小令有雅似詞者，詞也有俗過北曲小令的，因此，對於北曲小令和詞的分野，既要根據形式，也要照顧習慣。隋先生的這篇文章為我們區分詞和北曲小令提供了重要的參照。任中敏先生提出了詞曲的四點分界：詞宜於抒情寫景，不宜記事，曲則二者皆可；詞宜於悲，不宜於喜，曲則悲喜兼至；詞宜於雅不宜於俗，曲則雅俗俱可；詞宜於莊不宜於諧，曲則莊諧雜出。王易先生在詞曲的分界中則主張從結構、音律和命意上作綜合考量。同時，他還進一步指出：

> 樂府歌辭統稱曰曲，唐宋以來，詞體日繁，而《樂府雜錄》，《教坊記》，《碧雞漫志》，《詞源》等書，猶沿曲之稱，而實包乎詞；及金元曲體既成，則曲之稱為所獨佔。然元周德清《中原音韻》論《作詞十法》，及《定格》四十首之所謂詞，趙子昂所謂倡夫之詞名綠巾詞，皆曲也；明涵虛子《詞品》評諸家詞，王世貞評明代諸詞家，亦皆曲也：是元人已呼曲為詞矣。至燕南芝庵《論曲》，舉近世所謂大曲，曰蘇小小《蝶戀花》，鄧千江《望海潮》，蘇東坡《念奴嬌》，辛稼軒《摸魚子》，晏叔原《鷓鴣天》，柳耆卿《雨霖鈴》，吳彥高《春草碧》，朱淑真《生查子》，蔡伯堅《石州慢》，張子野《天仙子》，皆為宋金之詞；又論唱曲有地所，曰東平唱《木蘭花慢》，大名唱《摸魚子》，南京唱《生查子》等，亦皆詞也：是元人又呼詞為曲矣。雖然

詞曲之稱混，而詞曲之途未嘗混也。〔註10〕

由此可見，詞與曲區別上的困難，實際源於名稱上的混亂，在元代更是這樣。時代的久遠，我們很難再還原當時的狀況，但幾位先生的論述為我們思考這一問題提供了重要的參照。在這個過程中，詞曲家張可久的創作對於我們闡釋這一問題有著非比尋常的意義，因為他不僅是元代以詞寫曲的重要人物，也是打通詞曲的關鍵人物。

張可久（約 1280～1349 以後），字可久，號小山。慶元（今浙江寧波）人。一生沉抑下僚，生平事蹟隱而不顯。他是元代散曲家中創作數量最多的作家，也是有別集傳世的四位散曲家之一，《全元散曲》收小令 855 首，套數 9 首。《全金元詞》收詞 66 首，《張可久集校注》收詞 32 首。之所以有如此差異，是校注以《北曲聯樂府》為準，將詞牌、曲牌名全部相同而《聯樂府》收入的劃入散曲，沒有收入的就劃入詞，所以《人月圓》十五首、《秦樓月》三首、《霜角》八首、《太常引》四首，《風入松》四首就被列入散曲中，而《全元散曲》則只將《人月圓》十二首和《黑漆弩》二首收入。對於這些詞曲混收之作，本文不作重點論述。

通過張可久的詞，我們能夠看到他與北方文人貫雲石、薛昂夫等人的交往。在《六州歌頭‧浙江觀潮貫學士四萬戶同集》一詞中寫到：

靈魷何物，天外吐層陰。談笑頃，浙江闊，海門深。載雷車，霹靂揮神斧，劈仙島，掀地軸，馮夷宅，黿鼉窟，渺難尋。十里紅樓圖畫，展西風、快我登臨。好客披襟，發蕭森。　符金虎，袍銀鼠，攜玉麈，盍瑤簪。喜驕兒踏浪，旗尾互浮沉。醉胥魂，澆海君，酒頻斟。隱□越峰數點，攪飛花、渾在波心。愛漁舟蕩雪，擊楫起吳音。月上秋林。

這首詞描寫了作者與貫雲石中秋後在浙江觀潮時的景象，一氣呵成，氣勢豪邁，將浙江潮的壯觀表現無遺。從這首詞也可以看出，

〔註10〕王易：《詞曲史》，東方出版社 1996 年版，第 325～326 頁。

寓居錢塘的回鶻人貫雲石很快融入到南人的詩酒文會當中，並與南
方文人建立了密切的關係。

又《綠頭鴨・和馬九皋使君湖上即事》：

> 別來時。綠箋猶寄相思。自當年、黃州人去，不煩朱
> 粉重施。翠屏寒、秋凝古色，朱奩空、影淡芳姿。蝶抱愁
> 香，鶯吟怨曲，殘紅一片洗胭脂。更誰汲、香泉菊井，寂
> 寞水仙祠。西泠甃、苔衣生滿，懶曳笻枝。　尚依依、
> 月移疏影，黃昏翠羽□差。問丹砂、石涵墜井，尋古寺、
> 金區題詩。歲晚江空，童饑鶴瘦，匆匆捨此欲何之。且重
> 和，四時漁唱，象管寫烏絲。仙翁笑，梅花折得，上鬧竿
> 兒。

馬九皋即馬昂夫，與薛昂夫、薛超吾為同一人，回鶻人，元代曲
家。這是一首唱和詞，清麗流轉，但薛昂夫的原詞已經失傳。另外，
張可久還用馮子振韻作《木蘭花慢・為樂府楊氏曉鶯春賦次海粟學士
韻》和《黑漆弩・為樂府焦元美賦用馮海粟韻》，還有《百字令・湖
上和李溉之》和《釵頭鳳・感舊和李溉之》二詞。如《木蘭花慢・為
樂府楊氏曉鶯春賦次海粟學士韻》：

> 愛金衣公子，偏占得，綠楊堤。喜藹藹韶光，熹熹曙
> 色，恰恰嬌啼。驚飛。踏翻花影，曳殘聲、猶在畫樓西。
> 仙客詞添琴譜，佳人夢斷羅幃。　厖眉。退叟命新題。
> 雅宇重名姬。笑銀蝶交關，青鸞相對，紫燕雙棲。淒迷。
> 暮年□□，向陰陰、夏木聽黃鸝。何必五更杜宇，張生已
> 自言歸。

又《百字令・湖上和李溉之》：

> 六橋如畫，看地雄兩浙，人驕三楚。誰隔荷花，聽水
> 調、蘭棹採蓮船去。鶴舞盤雲，虹消歇雨，一縷南山霧。
> 冷香凝綠，懶涼生滿庭宇。　猶記醉客吹簫，自蘇郎去
> 後，別情無數。明月天壇塵世遠，青鳥替人傳語。玉解連
> 環，書裁摺疊，沒放相思處。裴公亭上，詩來還是懷古。

整首詞情景交融，營造出一幅美麗的西湖圖景。可惜的是李溉

之的詞已佚，只是通過王沂的《菩薩蠻‧贈李溉之詞卷》、虞集的《題李溉之學士白雲半間》和吳澄《贈李溉之序》的記載獲得一些零星的信息：

> 濟南李溉之以卓犖之才駸駸響大用，一旦辭官而去，將求深山密林以處，泯泯與世不相聞而韜其聲光，此豈人之情也哉。或曰君子之仕也，以行其志也。不於其志之行，而惟祿之，苟君子恥之。溉之之去，蓋亦若是。或曰溉之儒者也。儒者遊乎方之內，有遊乎方之外者，與之言，始悟人之有生爲甚重。世儒役於物，以疲敝其身而不自知，殆不免乎以珠彈雀之蔽。觀彼之所以自爲，不離一身之內，而身之外纖芥不以動於中，恍然如夢之得覺，醉之得醒，而今而後而知四十四年之非也。」〔註11〕

由此我們可以推斷，他是當時的濟南名士。通過張可久與他們的詞作往來，我們也能看到元代中期南北詞人互動與交流的頻繁。其餘則爲時序、遊賞之作，而這一題材在他的散曲中比比皆是。但是，張可久的散曲在題材內容上比他的詞更爲豐富，主要爲寫景抒懷、歎世歸隱、男女戀情及酬唱贈答之作。這些作品大多寫得清新明麗，爲他贏得元代清麗派散曲家的美名，特別是他的寫景抒懷、男女戀情之作。

張可久是寧波人，在南方的山水中暢遊成爲他詞曲表現的共同主題。如《風入松‧湖上九日》：

> 哀箏一抹十三弦。飛雁隔秋煙。攜湖莫道登臨晚，雙雙燕、爲我留連。仙客玲瓏玉樹，佳人窄索金蓮。　　琅琅新雨洗湖天。小景六橋邊。西風潑眼山如畫，有黃花、休恨無錢。細看茱萸一笑，詩翁健似當年。

又《百字令‧春日湖上》：

> 扣舷驚笑，想當年行樂，綠朝紅暮。曲院題詩，人去遠、別換一番歌舞。鷗占涼波，鶯巢小樹，船閣鴛鴦浦。

〔註11〕〔元〕吳澄：《吳文正集》卷31，《四庫全書》1197冊，第326頁。

畫橋疏柳，風流不似張緒。　閒問蘇小樓前，夕陽花外，
歸燕曾來否。古井香泉秋菊冷，坡後神仙何許。醉眼觀天，
狂歌喝月，夜換西林渡。穿雲笛響，背人老鶴飛去。

這兩首詞婉麗凝煉，對湖中的美做了細膩的描寫。在他的散曲
中，描寫西湖的作品也非常多，如以下幾首：

蕊珠宮，蓬萊洞；青松影裏，紅藕香中。千機雲錦重，
一片銀河凍。縹緲佳人雙飛鳳，紫簫寒月滿長空。闌干晚
風，菱歌上下，漁火西東。——〔普天樂〕《西湖即事》

繫吟船，西湖日日醉花邊。倚門不見佳人面，夢斷神
仙。清明拜掃天，鶯聲倦，細雨閉庭院。花飛舊粉，苔長
新篆。——〔殿前歡〕《西湖春晚》

長天落彩霞，遠水涵秋鏡；花如人面紅，山似佛頭清，
生色圍屏。翠冷松雲徑，嫣然眉黛橫。但攜將旖旎濃香，
何必賦橫斜瘦影。

【梁州】挽玉手留連錦英，據胡床指點銀瓶，素娥不
嫁傷孤另。想當年小小，問何處卿卿？東坡才調，西子娉
婷，總相宜千古留名。吾二人此地私行，六一泉亭上詩成，
三五夜花前月明，十四絃指下風生。可憎、有情，捧紅牙
合和《伊州令》。萬籟寂四山靜。幽咽泉流水下聲，鶴怨猿
驚。

【尾】岩阿蟾窟鳴金磬，波底龍宮漾水精。夜氣清，
酒力醒；寶篆銷，玉漏鳴。笑歸來彷彿二更，煞強似踏雪
尋梅灞橋冷。——〔南呂·一枝花〕《湖上晚歸》

不管是小令還是套曲，寫得凝煉雅潔，在意境上不輸於他的詞。
揚州在他的詞曲中也曾多次出現，詞如《鷓鴣天·客維揚為樂府王英
賦》：

一點芳春近破瓜。生香小朵瑩無瑕。水曹梅萼初擎雷，
石土瓊芭未放花。眉刷翠，鬢堆鴉。淡妝何必尚鉛華。御
溝紅葉題詩處，應記當年天子家。

散曲如以下兩首：

第一泉邊試茶，無雙亭上看花。鳳錦箋，鮫綃帕，金
盤露玉手琵琶。雪滿長街未到家，翠兒唱宜哥且把。——
〔雙調‧沉醉東風〕《客維揚》

蘆汀淅淅蟹行沙，梅月昏昏鶴到家，梨雲冉冉蝶初化。
透朱簾敲翠瓦，莫吹簫不必烹茶。玉蓑衣人堪畫，金盤露
酒旋打，預賞瓊花。——〔雙調‧水仙子〕《維揚遇雪》

這些詞曲意境清遠，散曲同他的詞比起來只是多了「翠兒唱宜
哥且把」這樣帶有民歌性質的句子和「透」「莫」「玉蓑衣」「金盤露」
這樣的襯字，對他的整體風格並沒有太大的影響。除此之外，鑒湖
在他的詞曲中也多出現，詞如《少年遊‧遊鑒湖》：

美人歌舞鑒湖中。秋鏡簇春紅。載酒船來，洗花雨過，
清似水晶宮。　御羅單扇題新字，爭看戴山翁。石上棋
殘，松邊曲破，策馬入樵風。

散曲有：

雁啼秋水移冰柱，蟻泛春波倒玉壺，綠楊花謝燕將雛。
人笑語，遊遍賀家湖。——〔中呂‧喜春來〕《鑒湖春日》

鑒湖一曲水雲寬，駕錦秋成段。醉舞花間影零亂，也
漫漫，小舟只向西林喚。仙山夢短，長天月滿，玉女駕青
鸞。——〔越調‧小桃紅〕《鑒湖夜泊》

清光湖面鏡新磨，樂意船頭酒既多，舟移楊柳陰中過。
流鶯還笑我，可憐春事蹉跎。玉板筍銀絲鱠，紅衫兒《金
縷》歌，不醉如何？——〔雙調‧水仙子〕《鑒湖春行》
　　……

他的紀遊詞作中還有一首《鳳棲梧‧遊雁蕩》可為佳作：

兩袖剛風凌倒景。小磴松聲，獨上招提境。碧水流雲
三百頃。白龍飛過青天影。　折腳鐺中留苦茗。野菊生
花，猶記丹砂井。吹罷玉簫山月冷。題詩人在芙蓉頂。

在張可久的詞曲中，時序也是一個重要的題材。如《釵頭鳳‧春
情》：

金釵股。瑤琴譜。洞天相見神仙侶。東風惡。庭花落。
舊歡雨散，餘青雲薄。莫莫。

又《青玉案‧春思》

柳眠花困春如醉。人比年時更憔悴。珊枕香寒風半被。
長夜無眠，日高未起。深掩屏山翠。　　鬟兒只道忺春睡。
才說相思那人諱。暖玉鬆鬆珠約臂。卦錢搖遍，帕羅揉碎。
幾點桃花淚。

當春天來臨的時候，詞人的春思和春情也便油然而生。張可久
在散曲中對這一題材進行大力描寫的同時，將範圍延伸到夏、秋、
冬。他在〔南呂‧四塊玉〕中這樣寫《春情》：

酒易闌，愁難解。杏臉香銷玉妝臺，柳腰寬褪羅裙帶。
春已歸，花又開，人未來。

在〔雙調‧清江引〕《夏夜即事》中這樣寫夏天：

醉來晚風生畫堂，不記樽前唱。冰壺荔子漿，月枕蓉
花帳，酒醒玉人環佩響。

在〔中呂‧迎仙客〕中這樣寫《秋夜》：

雨乍晴，月籠明，秋香院落砧杵鳴。二三更，千萬聲；
搗碎離情，不管愁人聽。

在〔雙調‧落梅風〕《寒夜》中這樣寫冬夜：

寒齋靜，瑞雪多，凍吟詩起來孤坐。蘆花絮衾江紙也
似薄，問袁安怎生高臥？

另外，還有描寫春、夏、秋、冬的〔南呂‧一枝花〕套曲：

滾香棉柳絮輕，飄白雪梨花淡；怨東風牆杏色，醉曉
日海棠酣。景物偏堪，車馬遊人覽，賞晴明三月三。綠苔
撒點點青錢，碧草鋪茸茸翠毯。

【梁州第七】流水泛江湖暖浪，輕雲鎖山市晴嵐，恐
無多光景疾相探。雕鞍奇彎，紗帽羅衫；珍饈滿桌，玉液
盈壇。歌兒舞妓那堪，詩朋酒侶交談。吃的保生存華屋羊
曇，興足竹林阮咸，醉居相甫曹參。放開、酒膽，恨狂風
盡把花搖撼，歎陽和又虛賺，拼了陶陶飲興酣，於理何慘。

　　【尾聲】紫霜毫入硯深深蘸，吟幾首鶯花詩滿函。一望紅稀綠陰暗。正遊人不甘，奈僕童執驂，不由咱倦把驕驄彎頭兒攬。——《春景》

　　　　……

　　以上這些描寫時序的小令情景交融，清麗雅潔。套曲雖用了襯字，但也無損整首曲的清麗之美。多年讀詩詞的經驗使張可久在創作散曲時能夠以以寫詞的方法寫曲，婉麗蘊藉，所以說張可久是元代打通詞曲的關鍵人物。

　　元代同時創作詞曲的作家有白樸、張養浩、貫雲石等人，在打通詞曲上做得最好的卻是張可久。通過以上的比較可以看到，他用寫詞的方法去寫曲，除了從用韻和襯字作區別，一些小令我們甚至不能在是詞是曲上作清晰的判斷。對於張可久散曲的評價，諸人也都以「詞」論之。明人朱權在《太和正音譜》中認為：「張小山之詞，如瑤天笙鶴。其詞清而且麗，華而不豔，有不吃煙火食氣，真可謂不羈之材；若被太華之仙風，招蓬萊之海月，誠詞林之宗匠也，當以九方皋之眼相之。」〔註12〕李開先在輯《張小山小令序》中談到：「若是可稱詞中仙才矣。李太白為詩仙，非其同類耶？小山詞即為仙，迄今迨死而不鬼矣。」〔註13〕

　　這至少可以說明，在當時人的眼中，詞曲的分界已不是那麼明晰，而且曲本身就是詞在新王朝的一種變體。對此，詞論家從音樂和文體的角度多有零散的論述。明人王世貞在《藝苑巵言》中談到：「曲者，詞之變，自金、元入中國，所用北樂，嘈雜淒緊，緩急之間，詞不能按，乃更為新聲以媚之。而諸君如貫酸齋、馬東籬、王實甫、關漢卿、張可久、喬夢符、鄭德輝、宮大用、白仁甫輩，咸富有才情，兼喜聲律，以故遂擅一代之長。所謂『宋詞』、『元曲』，

────────────────

〔註12〕〔明〕朱權：《太和正音譜》，學海出版社民國六十九年版，第 11～12 頁。
〔註13〕〔明〕李開先：《李開先集》上冊，中華書局 1959 年版，第 298 頁。

殆不虛也。」〔註14〕

　　隨著蒙元的一統，一種新的北方音樂元素注入到文學當中。宋詞在經歷了南宋的文人化、案頭化之後，與音樂的關係也越來越疏離。在這種背景之下，隨著整個社會以通俗為美審美思潮的到來和文人士大夫科舉之路的斷絕，雅俗共賞的曲便成為他們和大眾普遍接受的文學形式。對於詞而言，經歷易代之際的戰亂後，懂音律能夠唱詞的人更加寥落，而新來的音樂與詞又是一種格格不入的狀態。詞要求得在新朝的生存空間，醇雅之路已然難以走通，這也是元代南方詞人創作和理論出現差異的一個重要原因。對於曲而言，他要提升自己的地位就必然會向雅的方向靠攏，而這一目的的實現則需要借鑑詞的手法。再加上元代又是一個多民族聚居的統一大帝國，要迎合大多數人的審美趣味，通俗易懂便成為詞曲在審美上折衷的橋樑。於是被掩蓋在雅詞之下的通俗之詞便被大範圍地呈現出來，曲則因為張可久這樣的清麗派曲家的加入而增色不少。

　　在宋詞的發展中，為提高詞的地位，拓展詞表現的範圍，已經出現了「以詩為詞」、「以文為詞」的現象。所以以詞入曲或者用寫詞的方法去寫曲已經是詞曲互動中的一種自然現象，也是被大家認可的一種方式，張可久在這一方面進行了比較成功的實踐。沉雄曾經在《古今詞話・詞品上捲曲調》中也談到：

　　　　前人有以詞而作曲者，斷不可以曲而作詞，如《念奴嬌》、《百字令》，同體也，俱隸北曲大石調。起句云：『驚飛幽鳥蕩殘紅，撲簌胭脂零落。門掩蒼苔書院悄，潤破紙窗偷瞧。一操瑤琴，一番相見，曾道閒期約。多情多緒，等閒肌骨如削。』又起句云：『太平時節，正山河一統，皇家全盛。宮殿風微儀鳳舞，翠靄紅雲相映。四海文明，八方刑措，田畯傳歌詠。風淳俗美，庶民咸仰仁政。』此等調則詞，而語則曲也，不可以不辨。竟有詞名而曲調者，

〔註14〕　〔明〕王世貞：《弇州四部稿》卷152，《四庫全書》第1281冊，第449頁。

如《竹枝》亦有北曲，詞云：『胸背裁絨宮錦袍。續斷絲
麻雜採緜。紅梅風韻海棠嬌。櫻桃樊素口，楊柳小蠻腰。
清高。蘭蕙性，不蓬高。』如《浣溪沙》也有南呂過曲，
詞云：『才貌撐衣不整。對良宵轉覺淒清。似王維雪裏芭
蕉景。擲菓車邊粉黛情。燈月彩，少什麼鬧蛾兒，引神仙，
隘香車，墜瑟遺瓊。』如《減字木蘭花》亦有北曲，詞云：
『愁懷百倍傷。那更怯秋光。逐朝倚定門兒望。怯昏黃，
塞角韻悠揚。』如《醉太平》亦有北曲，詞云：『黃庭小
楷，白苧新裁，一篇閒賦寫秋懷。上越王古臺。半天虹雨
殘雲載。幾家漁網斜陽曬。孤村酒市野花開。長吟去來。』
畢竟是曲而非詞，恐後之集譜者，或以曲調而亂詞體也。
〔註15〕

　　由這段話可以看出，詞論家對以詞作曲是持肯定態度的，但是
以曲作詞則被認為是破壞詞體。針對這一問題，王水照先生在論述
宋代「尊體」與「破體」問題時談到：「宋代作家一方面『尊體』，
要求遵守各類文體的審美特性、形制規範，維護其『本色』、『當行』；
同時又不斷地進行『破體』的種種試驗，這對於深入發掘各種文體
的表現潛能，豐富藝術技巧，創造獨具一格的文學面貌，都是有促
進作用的。」〔註16〕元代詞曲之間的互動仍然如此，儘管不被認可，
「詞的曲化」已經成為元詞發展中的一個重要現象，大量曲語滲入
詞的創作當中，元詞的通俗化成為不可逆轉的文學潮流。然而，作
為散曲名家的張可久，不管是他的詞還是他的曲卻都給人以清麗流
轉之感。

　　詞的曲化是與曲的興盛相伴生的一種現象，從白樸就已開始。在
前面我們已經談到白樸的詞既有氣勢豪邁之作，也有清麗雅潔之作，
兼有多種風格。同時，他也是一位詞曲兼擅的作家，散曲有小令 37
首，套數 4 篇。其中，小令多寫時序和表達歸隱情懷，套數多寫景詠

〔註15〕〔清〕沉雄：《古今詞話》。唐圭璋編：《詞話叢編》第一冊，第848頁。
〔註16〕王水照：《王水照自選集》，上海教育出版社2000年版，第80頁。

物。在〔雙調・沉醉東風〕《漁夫》中寫到：

> 黃蘆岸白蘋渡口。綠楊堤紅蓼灘頭。雖無刎頸交。卻有忘機友。點秋江白鷺沙鷗。傲殺人間萬戶侯。不識字煙波釣叟。

在他的詞中，也有一首《西江月・漁父》：

> 世故重重厄網，生涯小小漁船。白鷗波底五湖天。別是秋光一片。竹葉醅浮綠釅，桃花浪潰紅鮮。醉鄉日月武陵邊。管甚陵遷谷變。

這兩首作品除了從詞牌和曲牌上去區別，在題材和語言上則沒有太大的差異。還有〔大石調・青杏子〕《詠雪》：

> 空外六花翻。被大風灑落千山。窮冬節物偏宜晚。凍凝沼沚。寒侵帳幕。冷濕闌干。

> 〔歸塞北〕貂裘客。嘉慶捲簾看。好景畫圖收不盡。好題詩句詠尤難。疑在玉壺間。

> 〔好觀音〕富貴人家應須慣。紅爐暖不畏初寒。開宴邀賓列翠環。拚酡顏。暢飲休辭憚。

> 〔么〕勸酒佳人擎金盞。當歌者款撒香檀。歌罷喧喧笑語繁。夜將闌。畫燭銀光璀燦。

> 〔結音〕似覺筵間香風散。香風散非麝非蘭。醉眼朦騰問小蠻。多管是南軒臘梅綻。

白樸還有《踏莎行・詠雪》：

> 凍結南雲，寒風朔吹。紛紛六出飛花墜。海仙翦水看施工，仙人種玉來呈瑞。　　梅萼清香，行梢點地。畫欄倚濕湖山翠。先生方喜就烹茶，銷金帳裏何人醉。

兩首《詠雪》題材內容一樣，但《踏莎行・詠雪》在語言和風格上則呈現出曲化的趨勢，《西江月・漁父》也有同樣傾向。由此看來，詞的曲化在元初就已存在。儘管南方詞人在理論上極力倡導雅詞，為此張炎寫《詞源》，周密編《絕妙好詞》，但是元詞的曲化和俗化已成不可阻擋之勢。正如王水照先生所言：「詞本來源起民間，

通俗淺顯，生動活潑，迨至文人創作，漸趨雅化。然而，兩宋詞史中，俗化一脈與雅化一脈始終並行不廢，一起走完宋詞發展的全程。而同一詞人，既作俗詞，又作雅詞，也是屢見不鮮的，著名的如柳永、歐陽修、黃庭堅等，都是雙峰對峙，兼擅雅俗的。」〔註17〕當詞進入元代，隨著整個社會以通俗爲審美追求，詞之俗化一脈得以大盛。作爲「元代詞宗」的張翥儘管在理論上倡導協律雅正的詞學觀，但在實際的創作中仍然出現了一些曲化和俗化之詞。如《行香子‧止酒》：

> 謝懂糟丘。罷醉鄉侯。更開除、從事青州。長瓶盡臥，大白休浮。本欲成歡，翻引病，不銷愁。　　今日空喉。明日扶頭。甚寶中、寶下堪羞。客應瞋斷，婦不須謀。指水爲言，山作誓，有盟鷗。

> 傳癖詩捕。野逸山臞。是幽人、平日稱呼。過如飯袋，勝似錢愚。盡我爲牛，人如虎，子非魚。　　石銚風鈩。雪盌冰壺。有清茶、可潤腸枯。生涯何許，機事全疏。但伴牢愁，盤礴贏，鼓曨胡。

還有《清平樂‧酒後二首》直接將語氣詞放入詞中，使詞的含蓄蘊藉之美蕩然無存。

> 先生醉矣。是事忘之矣。欲友古賢誰可矣。岩子眞其人矣。　　問渠辛苦征鞍。何如自在漁竿。終辦一丘隱計、西湖鷗鷺平安。

> 先生醉也。甚矣吾衰也。萬物不如歸去也。陶令眞吾師也。籬邊竹蕊初黃。爲花準備攜觴。只恐不如人意，風風雨雨重陽。

除張翥外，元末隱士詞人中的謝應芳、邵亨貞、韓奕等人都出現了詞的曲化問題。關於詞的曲化，主要表現在內容、語言和風格方面。然而，語言的變化則更加直觀。口語、俗語大量進入詞中，不僅破壞詞的含蓄蘊藉之美，同時也直接導致了詞體風格的變化。

〔註17〕王水照：《王水照自選集》，上海教育出版社 2000 年版，第 60 頁。

雖然宋金俗詞、文人俗詞、滑稽詞和道士詞中也有大量的口語、俗語，但是在整個唐宋詞史中，占主導地位的依然是文人雅詞。只有到了元代，隨著整個社會審美思潮的改變和曲的興盛，詞的通俗化才成為一種潮流。同時，詞人們也大膽地將當時作曲的一些手法運用到寫詞當中。

　　總之，在以俗為美的審美風潮和曲體文學興盛之下，詞之俗化一脈得以彰顯。這種俗化不僅體現在詞的語言上，也體現在詞的整體風貌上，這一點也進一步弱化了詞的含蓄蘊藉之美。詞的曲化不僅是元詞不同於宋詞的關捩，也是詞在新的時代背景和審美風尚影響之下尋求發展的途徑。在詞和曲的互相借鑒中，詞由南宋的雅走上了通俗一路，而曲也在這個過程中提升了自己的品位，成為雅俗共賞的一種文學樣式。

第三節　詞的邊緣化

　　對元詞定位是本節所要討論的重要問題。元代不僅是一個多民族、多文化共存的統一大帝國，而且也是詩、詞、曲、小說四體皆備的時代。綜觀整個元代詞壇，大部份詞人是在寫詩文、寫曲之餘，進行詞的創作。如果說，元初詞壇還是由官員、文人、遺民、隱士等人構成的一個多元的群體，而在元代後期隱士成為南方詞壇活動的主體。這不僅引發我們對詞體功能和詞的地位的思考，為什麼僅是很少的人在從事詞的創作？在元代社會穩定，逐漸建立起自己的經濟、政治和文化制度之後，詞究竟扮演著怎樣的角色？古代的詞論家對元詞基本持否定的態度。江順詒在《詞學集成》卷一中談到：

　　　詞之壞於明，實壞於元。俳優鼠而大雅之正音已失，
　　阡陌開而井田之舊跡難尋。

陳廷焯在《白雨齋詞話》卷一中認為：

　　　詞興於唐，盛於宋，衰於元，亡於明。

況周頤在《蕙風詞話》卷二中贊同陳廷焯的觀點：

> 詞衰於元。

陳匪石在《聲執》卷下中也認為：

> 詞肇於唐，成於五代，盛於宋，衰於元。

「詞衰於元」的觀點曾經在很長一段時間影響了人們對元詞的認識和評價，但是隨著研究者對元詞認識的不斷深化，原有的評價也有所改變，王易在《詞曲史》中談到：

> 元曲之發達既如上述矣，顧其詞承兩宋之流風，亦尚有可觀者。大抵曲之見於戲劇者，為社會群眾所共賞；曲之見於小令套數者，亦文人學士抒寫懷抱之具，與詞同功，而但變其體格耳。故元之詞未衰，而漸即於衰者，以作者之心力無形而分其大半於曲也；而所以不終歸於衰者，詞之本體特精，而用各有宜也。且詞曲之稱，其始未嘗有劃然之界也。〔註18〕

陶然在《金元詞通論》中專門列《「詞衰於元」辨》一章，他認為「詞並不衰於元，而衰於南宋，導致詞體衰落的諸多因素在南宋業已展現。」〔註19〕他還進一步分析了前人得出這一結論的原因：他們忽略了詞體衰落的歷史過程；以朝代割裂文體發展的自然規律；價值評判中的不公平因素。陶然主張對宋元詞壇進行重新的認識，並提出姜張詞派在元代得以完成，詠物寄託的極致也是出現在元代，宋代的不少詞派在元代都有延續與餘波，元代的詞學已經達到了詞學史上的成熟階段。總之，他認為「對元代詞壇絕不能用一『衰』字，簡單化地加以概括，元詞同樣也是詞史上一個不可跨越和代替的歷史階段，有其自身的特色，它並不僅僅是唐宋詞的參照系，也是唐宋詞的新發展。」〔註20〕那麼，我們該如何定位元詞呢？恐怕還是從歌妓談起吧。

（一）歌妓與元詞

劉揚忠先生在《唐宋詞流派史》中談到，「宋代的歌妓，若從

〔註18〕王易：《詞曲史》，上海書店 1989 年版，第 325 頁。
〔註19〕陶然：《金元詞通論》，上海古籍出版社 2001 年版，第 100 頁。
〔註20〕陶然：前引書，第 125～126 頁。

其職業性質來下定義，就是指一批從事曲子詞演唱工作的女藝人」〔註21〕，她們對宋詞風格體貌的形成有著重要的參與作用。對此劉先生從三個方面做出如下概括：宋人與詞這種音樂文學獨重女音，喜歡「淺斟低唱」，這樣的審美效應必須靠歌妓的演唱來實現；宋代詞人在與歌妓的頻繁而親密的交往中，產生了眞摯而纏綿的愛情，這種愛情被大量地、經常地寫進了詞中，形成了宋詞題材內容上以歌唱「婚外戀」爲能事的一大特徵，同時這也在一定程度上影響了宋詞風格與流派的面貌；宋代不少歌妓，不但精通音樂，善於演唱文人所作的詞，而且她們自身就有文學才華，自己就能動手塡詞。她們的自言其情的優秀詞作，在宋詞中獨樹一格，豐富了宋詞的藝術寶庫。由此可見，宋代歌妓對宋詞的興盛起到了重要的作用。那麼，我們不禁要問，元代歌妓對於詞在元代的發展又起到了怎樣的作用？

　　元人夏庭芝的《青樓集》，記載了元代110多位歌妓、藝人的生活和才藝，以及她們與50多位劇作家、散曲家、詩人及名士的交往。元代的歌妓同宋代歌妓相比，在所擅長的技藝上已經發生了變化。對宋代歌妓而言，她們的主要職能是通過曲子詞的演唱來娛賓，而元代歌妓的主要才藝就是唱雜劇，如果還能談諧，則更受追捧。《青樓集》對歌妓的文字描述就反映出這一點，如下所述：

　　【梁園秀】：歌舞談諧，爲當代稱首。

　　【張怡雲】：能詩詞，善談笑，藝絕流輩。

　　【曹娥秀】：賦性聰慧，色藝俱絕。

　　【解語花】：姓劉氏，尤長於慢詞。

　　【珠簾秀】：雜劇爲當今獨步。

　　【趙眞眞楊玉娥】：善唱諸宮調。

　　【劉燕歌】：善歌舞。

　　【順時秀】：雜劇爲閨怨最高。

〔註21〕劉揚忠：《唐宋詞流派史》，福建人民出版社1999年版，第149頁。

【小娥秀】：善小唱，能謾詞。

【喜春景】：藝絕一時。

【聶檀香】：歌韻清圓。

【南春宴】：長於駕頭雜劇，亦京師之表表者。

【李心心、楊奈兒、袁當兒、于盼盼、于心心、吳女燕雪梅】：
　　　　　皆國初京師之小唱也。

【宋六嫂】：善謳。

【周人愛】：京師旦色，姿藝並佳。

【秦玉蓮、秦小蓮】：善唱諸宮調，藝絕一時。

【司燕奴】：精雜劇。

【天然秀】：閨怨雜劇為當時第一，花旦駕頭亦斟其妙。

【國玉第】：長於綠林雜劇，尤善談謔，得名京師。

【魏道道】：勾欄內，獨舞鷓鴣四篇打散。

【王蓮兒】：歌舞談諧，尤善文楸握槊之戲。

【賽簾秀】：聲遏行雲，乃古今絕唱。

【天錫秀】：善綠林雜劇。

【王奔兒】：長於雜劇。

【時小童】：善調話，即世所謂小說者。

【平陽奴】：精於綠林雜劇。

【趙偏惜】：旦末雙全。

【王玉梅】：善唱慢調，雜劇亦精緻。

【李芝秀】：記雜劇三百餘段。

【朱錦繡】：雜劇旦末雙全。

【樊香歌】：妙歌舞，善談謔，亦頗涉獵書史。

【小玉梅】：能雜劇。

【楊買奴】：善謳唱。

【張玉蓮】：能尋腔依詞唱之，善談謔。

【趙眞眞】：善雜劇，有繞梁之聲。

【李嬌兒】：花旦雜劇，特妙江浙。

【張奔兒】：善花旦雜劇。

【龍樓景、丹墀秀】：專工雜劇，且能雜劇。

【翠荷秀】：雜劇爲當時所推。

【陳婆惜】：善彈唱，聲遏行雲。

【汪憐憐】：善雜劇。

【米里哈】：專工花旦雜劇。

【顧山山】：善花旦雜劇。

【李童童】：善雜劇。

【眞風歌】：善小唱。

【大都秀】：善雜劇。

【金鴛兒】：善談笑。

【一分兒】：歌舞絕倫。

【般般醜】：善詞翰，達音律，馳名江湘間。

【劉婆惜】：滑稽歌舞。

【小春宴】：勾欄中作場。

【孫秀秀】：都下小旦色。

【事事宜】：歌舞悉妙。

【簾前秀】：雜劇甚妙。

【燕山景】：樂藝皆妙。

【燕山秀】：旦末雙全，雜劇無比。

【荊堅堅】：善唱，工於花旦雜劇。

【王心奇】：善花旦，雜劇尤妙。

【李定奴】：歌喉宛轉，善雜劇。

　　通過以上材料我們看到：同宋代歌妓歌舞唱詞不同，元代歌妓是以演唱雜劇爲能事。元人夏庭芝有感於《聞見錄》寫下《青樓集》，以記錄大元時期歌妓的才藝和生活，後人通過這部書也瞭解到了元代歌妓的日常生活和生存狀態。元代歌妓是一個集合了漢族女子和

少數民族女子的多元化群體，她們也因自己的出眾才藝得到當時文人士大夫的認同並與之交往。對於詞、曲而言，歌妓是最能反映時代風尚的晴雨錶。當絕大多數的歌妓把注意力轉向雜劇的時候，這也意味著隨著時代的變化，整個社會的審美風尚已經發生了轉移，詞這種在宋代士大夫和歌妓中頗為流行的文學樣式已經被新的文學樣式取代。但是，從元詞的一些題序和《青樓集》的記載來看，還有較少的歌妓還能唱詞，能夠填詞的歌妓則是鳳毛麟角了。《青樓集》有以下記載：

【劉燕歌】：善歌舞。齊參議還山東，劉賦《太常引》以餞云：「故人別我出陽關。無計鎖雕鞍。今古別離難。兀誰畫蛾眉遠山。一尊別酒，一聲杜宇，寂寞又春殘。明月小樓間。第一夜、相思淚彈。至今膾炙人口。

【李芝儀】：維揚名妓也。工小唱，尤善慢詞。王繼學中丞甚愛之，贈以詩序。余記其一聯云：「善和坊裏，驊騮摜出繡鞍來。錢塘江邊，燕子銜將春色去。」又有《塞鴻秋》四闋，至今歌館尤傳之。喬夢符亦贈以詩詞甚富。

【張怡雲】能詩詞，善談笑，藝絕流輩，名重京師。趙松雪、商正叔、高房山皆為寫怡雲圖以贈，諸名公題詩殆遍。姚牧庵、閻靜軒每於其家小酌。一日過鐘樓街，遇史中丞。中丞下道笑而問曰：「二先生所往可容侍行否？」姚云：「中丞上馬。」史於是屏騶從，速其歸攜酒饌，因與造海子上之居。姚與閻呼曰：「怡雲，今日有佳客，此乃中丞史公子也。我輩當為爾作主人。張便取酒先壽史，且歌雲間貴公子玉骨秀橫秋水《水調歌》一闋，史甚喜。有頃，酒饌至，史取銀二定酹歌。席終，左右欲撤酒器，皆金玉者。史云：「休將去，留待二先生來此受用。」其賞音有如此者，又嘗佐貴人樽俎，姚閻二公在焉。姚偶言「暮秋時」三字，閻曰：「怡雲續而歌之。「張應聲作《小婦孩兒》，且歌且續曰：」暮秋時，菊殘猶有傲霜枝，西風了卻黃花事。「貴人曰：「且止。」遂不成章。張之才亦敏矣。

（二）創作主體、詞體功能

在《青樓集》中，能夠唱詞、塡詞的歌妓不到十人，大多數歌妓以演唱雜劇爲主要才藝。這說明隨著北曲音樂的進入和新的審美風尙的形成，曲已經取代了詞在歌妓群體中的地位。詞在歌妓中的傳播是這樣一種狀況，那麼元代的文人又是如何對待詞的創作呢？

對於宋人而言，儘管他們視詞爲「小道」，但仍抑制不住對詞的喜愛之情積極創作，詞仍然得到了極大地發展，並且成爲宋代文學的代表，元詞則沒有那麼幸運。就創作主體而言，元初詞壇還是由文人、士大夫、遺民、隱士等人構成的一個多元的群體。到了元末，隨著北方詞壇的衰落，隱士成爲南方詞壇活動的主體。對隱士來說，他們是一個處於社會邊緣的群體，他們對自己所處的社會有一種自覺的疏離感。我們不禁要問：一種文體，爲什麼主要由處於社會邊緣的隱士在進行創作呢？這是否告訴我們，這種文體和主流文體以及當時流行文體的疏離？

這樣一種局面的形成，無疑與元代讀書人的地位及生存狀態有著密切的聯繫。隨著南宋的滅亡，蒙古人的進入，讀書人遭遇了唐宋以來最大的挑戰。科舉制度的廢除，切斷了讀書人的仕進之路。雖然延祐年間重開科舉，然而，經歷了巨變之後的讀書人，已經失去了唐宋人對科舉功名的那份熱衷之情。對於南方的讀書人來說，四等之末的政治地位以及與南宋文化的一脈相承，他們的政治訴求更加微弱，於是他們選擇一種亦隱亦俗的生活方式。據初步統計，元朝北方儒戶總共是二萬三千多戶，江南三省加上河南行省南部地區儒戶的數量達到十萬多戶，由此可見，元代的讀書人主要集中在南方地區。那麼，南方士人對詞體的態度以及他們的身份就決定了元詞的地位和創作者的身份。關於這一點，左東嶺在《元明之際的種族觀念與文人心態》中也指出：

> 元代文人由於科舉制度被長期取締而大多失去仕進的

機會，這已經是學術界普遍的共識。這意味著漢族士人尤其是南方士人作爲整體已經被邊緣化，換句話說，元朝政權的性質不是文官化的而是貴族化、軍事化的。

> 元代士人由失去仕進機會而被政治邊緣化，由異己感而造成與朝廷關係的疏離，而邊緣化與疏離感又直接導致了他們典型的旁觀者心態。旁觀者心態是一種異己的心理狀態而不是敵對的狀態（當然在政治格局發生急劇變化時也可以轉化爲敵對的心態），它往往是文人們在失敗失望而又無奈無助時所形成的一種人生存在方式與深度心理。此種心態雖不以激烈的方式作爲其外在形態，卻能以潤物無聲般地潛藏於意識的深層，從而左右著文人們的人生模式與興趣愛好。〔註22〕

就詞的功能而言，從最初娛賓遣興的娛樂功能、交際功能較爲突出，到成爲文人士大夫抒情言志的載體，可以說這三者是並行不悖的。元詞中的道士詞在數量上佔了近三分之一，並且成爲他們宣講道義的工具。文人、隱士之詞也多爲祝壽、酬贈、詠懷之作。因此，元詞的娛樂功能越來越淡化，而它的實用功能卻越來越突出。在唐宋時代作爲主要娛樂方式以及與文人士大夫結交通道的詞已經被新的娛樂方式——曲所取代。「詞的曲化」不僅標誌著詞在文體功能方面的弱化，也是在新的娛樂審美環境下的自我救贖。

（三）詞社、詞論

南宋江湖詞人的重要影響、元代科舉的時斷時續和四民之末的政治地位都成爲決定南方文人生活方式的重要原因。同唐宋文人對功名的渴求不同，元代的南方文人在這方面更爲內斂，他們將更多的精力投入到優游山水和詩酒文會當中。據明人李東陽在《麓堂詩話》中記載：「元季國初，東南人士重詩社，每一有力者爲主，聘詩人爲考官，隔歲封題於諸郡之能詩者，期以明春集卷。私試開榜次

〔註22〕左東鑌：《元明之際的種族觀念與文人心態》，《文學評論》2008年第5期，第105頁。

名，仍刻其優者，略如科舉之法。」〔註23〕從元初的「月泉吟社」
到元末的「玉山雅集」都是南方文人詩酒風流的證明。歐陽光在《宋
元詩社研究叢稿》中對元代詩社進行歸納，大致有：

元世祖至元十六年（1279），王鎡在遂昌結詩社，趙必琭在東莞
結詩社。

元世祖至元二十二年（1285），王英孫在山陰結越中吟社。武林
社。

元世祖至元二十三年（1286），熊升在龍澤山結詩社，謝翶在會
稽等地結汐社，吳渭在浦陽結月泉吟社。

元世祖至元二十六年（1289），汪元量與李珏等在杭州結詩社。

元世祖至元三十年（1293），甘果在龍澤山結詩社，徐元得在上
饒結明遠詩社、香林詩社。

元順帝至正十四年（1354），孫蕡在廣州結南園詩社。

元順帝至正二十七年（1367），高啓在蘇州結北郭詩社，方時舉
莆田壺山文會。

由此可見，結詩社已經成為元代南方文人中的一種時尚。通過
這樣一種方式，文人們暢遊山水，唱和觸詠，無錫倪瓚的清閟閣、
崑山顧瑛的玉山佳處、吳中楊維楨的草玄閣都是南方文人詩酒文會
下的產物。詩社在元代得到了極大地發展，也受到文人的重視，而
詞社則顯得極為蕭瑟，文人在這方面著力甚少。有元一代，可以稱
作詞社的也就是「西湖吟社」。然而，「西湖吟社」文人兼及詩詞，
但是作詞多於作詩，周密、張炎、仇遠等人都屬於這一群體。對於
絕大多數的元代文人而言，他們在詞的創作上是個體的、率性的，
既沒有出現明清那樣多的詞社，按照劉揚忠先生辨析唐宋詞流派的
理論標準，也沒有嚴格意義上的流派。

一、必須有一位創作成就卓特、足為他人典范且個人具有較大
凝聚力與號召力的領袖人物作為宗主；

─────────────

〔註23〕丁福保：《歷代詩話續編》，中華書局 1983 年版，第 1380 頁。

二、在這位領袖人物周圍或在他身後曾經聚集過一個由若干創作實踐十分活躍並各自有一定社會影響的追隨者組成的作家群;

三、這個作家群的成員們儘管各有自己的創作個性和藝術風采,但從群體形態上看卻有著較爲一致的審美傾向和相近的藝術風格。

張翥雖然秉承了仇遠的創作理論,在他的周圍卻沒有聚集起藝術風格相近的作家群,所以說,元代沒有嚴格意義上的詞派。雖然在文人們之間也有專門關於詞的唱酬活動,但只是在一個很小的範圍內進行,並不能代表元詞的全部。

就詞論而言,元代雖然出現了張炎的《詞源》和陸輔之的《詞旨》,但是,張炎和陸輔之是由宋入元的遺民,他們的詞學理論是圍繞宋詞而談,是對宋詞所進行的一次理論總結。雖然他們在元朝生活的時間較長,但他們的文化精神和學術修養是在南宋孕育的。所以說,這兩部書不能完全反映元代的詞學精神。在元代中後期再沒有出現詞論專著,只有一些零星的詞學觀點。而這一時期的詩學則呈現出繁榮的趨勢。我們知道,唐宋以來的詩學著作主要包括兩大類:一類是詩法、詩格,一類是詩話。元代涉及詩法、詩格的書有《詩法家數》、《詩學正源》、《木天禁語》、《詩學禁臠》、《詩格》、《詩法正宗》、《詩文正法》等,詩話類著作則有吳師道的《吳禮部詩話》、韋居安的《梅磵詩話》及陳秀民《東坡詩話錄》等數種。詩文作爲中國文學的主流,在蒙元這一時段,雖然出現了雜劇和散曲,但是它們的主體位置並沒有被撼動。一些文人仍在理論和創作中進行著積極的探索。而詞則不是這樣一種狀況,元詞的創作人數和創作數量同詩文比起來,都存在極大的差距。這也從一個側面反映出當時文人對創作詞這種文體的態度。由此我們可以看出,詞不僅排在詩文之後,也排在散曲、雜劇之後。對照宋詞,我們發現,雖然在宋代詞這一文體名家輩出,佳作如流,但依然沒有撼動詩文的主流地位。但從文人對詞的喜愛和積極創作而言,其他文體是無法和它相

提並論的。

　　以上從創作主體、詞體功能、詞社、詞論以及歌妓與元詞的關係論述了詞這一文體在元代的生存狀態。當士大夫逐漸退出詞的創作領域，隱士成爲元詞的創作主體時，這是否意味著主流文人對這種文體的忽視？當詞的娛樂功能讓位於詞的實用功能，這是否意味著詞這一文學樣式在文體功能上的弱化？當處於下層社會的歌妓都熱衷於雜劇和談諧之時，這是否意味著詞逐漸失去了最好的傳播途徑？雖然元代出現了《詞源》、《詞旨》這樣的詞學理論專著，但這是元初南宋遺民對宋代詞學理論的總結，元代並沒有出現代表自己時代精神的詞學理論著作。同宋代眾多的詞學流派和明清大量的詞社相比，元代也沒有眞正意義上的詞派和專門的詞社。儘管大家在詞是否衰於元上存在著爭議，但詞在元代的邊緣化已經是一個不爭的事實。

結　語

　　元代南方詞壇作爲元詞發展過程中的一個地域性詞壇，在中國詞史上有著重要的轉折意義。在和北方詞壇的對峙交融中，南方詞壇逐步取代北方詞壇的主導地位，在元代後期形成一枝獨秀的局面。同時，由南方詞人組成的隱士詞人群和劉基、高啓、楊基等詞人爲主的入明詞人群，不僅是元末詞壇的主要創作者，也成爲明初詞壇的重要組成部份，所以說元代南方詞壇對明詞產生了重要的影響，明詞正是沿著元代南方詞壇的發展路徑前行。這也成爲「詞之壞於明，實壞於元」、「元明詞不足道」聲音由來的一個重要原因。前代評詞者對元詞多加詬病，即使對元詞持肯定態度者，也片面地強調北方詞壇在金元詞史上的重要地位，而對元代南方詞壇重視不夠。通過本文的梳理，我們看到元代南方詞壇對南宋詞壇的繼承和發揚，南方詞人在元代這樣一個雜劇、散曲盛行時代對詞這種文學樣式的堅持；正是有了元代南方詞壇這樣一個重要的環節，南方詞壇才能最終確定在明清詞史上不可動搖的地位。

　　同時，對元代南方詞壇有著重要意義的仇遠和張翥，他們都成長於南方這一地域文化環境當中。作爲「元代詞宗」的張翥雖然不是一個純粹的南方人，但他從出生到六十歲都生活在南方這樣一個事實，使他已經成爲一個南方人。所以當他在晚年回到大都，並且

成爲大都文壇的核心時，他也成爲連接南北的一道重要橋樑。處於
宋元交接點上的仇遠，更是對元代南方詞壇產生了重要的影響，成
爲打通宋元的關鍵人物。他的學生張翥、張雨以及元明過渡之際重
要詞人邵亨貞繼承他的創作實踐和理論追求，成爲元詞發展史上的
重要詞人。也正是有了他們的加入，元代南方詞人才能夠延續南宋
詞風，並且有了一種兼收並蓄的詞學理論。雖然他們在具體的實踐
當中，出現了「詞的曲化」這一現象，但這也是南方詞人在新的時
代環境和文學風貌影響下，尋求突破的一種嘗試。

　　地域視角是研究元代南方詞壇的一個重要切入點，我們通過懷
古詠史詞、節令詞和詠物詞論述了本土詞人群、大都詞人群和遊寓
詞人群創作中所包含的地域文化特徵。通過這些詞人的作品，我們
能夠感受南方的山水美景和民情風俗，但是，如果和唐五代南方詞
壇和南宋詞壇詞人做一個比較，我們會發現元代南方詞人在創作中
缺少了原有的細膩和柔婉，多了一份直率和豪情，這也是南方詞人
在元代這樣一個多元文化環境中的一種轉變。同時，本文從創作主
體和詞風兩個主要方面對元代南方詞壇和北方詞壇進行比較，詞人
身份、審美趣味、所選題材和詞論的不同，不僅反映出了南北詞壇
的差異，也是地域文化對詞壇的一種折射。

　　通過這樣一種觀照，元代南方詞壇對南宋詞壇的繼承和新變、
元代南方詞壇和北方詞壇發展過程中的不平衡性，以及元代南方詞
壇在這樣一個縱向和橫向交叉點上所處的位置就更加清晰起來。

參考文獻

非詞學文獻及論著

1. 〔明〕宋濂等：《元史》，中華書局 1976 年版。
2. 〔清〕張廷玉等：《明史》，中華書局 1974 年版。
3. 〔元〕陶宗儀：《南村輟耕錄》，中華書局 1959 年版。
4. 〔明〕葉子奇：《草木子》，中華書局 1959 年版。
5. 〔清〕錢謙益：《列朝詩集小傳》，上海古籍出版社 1983 年版。
6. 〔元〕張可久著，呂薇芬、楊鐮校注：《張可久集校注》，浙江古籍出版社 1995 年版。
7. 〔明〕高啓著，清金檀輯注：《高青丘集》，上海古籍出版社 1985 年版。
8. 〔明〕劉基著，林家驪點校：《劉基集》，浙江古籍出版社 1999 年版。
9. 汪元量著，胡才甫校注：《汪元量集校注》，浙江古籍出版社 1999 年版。
10. 鄧紹基：《元代文學史》，人民文學出版社 1991 年版。
11. 楊鐮：《元詩史》，人民文學出版社 2003 年版。
12. 楊鐮：《元代文學編年史》，山西教育出版社 2005 年版。
13. 查洪德：《理學背景下的元代文論與詩文》，中華書局 2006 年版。
14. 么書儀：《元代文人心態》，文化藝術出版社 1993 年版。
15. 徐子方：《挑戰與抉擇——元代文人心態史》，河北教育出版社 2001 年版。

16. 梁歸智，周月亮：《大俗小雅——元代文化人心跡追蹤》，河北大學出版社 2001 年版。

17. 查洪德，李軍：《元代文學文獻學》，中國社會科學出版社 2002 年版。

18. 史衛民：《元代社會生活史》，中國社會科學出版社 1996 年版。

19. 蒙思明：《元代社會階級制度》，上海世紀出版集團 2006 年版。

20. 李修生等：《全元文》，江蘇古籍出版社 1997 年版。

21. 陶秋英編選，虞行校訂：《宋金元文論選》，人民文學出版社 1984 年版。

22. 朱榮智：《元代文學批評之研究》，聯經出版事業公司印民國 71 年。

23. 歐陽光：《宋元詩社研究叢稿》，廣東高等教育出版社 1996 年版。

24. 方勇：《南宋遺民詩人群體研究》，人民出版社 2000 年版。

25. 傅璇琮，蔣寅：《中國古代文學通論（遼金元卷）》，遼寧人民出版社 2005 年版。

26. 陳高華，史衛民：《中國風俗通史（元代卷）》，上海文藝出版社 2001 年版。

27. 徐梓：《元代書院研究》，社會科學文獻出版社 2000 年版。

28. 杜哲森：《元代繪畫史》，人民美術出版社 2000 年版。

29. 周振鶴：《中國歷代文化區域研究》，復旦大學出版社 1997 年版。

30. 鄒逸麟：《中國歷史人文地理》，科學出版社 2001 年版。

31. 張步天：《中國歷史文化地理》，湖南教育出版社 1993 年版。

32. 張步天：《中國歷史地理》，湖南大學出版社 1988 年版。

33. 陳正祥：《中國文化地理》，生活·讀書·新知三聯書店 1983 年版。

34. 曹道衡：《南朝文學與北朝文學研究》，江蘇古籍出版社 1999 年版。

35. 胡阿祥：《魏晉本土文學地理研究》，南京大學出版社 2001 年版。

36. 李浩：《唐代三大地域文學士族研究》，中華書局 2002 年版。

37. 戴偉華：《地域文化與唐代詩歌》，中華書局 2006 年版。

38. 程民生：《宋代地域文化》，河南大學出版社 1997 年版。

39. 梅新林：《中國古代文學地理形態與演變》，復旦大學出版社 2006 年版。

40. 陳慶元：《文學：地域的觀照》，上海遠東出版社 2003 年版。

41. 梁啓超：《飲冰室合集（第二冊）》，中華書局 1989 年版。

42. 程千帆：《文論十箋》，黑龍江人民出版社 1983 年版。

43. 王水照：《王水照自選集》，上海教育出版社 2000 年版。

44. 鄧喬彬：《宋代繪畫研究》，河南大學出版社 2006 年版。

45. 柳詒徵：《中國文化史》，中國大百科全書出版社 1988 年版。

46. 蔣星煜：《中國隱士與中國文化》，上海三聯書店 1988 年版。

47. 劉海峰，李冰：《中國科舉史》，東方出版中心 2004 年版。

48. 陳建華：《中國江浙地區十四至十七世紀社會意識與文學》，學林出版社 1992 年版。

49. 孫正容：《朱元璋繫年要錄》，浙江人民出版社 1983 年版。

50. 陶東風：《文體演變及其文化意味》，雲南人民出版社 1994 年版。

51. 〔英〕邁克・克朗，楊淑華等：《文化地理學》，南京大學出版社 2003 年版。

52. 〔法〕斯達爾夫人，徐繼曾：《論文學》，人民文學出版社 1986 年版。

詞學文獻及論著

1. 〔清〕朱彝尊、汪森：《詞綜》，上海古籍出版社 1978 年版。

2. 〔清〕王鵬運：《四印齋所刻詞》，上海古籍出版社 1989 年版。

3. 朱祖謀：《彊村叢書》，上海古籍出版社 1989 年版。

4. 曾昭岷，曹濟平，王兆鵬，劉尊明：《全唐五代詞》，中華書局 1999 年版。

5. 唐圭璋：：《全宋詞》，中華書局 1965 年版。

6. 孔繁禮輯：《全宋詞補輯》，中華書局 1981 年版。

7. 唐圭璋：《宋詞四考》，江蘇文藝出版社 1959 年版。

8. 唐圭璋：《全金元詞》，中華書局 1979 年版。

9. 饒宗頤初纂，張璋總纂：《全明詞》，中華書局 2004 年版。

10. 周明初，葉曄：《全明詞補編》，浙江大學出版社 2007 年版。

11. 唐圭璋：《詞話叢編》，中華書局 1986 年版。

12. 施蟄存：《詞籍序跋萃編》，中國社會科學出版社 1994 年版。

13. 王兆鵬：《詞學史料學》，中華書局 2004 年版。

14. 崔海正主編，高峰著：《唐五代詞研究史稿》，齊魯書社 2006 年版。

15. 崔海正主編，劉靖淵、崔海正著：《北宋詞研究史稿》，齊魯書社 2006 年版。

16. 崔海正主編，鄧紅梅、侯方元著：《南宋詞研究史稿》，齊魯書社 2006

年版。

17. 崔海正主編，劉靜、劉磊著：《金元詞研究史稿》，齊魯書社 2006 年版。

18. 王易：《詞曲史》，上海書店 1989 年版。

19. 吳梅：《詞學通論》，華東師範大學出版社 1996 年版。

20. 饒宗頤：《詞集考》，中華書局 1992 年版。

21. 劉揚忠：《唐宋詞流派史》，福建人民出版社 1999 年版。

22. 黃兆漢：《金元詞史》，臺灣學生書局 1992 年版。

23. 趙維江：《金元詞論稿》，中國社會科學出版社 2000 年版。

24. 陶然：《金元詞通論》，上海古籍出版社 2001 年版。

25. 丁放：《金元詞學研究》，中國社會科學出版社 2002 年版。

26. 鍾陵：《金元詞紀事會評》，黃山書社 1995 年版。

27. 張仲謀：《明詞史》，人民文學出版社 2002 年版。

28. 尤振中，尤以丁：《明詞紀事會評》，黃山書社 1995 年版。

29. 方智範等：《中國詞學批評史》，中國社會科學出版社 1994 年版。

30. 謝桃坊：《中國詞學史》，巴蜀書社 1993 年版。

31. 湯君：《敦煌曲子詞地域文化研究》，上海古籍出版社 2004 年版。

32. 黃傑：《宋詞與民俗》，商務印書館 2005 年版。

33. 林順夫：《中國抒情傳統的轉變——姜夔與南宋詞》，上海古籍出版社 2005 年版。

34. 路成文：《宋代詠物詞史論》，商務印書館 2005 年版。

35. 許伯卿：《宋詞題材研究》，中華書局 2007 年版。

36. 牛海蓉：《元初宋金遺民詞人研究》，中國社會科學出版社 2007 年版。

37. 朱崇才：《詞話史》，中華書局 2006 年版。

38. 任中敏：《詞曲通義》，商務印書館民國二十年版。

39. 隋樹森：《全元散曲》，中華書局 1964 年版。

40. 隋樹森：《元人散曲論叢》，齊魯書社 1986 年版。

41. 趙義山：《元散曲通論》，上海古籍出版社 2004 年版。

42. 李昌集：《中國古代散曲史》，華東師範大學出版社 1991 年版。

43. 趙義山：《明清散曲史》，人民出版社 2007 年版。

附錄一　元代南方詞壇詞人小傳

　　陳孚（1240～1303），字剛中，號笏齋，台州臨海（今浙江省臨海縣）人。元世祖至元中，以布衣上《大一統賦》，調翰林國史院編修，累官台州路總管府治中。至元二十九年（1292），以副使身份出使安南。《全金元詞》收詞 2 首。

　　燕公楠（1241～1302），字國材，號芝庵，南康（今江西省南康縣）人。元世祖至元二十二（1285）年，奏對承旨，世祖賜名「賽音囊嘉」。曾任江浙行中書省事、江淮行中書省參知政事、江浙行省右丞、湖廣行省右丞轉運司判官等職。《全金元詞》收詞 1 首。

　　張伯淳（1242～1302），字師道，崇德（今浙江省嘉興縣）人。舉進士，元世祖至元二十三年（1286），授杭州路儒學教授，遷浙東道按察司知事，後擢爲福建廉訪司知事等職。有《養蒙先生詞》一卷。

　　程文海（1249～1318），字鉅夫，號雪樓，又號遠齋。建昌路南城（今屬江西）人。入元後，曾奉元世祖之命到江南尋訪人才。曾任閩海道肅政廉訪使等職，謚文憲。有《雪樓樂府》一卷。

　　吳澄（1249～1333），字幼清，晚年又字伯清，撫州崇仁（今江西省崇仁縣）人。南宋咸淳六年（1270）舉進士，不中。建草屋隱居家中，著書講學，人稱「草廬先生」。曾任江西儒學副提舉等職，

諡文正。有《草廬詞》一卷。

胡炳文（1250～1333），字仲虎，號雲峰，婺源（今江西省婺源縣）人。曾爲信州道一書院山長，再調蘭溪州學正，不赴。有《雲峰詩餘》一卷。

陳櫟（1252～1334），字壽翁，休寧（今安徽省休寧縣）人。元仁宗延祐初，被迫參加省試，中選，不赴。隱居鄉里，教授學生，人稱「定宇先生」。有《定宇詩餘》一卷。

陸文圭（1252～1336），字子方，號牆東，江陰（今江蘇省江陰縣）人。南宋咸淳六年（1270），以《春秋》中鄉選。入元，隱居講學於江陰城東，人稱「牆東先生」。有《牆東詩餘》一卷。

趙孟頫（1254～1322），字子昂，號松雪道人，湖州（今浙江省吳興縣人）。元世祖至元二十七年（1290），授集賢學士。曾任濟南路同知、翰林學士承旨等職。追封魏國公，諡文敏。有《松雪齋樂府》一卷。

吳存（1257～1339），字仲退，鄱陽（今江西省鄱陽縣）人。延祐元年設科取士，強起之，中選，授本路學正。任不及，代歸。調寧國路學教授未久，引年去，後被聘主本省鄉試。有《樂庵詩餘》一卷。

袁易（1262～1306），字通甫，長洲（今江蘇省蘇州市）人。不求仕進，部使者擬薦於朝，辭謝不應。曾任徽州府石洞書院山長，不久罷歸。居吳淞之間，築堂「靜春」，遊於江湖。有《靜春詞》一卷。

管道昇（1262～1319），字仲姬，一字瑤姬，浙江吳興人，趙孟頫妻。至大四年（1311），封吳興郡夫人。延祐四年（1317），加封魏國夫人。《全金元詞》收詞 4 首。

滕賓（生卒年不詳），一名賓，字玉霄，黃岡（今湖北省黃岡縣）人，或云睢陽人。至大間任翰林學士，出爲江西儒學提舉，後棄家入天台爲道士。《全金元詞》收詞 10 首。

劉詵（1268～1350），字桂翁，號桂隱，廬陵（今江西省吉安市）人。延祐初參加科舉，十年不第。乃刻意詩文，終身未仕。門人私諡文敏。有《桂隱詩餘》一卷。

葉森（？～1322），字仲實，江陰（今江蘇省江陰縣）人。通蒙古字，推爲譯史。曾任鹽官州判官等職。《全金元詞》收詞1首。

朱晞顏（約1270～1329年後），字景淵，長興（今浙江省長興縣）人。能詩文，曾任平陽州蒙古掾、江西瑞州監稅等職。有《瓢泉詞》一卷。（《元贈承事郎德清縣尹朱君墓表》吳文正集卷七十一）

許謙（1270～1337），字益之，號白雲山人，金華（今浙江省金華縣）人。受業於金履詳，累薦不起。《全金元詞》收詞2首。

鄭禧（？～1318後），字天趣，永嘉（今屬浙江）人。登進士，曾任黃岩州同知。全金元詞收詞3首。（據《春夢錄序》說郛卷一百十五下）

虞集（1272～1348），字伯生，號道園，又號邵庵，撫州崇仁（今江西省崇仁縣）人。南宋丞相虞允文五世孫。元成宗大德初年，授大都儒學路教授。曾任國子助教、翰林待制等職。諡文靖，追封仁壽郡公。有《道園樂府》一卷。

歐陽玄（1273～1357）字原功，瀏陽（今湖南省瀏陽縣）人。延祐元年設科取士，以尚書與貢。明年賜進士出身，授岳州路平江州同知。曾任太平路蕪湖縣尹、翰林待制兼國史院編修官等職。諡文，追封楚國公。有《圭齋詞》一卷。

張玉娘（生卒年不詳），字若瓊，自號一貞居士，松陽（今浙江省遂昌縣東南）人。聰慧知書，少許沈佺。沈佺既末，玉娘憂慮而死。父母痛之，與生並葬楓林。有《蘭雪詞》一卷。（據《浙江通志》卷二百十六）

周權（約1280～1330），字衡之，號此山，處州（今浙江省麗水縣）人。延祐六年（1319）攜詩稿北遊京師，袁桷賞識他的才華，向朝廷舉薦，未獲批准。有《此山先生樂府》一卷。

陸行直（1275～1350 後），字輔之，又字季道，號壺天，又號壺中天，吳江（今江蘇省吳江縣）人。《全金元詞》收詞 1 首。

葉衡（生卒年不詳），字仲興，饒州德興（今江西）人。至元間，曾任興化縣尹。《全金元詞》收詞 1 首。（據《萬姓統譜》卷一百二十四）

衛德嘉（1287～1354），字立禮，華亭（今上海市松江縣）人。授潮州路儒家正，不就。《全金元詞》收詞 1 首。

衛德辰（生卒年不詳），字立中，華亭（今上海市松江縣）人。以才幹稱，書學舍利塔銘。《全金元詞》收詞 1 首。

趙由俊（生卒年不詳），字仲時，吳興（江蘇省吳興縣）人。趙孟頫之侄，客陸行直之門。《全金元詞》收詞一首。

徐再思（生卒年不詳），字德可，號甜齋。嘉興（今浙江省嘉興縣）人。他的散曲與貫雲石並稱「酸甜樂府」。《全金元詞》收詞 3 首。

張雨（1283～1350），字伯雨，號貞居子，又號句曲外史。錢塘（今浙江省杭州市）人。原名張擇之，又名張嗣眞。二十歲時，棄家爲道士，居茅山。與趙孟頫、馬祖常等人唱和往來，影響很大。曾主持西湖福眞觀等地。有《貞居詞》一卷，補遺一卷。（據《元詩史》和丁雪豔《張雨年譜》）。

白賁（生卒年不詳），號無咎，錢塘（今浙江省杭州市）人。曾任溫州路平陽州教授等職。《全金元詞》收詞 1 首。

馮子振（1257～1324 以後），號海粟，又號怪怪道人，攸州（今湖南省攸縣）人。精通經史，知識廣博。曾任集賢待制等職。《全金元詞》收詞 45 首。（生卒據《元詩史》）

張可久（約 1280～1349 以後），字可久，號小山，慶元（今浙江寧波）人。一生沉抑下僚，生平事蹟隱而不顯。曾任桐廬典史等職。《全金元詞》收詞 66 首。（據《張可久集校注》）。

吳鎭（1280～1354），字仲圭，號梅花道人，嘉興（今浙江省嘉

興縣）人。一生隱居未仕，被稱爲「吳隱君」。他是元代有名的畫家、詩人，居室號「梅花庵」，自署「梅花庵主」。有《梅花道人詞》一卷。

洪希文（1282～1366），字汝質，號去華，莆田（今福建省莆田縣）人。因侍奉父親隱居山中，嘗官訓導。有《去華山人詞》一卷。

李孝光（1285～1350），字季和，號「五峰狂客」，溫州樂清（今浙江省樂清縣）人。少博學能文，隱居雁蕩山五峰下。至正四年（1344）出仕，曾任秘書監丞等職。有《五峰詞》。

宋遠（生卒年不詳），號梅洞，塗川（今江西省南昌市）人。《全金元詞》收詞 1 首。

蕭烈（生卒年不詳），號高峰，塗川（今江西省南昌市）人。《全金元詞》收詞 1 首。

馬熙（生卒年不詳），字明初，衡州（今湖南省衡陽市）人。曾任右衛率府教授，與許有壬兄弟唱酬。《全金元詞》收詞 18 首。

張翥（1287～1368），字仲舉，號蛻庵，晉寧（今山西臨汾）人。因父親在江南爲吏，長期在南方生活。元順帝後至元末年（1340），以「隱逸」被薦於朝。曾任集慶路學訓導、國子監助教等職。至正二十八年（1368）三月，張翥去世。幾個月之後，明軍佔據大都。有《蛻岩詞》二卷。（《全金元詞》對「晉寧」一詞的解釋錯誤）

趙雍（生卒年不詳），字仲穆，趙孟頫仲子，湖州（今浙江省吳興縣人）。曾官集賢待制、同知湖州路總管府事等職。有《趙待製詞》一卷。

王國器（生卒年不詳），字德璉，吳興（今浙江省吳興縣）人。趙孟頫女婿，學識淵博，長於今樂府。有《筠庵詞》一卷。

沈禧（生卒年不詳），字廷錫，吳興（今浙江省吳興縣）人。有《竹窗詞》一卷。

王蒙（1308～1385），字叔明，號香光，晚號黃鶴山樵，吳興（今浙江省吳興縣）人。趙孟頫外甥，工書善畫，被稱爲「元季四家」。

《全金元詞》收詞 1 首。(據朵雲 65 集《王蒙研究》張光賓《王蒙年表》,上海書畫出版社 2006 年版。)

張□(生卒年不詳),字翔南,建德(今浙江省建德縣)人,徙居嘉興。《全金元詞》收詞 1 首。

金炯(生卒年不詳),字子尚,嘉興(今浙江省嘉興縣)人。元季中鄉舉,洪武初,知蘇州府,後賜死。《全金元詞》收詞 1 首。

王容溪(生卒年不詳),無錫(今江蘇省無錫縣)人。《全金元詞》收詞 1 首。

吳景奎(1292~1355),字文可,蘭溪(今浙江省蘭溪縣)人。曾任浙東憲府掾從事。部使者薦為興化縣儒學錄一職,以母老辭,不就。有《藥房詞》一卷。

袁士元(生卒年不詳),字彥章,號菊村學者,鄞縣(今浙江省鄞縣)人。曾任鄞學教諭、西湖書院山長等職。有《書林詞》一卷。

謝應芳(1296~1392),字子蘭,武進(今江蘇省武進縣)人。自幼篤志好學,耿介尚節義。元末徙居吳之蔚門,避兵吳淞江上。歸隱衡山,自號龜巢老人,故以名其集。有《龜巢詞》一卷,補遺一卷。

倪瓚(1301~1374),字元鎮,號雲林,無錫(今江蘇省無錫市)人。所居有閣,名「清閟」,藏書數千卷,手自勘定。至正初,盡鬻家產,泛舟五湖。有《雲林詞》一卷。

束從周(生卒年不詳),合肥(今安徽省合肥市)人。《全金元詞》收詞 1 首。

湯彌昌(生卒年不詳),字師言,湖南人。曾任長洲儒學教諭、溫州路瑞安州判官等職。《全金元詞》收詞 2 首。

梁寅(1303~1389),字孟敬,新喻(今江西省新喻縣)人。元末辟為集慶路儒學訓導,後以親老辭,遂隱居。有《石門詞》一卷。

舒頔(1304~1377),字道原,績溪(今安徽省績溪縣)人。曾為元朝的「貴池教諭」,任滿調到丹徒。至正年間,轉為台州路儒學

正，由於道路阻塞，沒有到任，一直隱居山中。入明不仕，將自己居所稱爲「貞素齋」。有《貞素齋詩餘》一卷。

　　舒遜（生卒年不詳），字士謙，舒頔之弟，績溪（今安徽省績溪縣）人。有《可庵詩餘》一卷。

　　華幼武（1307～1375），字彥清，號棲碧，無錫（今江蘇省無錫市）人。不樂仕進，拘春草堂以奉母。《全金元詞》收詞 3 首。

　　邵亨貞（1309～1401），字復孺，號貞溪（或清溪）。祖籍淳安（今屬浙江），徙居華亭（今屬上海）。博通經史，贍於文詞，工篆隸。曾訓導松江府學，與王逢、郏忠義等人交，常爲陶九成作《南村草堂記》。有《蟻術詞選》四卷。

　　錢霖（生卒年不詳），字子雲，松江（今上海市松江縣）人。後爲黃冠，更名抱素，號素庵，又號泰窩道人。《全金元詞》收詞 3 首。

　　錢應庚（生卒年不詳），字南金，抱素之弟，松江（今上海市松江縣）人。明經教授。《全金元詞》收詞 3 首。

　　顧阿瑛（1310～1369），字仲瑛，一名德輝，號金粟道人。崑山（今江蘇省崑山縣）人。輕財結客，三十始折節讀書。建「玉山佳處」，與友人觴詠唱和。以子貴，封武略將軍、飛騎尉。《全金元詞》收詞 4 首。

　　袁華（1316～1396？），字子英，崑山（今江蘇省崑山縣）人。洪武初，爲蘇州府學訓導，後坐累逮，繫死於京師。《全金元詞》收詞 1 首。

　　于立（生卒年不詳），字彥成，號虛白子，南康（今江西省南康縣）人。學道會稽山中，又號龍江山人。與顧瑛交。《全金元詞》收詞 1 首。

　　張遜（生卒年不詳），字仲敏，號溪雲，吳郡（今江蘇蘇州市）人。善畫竹，作鉤勒法妙絕當世。山水學巨然，則不戴竹。《全金元詞》收詞 1 首。

　　石岩（生卒年不詳），字民瞻，京口（今江蘇省鎮江市）人。曾

官縣尹。《全金元詞》收詞1首。

郯韶（生卒年不詳），字九成，號雲臺散吏，吳興（今浙江省吳興縣）人。至正中，常辟試漕府掾。與顧瑛、倪瓚交。《全金元詞》收詞1首。

何可視（生卒年不詳），字思明，號爛柯樵者。嘉興（今浙江省嘉興縣）人。隱居不仕。《全金元詞》收詞2首。

柯九思（1290～1343）字敬仲，號丹丘生，又號五雲閣使。台州仙居（今浙江省臨海縣）人。擅畫竹石，文宗時置奎章閣，特授學士院鑒書博士。《全金元詞》收詞4首。（據宗典《柯九思年譜》

王禮（1314～1389），字子尚，後改字子讓，廬陵（今江西省吉安縣）人。元末，爲廣東元帥府照磨。入明，隱居不仕。《全金元詞》收詞2首。

趙汸（1319～1369），字子常，休寧（今安徽省休寧縣）人。曾應詔修《元史》，晚年隱居東山。《全金元詞》收詞2首。

王逢（1319～1388），字原吉，號最閒園丁，江陰（今江蘇省江陰縣）人。至正中，作《河清頌》，臺臣薦之，以疾辭。避亂於青龍江，復徙上海烏涇，築草堂以居。洪武壬戌，以文學錄用，辭，隱居不仕。〈全金元詞〉收詞1首。

何景福（生卒年不詳），字介夫，別號鐵牛翁，淳安（今浙江省淳安縣）人。累辟不赴，晚年避地武林。兵定後始歸鄉里，詩酒自娛。《全金元詞》收詞1首。

吳瓘（生卒年不詳），字瑩之，號竹莊，嘉興（今浙江省嘉興縣）人。多藏法書名畫，墨梅學楊補之，頗有清趣。《全金元詞》收詞3首。

陶宗儀（生卒年不詳），字九成，號南村，黃岩（今浙江省黃岩縣）人。元末被辟爲教官，不就。張士誠據吳，署爲軍諮，亦不赴。洪武四年（1371），詔徵天下儒士，引疾不赴。晚年，有司聘爲教官，二十九年率諸生赴禮部試。《全金元詞》收詞6首。

　　周巽（生卒年不詳），字巽亨，號巽泉，吉安（今江西省吉安市）人。在元曾任永明主簿。《全金元詞》收詞 12 首。

　　沈景高（生卒年不詳），吳興烏城（今浙江省吳興縣）人。流落不遇。《全金元詞》收詞 1 首。

　　汪斌（生卒年不詳），字以質，績溪（今安徽省績溪縣）人。《全金元詞》收詞 5 首。

　　唐桂芳（1299～1371），一名仲，字仲實，號白雲，又號三峰，歙縣（今安徽省歙縣）人。元至正中，薦授建寧路崇安縣教諭，再任南雄路學正，以憂歸。明太祖定徽州，召對稱旨，命之仕，辭。《全金元詞》收詞 2 首，《全明詞》補遺 7 首，共 9 首。

　　俞俊（生卒年不詳），其先嘉興人，後占籍松江（今上海市松江縣）。《全金元詞》收詞 1 首。

　　袁介（生卒年不詳），字可潛，其先蜀人，後占籍華亭（今上海市松江縣）人。至正間爲府掾。《全金元詞》收詞 1 首。

　　虞薦發（生卒年不詳），字君瑞，居無錫（今江蘇省無錫市）。鄉貢進士，曾爲文學掾。聚徒講學，當路欲薦之，不就。《全金元詞》收詞 1 首。（據《江南通志》卷一百五十八）

　　高明（1310～1380），字則誠，瑞安（今浙江省瑞安縣）人。至正五年（1345）中第，官處州錄事。洪武初，召修《元史》，以老病辭歸。《全金元詞》收詞 1 首。

　　俞和（生卒年不詳），字字中，號紫芝逸民，桐江（今浙江省桐廬縣）人。《全金元詞》收詞 1 首。

　　凌雲翰（生卒年不詳），字彥翀，錢塘（今浙江省杭州市人）。元末授蘭亭書院山長，不赴。入明後做四川成都教授，貶謫南荒而卒。有《柷軒詞》一卷。

　　韓奕（生卒年不詳），字公望，號蒙齋，宋忠獻魏王琦的後代。吳（今江蘇省蘇州市）人。絕意仕進，與王賓友善，偕隱於醫。入明，依然隱遁不仕，終於布衣。和王賓、王履齊名，被稱爲「吳中

三高士」。有《韓山人詞》一卷。

原妙（1239～1296），號高峰，吳江（今江蘇省吳江縣）人。出家淨慈寺，後主持天目山大覺寺。《全金元詞》收詞 4 首。（據《松雪齋集》外集）

善住（生卒年不詳），字無住，別號雲屋，嘗居吳郡城之報恩寺。往來吳淞江上，與仇遠、白珽、虞集、宋無諸人相酬唱。《全金元詞》收詞 13 首。

明本（1263～1323），姓孫氏，號中峰，又號幻住，錢塘（今浙江省杭州市）人。居吳山聖水寺，工於吟詠，與趙孟頫友善。仁宗賜號廣慧禪師，文宗賜諡智覺。《全金元詞》收詞 9 首。

梵琦（1296～1370），字楚石，小字曇曜，象山人。姓朱氏，出家海鹽天寧永祚寺。元泰定中，住當湖福臻院。晚歸天寧，築西齋退老，自號西齋老人。（據《攜李詩繫》卷三十一）

李道純（生卒年不詳），字元素，號清庵，又號瑩蟾子，都梁（今湖南省武岡縣）人。有《清庵先生詞》一卷。

朱思本（生卒年不詳），字本初，號貞一，臨川（今江西省臨川縣）人。出家上清宮，居大都。《全金元詞》收詞 3 首。

吳眞人（生卒年不詳），名全節，號閒間，又號廣化眞人，鄱陽（今江西省鄱陽市）人。《全金元詞》收詞 1 首。

王惟一（生卒年不詳），號景陽子，松江（今上海市松江縣）。《全金元詞》收詞 12 首。

王玠（生卒年不詳），字道淵，號混然子，修江（今屬江西南昌）人。《全金元詞》收詞 30 首。

附錄二　邵亨貞行年簡表

元武宗至大二年己酉（1309）　一歲

是歲，邵亨貞出生於華亭（今上海松江）。祖籍淳安（今屬浙江），先輩僑寓松江。父邵祖義，能詩工篆隸，曾任池州學錄。（《御定佩文齋書畫譜》卷三十九引述顧清《松江志》）

王逢在《題邵氏家譜》中記載：「邵自康公至東陵侯平，凡五十世；又八世至東漢左中郎馴召，始加邑；又□十世，至唐名旺者爲漾源府君，從睦州遷居淳安之諫村，支派□蕃衍。宋有吳越邵子孫以先世唐尚書左僕射□直、刺史若、虔州思括、滑州行封、歙州裕期、湖州葉、丹徒尉符、并州刺史強、右武衛兵曹肅、會稽令顓、濮州刺史儒，官誥詣有司帖授衣冠戶，時開寶八年。又十三世名桂子，爲宋處州教授，有別業在華亭。處州邵亨貞出示族譜逢敬題是詩。」（《梧溪集》卷三）

元文宗至順元年庚午（1330）　二十二歲

曹幼文以太初老禪、泊雲西居竹二翁燈夕所賦舊稿拜訪邵亨貞。曹幼文爲錢南金門人，據《一枝安記》記載，當錢南金帶妻子還泖上，「其門人曹幼文闢室館之。一見握手問勞外，南金曰：『偃蹇之蹤，青氈去我久矣。琴尊書卷亦復無幾，彼皆身外物耳。今幸見故人，故

人固知予胸中所存者不失也。斯爲無慨。」（《野處集》卷一）

元順帝後至元二年丙子（1336）　二十八歲

是年十一月，邵亨貞、曹貞素在遂生亭設酒肴會親友。來者有安雅、錢南金、陸伯翔等六位賓客，他們聯詩對句，把酒清歡。在《四部叢刊》本《蟻術詩選》卷八之《編校遂生亭聯句》中有詳細記載：「惟昔有元後至元二年歲丙子十有一月，冰霜洹寒，信宿不解，晚雲漏日，朔吹凜凜，殆不能任雲間。貞溪、曹貞素翁設酒肴會親友於其家之遂生亭，燎以榾柮，沃以醱醅，脯羞循序以進。少焉，眾始晬面，盎背歡情。甫洽翁乃呼童出楮箚，率客聯詩爲樂，而命余呵陳執筆以書，於是意況咸適，情文藹如。迨夜分酒闌，凡淂句百有廿，而章乃成，此吾鄉疇昔清事之一也。」

元順帝後至元五年己卯（1339）　三十一歲

是歲除夕，邵亨貞作《江城梅花引》。春天，邵亨貞於客樓雨中懷故人，作《齊天樂・東風吹雨春城晚》。

元順帝後至元六年庚辰（1340）　三十二歲

歲暮大雪，同孫果育、季野、衛立禮三先生分韻賦禁體，得「天」字二十韻

元順帝至正元年辛巳（1341）　三十三歲

元日，邵亨貞於雨雪中飲酒曹雲西家中，作《寒食次雲翁韻》。

正月廿四日，曹雲翁以紅萼一枝見邵亨貞，風度絕韻，舊感橫生，念之不置，遂作《角招》。

作《大悲庵疏》，據《野處集》記載，是年閏五月一日，華亭縣修竹鄉四十三保朱謝里民家竹林中忽然出現一大士身影，「從地湧出，質類芝菌，形如雕琢，儀容（闕），光彩照人」。這一事件成爲當地的一大異事，於是建立一庵以做現佛之地。同年，作者在寓居虎林三個多月後，於冬天回到家中。此時的錢南金也回到這裡，兩人夜坐縱談，作《會和聯句》四十韻以記錄這次相聚。

元順帝至正二年壬午（1342）　三十四歲

二月甲子，應錢霖之請，邵亨貞作《擬古十首》。太原秦景容有田在海隅，秋天以收稻至雲間，錄示近詩，和韻復其來意。多天，族兄安仲來佐松江府幕，兩人相見。

元順帝至正三年癸未（1343）　三十五歲

元日，邵亨貞與錢南金鬥詩迎春。他在《癸卯元日與南金感舊而作》中寫到：「二十年前新歲日，與君剪燭鬥新詩。春迎北斗魁三象，詞唱東風第一枝。共喜舌存心似鐵，不嫌身老鬢成絲。柳花重爲斯文頌，拍塞陽和入酒卮。」「癸未」爲至正二十三年，即1363年，二十年前即1343年。

元順帝至正五年乙酉（1345）　三十七歲

人日，閒雲瑞師過訪，得唐復齋、錢南金、賢大愚所寄唱和詩歌，邵亨貞作《答閒雲》《答覆齋》、《答南金》、《答大愚》四首。十一月，作《海隅唐氏先世事實狀》。

元順帝至正六年丙戌（1346）　三十八歲

邵亨貞作《本一善應院記》。

元順帝至正七年丁亥（1347）　三十九歲

臘月廿八日立春，雲西翁有夜枕之作，邵亨貞次韻以答。

元順帝至正八年戊子（1348）　四十歲

清明時節，陰雨連綿，邵亨貞作《齊天樂·戊子清明，次曹雲翁韻》。

是年，邵亨貞結識傅明學。據《野處集》卷二《送傅明學序》記載：「至正壬午（1342），子初參軍登第，奉常得其文而誦之，邃然淵深，渾然端厚，有德士也。又六年（1348），參軍以浙闈較文來遊雲間，始得相識，以奉周旋其從子明學實從之來。明學甫弱冠，氣質沖融，言貌兩資，傅氏佳子弟也。既久，見其在伯父旁油油翼

翼，祗服厥事，暇則沉潛誦讀，日益而月廣，恬進而勇退。觀其文則鏘然成章，能世其家學者也。退自籲予與明學皆宋舊家出也。予自弱冠以徭役、旱潦、世故相屈，抑堂播之弗續，弓冶之俱棄，浮湛里閭，所幸氣節不遂以泯。今年既四十，視明學之所為能不愧且悔，悔且莫及矣。」

元順帝至正十年庚寅（1350）　四十二歲

吳門申屠衡客貞溪曹聘君之家，與邵亨貞相識。他們談詩論文，「則亹亹忘疲，以為相見之晚。是以交雖淺而情甚深，跡雖疏而心則親，非若湖海雲萍泛然相遭者可同語也。」邵亨貞到申屠衡寓所，出示他與友人錢南金的唱和詩，申屠衡歎誦不能釋手，於是屬和二章，一紀湖山同遊之樂，一道平居相與之歡。（明趙琦美《趙氏鐵網珊瑚》卷九之《貞溪諸名勝詞翰》）

冬至，邵亨貞懷念錢南金，作詩一首。

元順帝至正十一年辛卯（1351）　四十三歲

邵亨貞與錢南金暮春相見後，邵亨貞於七月二十二日偶成四韻，以寓故人。

元順帝至正十二年壬辰（1352）　四十四歲

邵亨貞寶藏《宋徽廟摹唐人明皇訓子圖》（明汪砢玉《珊瑚網》卷二十七）。

元順帝至正十四年甲午（1354）　四十六歲

是年七月十五前後，邵亨貞寓居橫泖客舍。一陣秋雨之後，天氣轉涼，邵亨貞作《齊天樂·碧梧庭院秋聲早》，以紀旅思。

元順帝至正十五年乙未（1355）　四十七歲

春暮，錢霖和《齊天樂·碧梧庭院秋聲早》韻，邵亨貞酬答《齊天樂·柳花飛滿春歸路》。

春仲十一日，錢霖作《春草碧·客窗閒理清商譜》詞，請邵亨貞

斧正。

　　清明後二日，錢霖於武塘寓舍酬答邵亨貞《臺城路》詞。

元順帝至正十六年丙申（1356）　四十八歲

　　是歲十一月旦，邵亨貞作《醮詞‧蒸溪鄰居禳火醮詞》。據《野處集》卷四記載：「至正丙（闕）歲十一月旦，華亭城中遺漏延燎，幾二千家溪上，眾建齋壇二晝夜以禳之。」題序雖缺一字，然至正間只有「丙戌」、「丙申」、「丙午」。「丙申」時，浙右大亂，大致推斷寫於這一年，即 1356 年。同時，《蒸溪鄰居禳火醮詞》中也寫到：「郡境被災，忍向燎原之慘。江村久旱，預深曲突之虞。」

　　初冬，邵亨貞作《氐州第一》，次錢霖韻。

元順帝至正十七年丁酉（1357）　四十九歲

　　早春，作《浣沙溪‧亂後無詩做好春》，束錢南金。據《野處集》卷一《一枝安記》記載：「南金幼失父，侍其祖長於異縣。弱冠祖沒，贅居三泖之上，與予同里閈，以文字交三十餘歲。既乃更世故，皆操觚出遊，南金問舍他鄉，不相周旋者中又過半矣。歲丙申（1356）浙右大亂，南金所居悉嬰兵燹，乃扁舟載妻子還泖上。」

元順帝至正十八年戊戌（1358）　五十歲

　　冬初，邵亨貞領省檄，與無錫州將李正卿同檢踏屯田秋稼。李索賦，邵亨貞作《齊天樂‧西風滿面吹華發》，《蟻術詩選》卷一還有《奉寄海鹽知州李正卿先生》。歲暮，邵亨貞客遊吳中，作《虞美人‧戊戌歲暮，吳中客樓夜思》。

元順帝至正二十一年辛丑（1361）　五十三歲

　　元日，邵亨貞作《戀繡衾‧門前爆竹兒女喧》。

　　正月十四，積雪試晴，張燈琳館，邵亨貞作《江月晃重山‧梅萼香融霽雪》。

　　上元日，邵亨貞思曹幼文、太初老禪、泊雲西居竹三翁，作《戀

繡衾・重逢元夜心暗驚》。

　　早春，和顏仲逸韻。

　　二月廿五日，邵亨貞結識曹慶孫。據《野處集》卷三《元故建德路淳安縣儒學教諭曹公行狀》記載：「至正二十一年二月廿又五日，至公之鄉，始獲晤對，如舊相識，方接杯酒，敘殷勤，論議甫洽，而公乃疾作矣。」

　　七月一日，寓橫溪觀。當時正值酷暑，雲送雨神，作詩以紀。

元順帝至正二十二年壬寅（1362）　五十四歲

　　是歲，應曹克成之請，邵亨貞作《對菊亭記》。據《野處集》卷一記載：「曹氏雲間故家也。上世多文物，慕古人詩酒遊覽之事，故其所居皆有園池花木之勝。至今子孫雖時殊事異，猶以此相尚。歲時率親友相與娛樂，追思蘭亭竹林之清，東山習池之放，以自異於流俗者習以爲常也。」其孫曹克成「涉獵經史，恬退不事進取，惟以耕桑自給。業既不競，常怡然自得，無慕羨不足之色，蓋其所守亦有過人者矣。其居之東，小園數畝，花木池沼前人手澤猶有存者。中有亭一間，乃上世遺物，始作歲月已不可考。」泰定甲子（1324），克成祖父居竹翁徙建於此，至正己丑（1349）克成復加繕治，充廣其簷楹，補修其牖戶，內外皆飾以白堊、濬流、泉壘、奇石，畦以菊數百本徑其中，以供覽亭。舊無名，始命之曰「對菊」，於是詩酒遊覽之事，日益不廢。至正壬寅（1362），曹克成求記於邵亨貞，以垂後勸予知克成之寓意於菊者有在也。「淵明當晉宋風塵之際，澹然不徇時好，退而徘徊，晚節與黃花同傲，霜露其中，所存人莫之見也。至於千載而下，心領意會者，復幾何人哉？籲人生孰能百年富貴，貧賤智愚賢不肖皆命之於天矣。營營焉求其所欲而不得，老死而後止者，人之常情也。苟能素其位而不願乎其外，則將無往而不得其樂。凡世之榮辱美惡皆不能間之矣，克成有焉。由是而果能進，進不已也，則又遊於物之外矣。」

元順帝至正二十三年癸卯（1363） 五十五歲

元日，與錢南金感舊作詩。

元順帝至正二十四年甲辰（1364） 五十六歲

元日，次成元章韻。

秋天，與夏頤貞同在吳門，雖有登山之興，卻因下雨未果。重陽節，友人羅仲達以節物為具，同席諸人，把酒言歡。

元順帝至正二十五年乙巳（1365） 五十七歲

是歲春天，邵亨貞向王逢出示家譜。三月清明日，王逢為邵亨貞作《奉題覆孺屯田先家世譜》，有詩如下：「宋世衣冠戶，唐朝德澤門。變遷支派異，貧賤典刑存。爪盛青雲合，棠高玉露繁。蜜房蜂祝子，香罍燕生孫。誥護先生勑，車留太守幡。一家天與貴，百世海涵恩。日有團欒樂，春多笑語溫。齒非論犬馬，祭每課羔豚。服任緦麻盡，心期禮儀敦。公侯始必覆，忍忘諫臣村。」

重陽，邵亨貞居九山之東泗水上，酒闌散步，追懷往事，作《摸魚子》。

元順帝至正二十六年丙午（1366） 五十八歲

是歲重陽節前二日雨霽，邵亨貞於泗涇倚闌望九山，作《滿江紅》。

元順帝至正二十七年丁未（1367） 五十九歲

元日，邵亨貞作和夏頤貞韻。歲暮，又作詩一首。

元順帝至正二十八年戊申（1368） 六十歲

燈夕，邵亨貞於雲開城中作《水龍吟·兵餘重見元宵》。

三月九日寒食節，邵亨貞於煙雨中望鄰牆快要凋落的桃花，感人時之不齊，歎芳時之易失，信筆紀述，寫下《六州歌頭》。

八月二日，明軍入踞大都，元亡。

仲冬，兒子邵穎為館人所連，得罪入獄。邵亨貞在友人建議下，

衢寒扶櫬，到南京叫闇，爲兒子昭雪。經過半個多月，才到達石城，並且寫下了《澱湖》、《吳門》、《新安鎮》、《沙湖》、《義興》、《前馬鎮》、《溧陽》、《七里山》、《分界山》、《官塘》、《白府君廟》、《謝亭岡》、《青梗》、《金陵》。在《金陵》一詩中，作者寫到：「亭午寒霧收，日色漸昭晰。此行既迢遞，身世任曲折。四顧遠近間，群峰儼環列。峨峨石頭城，形勝天地設。龍虎相踞盤，王氣故不輟。鍾山一卷石，迥與他阜別。山川無情物，往往隨變滅。粵從典午來，禹跡屢割裂。豈不祈永延，中自仁義缺。是知王伯資，初不恃險絕。誰其罪眞宰，惆悵還結舌。白首匪壯遊，弔古粗可悅。唐虞彼何時，長歎肝肺熱。」

明太祖洪武二年己酉（1369）　六十一歲

春天，邵亨貞於金陵旅舍和蔡君立、程傳可二友韻。

重陽節，邵亨貞雨中家居，回憶起當年與夏士安、頤貞蒙亨叔侄、唐無望、元泰、元弘六人共渡佳節的美好時光。一年之間，俱罹患難，天各一方，邵亨貞不勝悲情，作《滿江紅·風雨重陽》。

冬天，邵亨貞與元博偶然談到早年與友朋詩酒唱和之舊事，「後此卅餘年，諸老相繼淪沒，存者惟伯翔及予，亦皆年踰耳順，乘白昏耄。中經干戈屢變，世道衰微，二翁故居悉蕩爲丘隴，求其遺跡亦復蒼莽，雖流涕痛哭莫及矣。」元博仍藏舊書稿，兩人展卷閱讀，宛如昨天，好像諸老就在席間。

明太祖洪武三年庚戌（1370）　六十二歲

是年臘未盡五日，邵亨貞於小溪吟屋《編校遂生亭聯句》。

臘月八日，郏經仲誼與嚴陵邵亨貞從雲間到澄江，早發向吳門，掛席波上。相率聯詩，以攄客懷。日夕過蘇臺，窮其韻而成章，得句百有廿。興之所至，罔記工拙，成《舟中聯句》。

臘月九日，與郏仲義同往江陰，作《渡江雲》。據《蟻術詞選》卷二《渡江雲》題序所言「是日泊舟無錫之高橋，亂後荒寒，茅葦彌

望，朔吹乍靜，山氣乍昏復明，起與仲義登橋縱目，霜月遍野，情懷恍然，口占紀行，求仲義印可。」

明太祖洪武四年辛亥（1371）　六十三歲

是年中秋，長子在穎，幼子在濠，邵亨貞客居橫溪庵。三人無相見之期，邵亨貞對月抒懷，「客窗孤坐過中秋，病骨支離雪滿頭。穎水濠梁千里外，一方明月照三州。」（《蟻術詩選》卷之七）

明太祖洪武五年壬子（1372）　六十四歲

元夕，邵亨貞與邾仲義同客橫泖。邾仲義約邵亨貞一起作詞，以紀節序。復孺夜枕不寐，遂作《虞美人·客窗深閉逢三五》，而邾仲義詞竟不成。

明太祖洪武六年癸丑（1373）　六十五歲

據《蟻術詞選》〔江城子〕題序記載：「癸丑歲季夏下澣，信步至漁溪潘氏莊，暑雨初霽，夕照穿林，與吳野舟坐綠樹間。適行囊中有松雪翁所書《江城子》，逸態飛越，不忍釋手，因依調口占，以寄清興。古人云，人生百年間，大要行樂耳，卒章以此意爲消憂之勉云。」

明太祖洪武七年甲寅（1374）　六十六歲

是歲冬至，邵亨貞居橫泖客舍，思念兩個兒子。此時長子在穎上，幼子沒濠梁。作者在詩中寫到：「父子睽離骨肉寒，每逢時序輒辛酸。濠梁逝水聲嗚咽，箕穎荒原路杳漫。家廟蒸嘗難備禮，客鄉寢食敢求安。海隅兩度逢南至，坐對梅花強自寬。」（《蟻術詩選》卷之六）

明太祖洪武八年乙卯（1375）　六十七歲

是歲立秋，邵亨貞於客舍紀懷，作二十韻。當時長子克穎遷穎水，幼子克淳沒於濠梁。故園凋落，殘生茫然，作者寫下了這首長詩：「棲遲頻閱歲，疏嬾又經秋。身老那禁病，時危未解憂。客居甘屏跡，儒術悔無謀。撫事浮雲變，驚心大火流。家山如隔世，鄰里

盡荒丘。杜曲傷遺族，咸陽惜壯遊。兵塵餘瓦礫，煙夢亂汀洲。南郭違憑几，西風倦倚樓。幾年春浪闊，三泖暮雲稠。世道何多梗，吾生信若浮。悽迷忘夢鹿，浩蕩失盟鷗。鐵硯功無補，丹砂志未酬。偷生情惘惘，淋後計悠悠。楚室囚仍係，殽陵骨未收。音書惟墮淚，伏臘轉添愁。霜露埋歸輒，關河阻去舟。孔懷陳俎豆，雅志託箕裘。悔吝亡先兆，行藏豈預籌。疏狂猶有興，衰謝復何求。宇宙還清氣，樵漁送白頭。」（《蟻術詩選》卷之二）

明太祖洪武九年丙辰（1376） 六十八歲

邵亨貞麼女孽居澄江，無後可托，親往載之以歸庶，盡父子之道。據清人朱彝尊《曝書亭集》卷六十三記載：「同縣人張宣，初名瑄，字藻仲。洪武初以考禮徵尋入史局，修《元史》。時同館皆老成耆儒，宣年獨少，帝親書其名，召至殿廷，授翰林編修，呼爲『小秀才』。奉詔歸娶，其妻松江府儒學訓導邵亨貞女也。宣後坐事謫濠道卒。」

明太祖洪武十年丁巳（1377） 六十九歲

《春草碧‧歲寒歸計曾商略》大致寫於這一時期。據《春草碧》題序記載：「南金契兄始託交時，與僕俱未弱冠，今乃百年過半矣。暮景相從之樂，世故牽制，迨今未遂。兵後避地溪濱，復得旦暮握手，慨前跡之易陳，預後期之可擬，不能已於言也。」

明太祖洪武二十七年甲戌（1394） 八十六歲

是年清明，邵亨貞的身體已大不如前，於雨中感春，作《齊天樂‧離歌一曲江南暮》。

建文二年庚辰（1400） 九十二歲

七夕，與衛立禮同作《八歸》。

建文三年辛巳（1401） 九十三歲

邵亨貞去世。據《江南通志》卷三十九記載：「訓導邵亨貞墓在佘山。」

附錄三　元代南方詞人吳存
生卒交遊考

　　吳存是元代南方詞人，對他的生平交遊歷來缺乏考證，唐圭璋先生在《全金元詞》吳存小傳中雖有記敘，但較爲簡略，且生卒年沒有列出。爲進一步研究元代南方詞壇，本文將對吳存的生平交遊進行詳細考證。

一、生卒仕履

　　黃兆漢先生在《金元詞史》中認爲吳存 1314 年前後在世，《元人傳記資料索引》則認爲吳存的生卒爲 1257～1339 年。因此，研究者在吳存生卒問題上的不一致性，使得關於他的生卒仍有補正的必要。吳存是江西人，《江西通志》卷八十八引述《林誌》，對他的生平有一段記載：

> 　　吳存，字仲退，鄱陽人。自少力學有卓識，部使者勸以仕，不答。延祐元年設科取士，牒上無存名。總管史炬曰：『不可無吳先生』。強起之，果中選。授本路學正，任不及，代歸。調寧國路學教授未久，引年去，任七年聘主本省鄉試。至元五年卒於家。[註1]

〔註 1〕〔清〕紀謝旻等：《江西通志》，《四庫全書》第 516 冊，第 47 頁。

-231-

延祐元年爲 1314 年，至元五年爲後至元五年，即 1339 年。從這
段話可以看出，吳存卒於 1339 年，並且參加了元朝延祐年間的科舉
考試，他的《水調歌頭・江浙貢院》可以爲證：

> 尺一九霄下，華髮起江湖。西風吹我衣袂，八月過三
> 吳。十五西湖月色，十八海門潮勢，此景世間無。收入硯
> 蜍滴，供我筆頭枯。　　七十幅，五千字，日方晡。貝宮
> 天網下罩，何患有遺珠。用我玉堂金馬，不用清泉白石，
> 眞宰自乘除。長嘯吳山頂，天闕雁行疏。

當時的江西屬於江浙行省，所以吳存到江浙貢院參加八月的考
試，他通過這首詞記錄了來到杭州參加考試的心情和感受。《樂庵遺
稿》進一步指出吳存「生於宋寶祐五年丁巳二月」，享年八十三歲，
由此推斷他的生卒爲 1257～1339 年。另外，吳師道有一篇《送胡生
序》，則是對前面論述的進一步補充。

> 嗟夫！科目廢四十年，逮延祐初而興。又二十年，當
> 至元之初而罷，甲子凡一周矣。前乎延祐諸老尚存，典則
> 未泯。學者雖寡少，類皆無所爲而爲，則誠豪傑之士，而
> 文詞亦往往精詣不群。近年士習既殊，高者務求異於前，
> 而卑者不過爭爲揣摩籠絡之説。文氣卑下，骫骳日甚，識
> 者已逆，知有中更之事。閭巷小夫投棄編册，彼固不足與
> 議，忽遊目乎八荒，問爲諸老之所涵養。扶植者淪謝，相
> 繼落落，無幾得不重爲黯然哉！所深喜者仲退丈以八十之
> 年，強力未衰，進德彌篤，相望鄰壤，數嘗以文義濯磨，
> 使予頗自慰。今復有招予之約，旦夕解去，當操几杖而從
> 之，惜生不能偕此會爾。〔註2〕

從這段材料可以看出，此時的吳存不僅在世，而且已經是八十多
歲。元朝 1314 年恢復科舉，二十年之後是 1334 年。後至元從 1336
年到 1340 年，「至元初」大致爲 1336 年和 1337 年，所以這篇序的寫
作時間也大致在這一時期，這條材料與前面的記敘是吻合的。因此，

〔註2〕〔元〕吳師道：《禮部集》卷55，《四庫全書》第1212册，第197～
　　　198頁。

《金元詞史》1314 年這一時間斷限應該調整爲 1339 年,《元人傳記資料索引》中的吳存生卒是可供參考的。

中舉之後,吳存授本路學正,後來又調寧國路學教授,在這個位置七年後主持本省的鄉試,這個時間爲 1325 年左右。《鄱陽五家集》之《樂庵遺稿》對吳存的這段經歷有更細緻的描述:

> 乙丑調寧國路儒學教授,先生以老不欲往,請者狃至,乃往。憲使李公元、成公珪一見喜得師尊,禮極至,未久引年去任。去之,明年授將仕佐郎饒州路鄱陽縣主簿,致仕又七年。江西行省鄉試聘爲主文,至元五年己卯九月終於家,年八十有三。〔註3〕

「乙丑」爲泰定帝泰定二年,即 1325 年,這與前面的推測大致吻合。這兩段引文中都指出吳存卒於至元五年,即 1339 年。由《樂庵遺稿》也可知道,1325 年吳存調寧國路儒學教授,一年之後授佐郎饒州路鄱陽縣主簿,七年之後,他又被聘主本省的鄉試,而他本人就是鄱陽人,所以說,從 1326 年開始,吳存就在家鄉生活。宋濂在《吳先生碑》中記錄吳師道時也寫到:「至治元年舉進士,登科授高郵縣丞。階將仕郎漕渠決泛,原陸漕不通,先生集工隄之三年,以外艱歸服除改寧國錄事,轉從仕郎。」「至治元年」爲 1321 年,三年之後,即 1324 年改寧國錄事。而吳存於 1325 年調寧國路教授,與之相識。1326 年,吳存授鄱陽縣主簿,吳師道作《送吳教授歸番陽序》。他在序中寫到:

> 余來宣城得同姓三人,僚則德良,友則子彥,而教授仲退君,則丈人行也。今年春子彥出宰辰溪,未旬日,仲退以告老歸番陽。二君者與余以文交遊,莫逆相繼,別去何能無介介於懷。〔註4〕

吳存在七十三歲的時候還寫了一首《水龍吟·壽族父瑞堂是日

〔註3〕〔清〕史簡:《鄱陽五家集》卷 4《樂庵遺稿》,《四庫全書》第 1476 冊,第 313~314 頁。

〔註4〕〔元〕吳師道:《禮部集》卷 14,前引書,第 185 頁。

驚蟄》。這是作者在驚蟄日寫給族父瑞堂的一首壽詞，從「七十三年
閒眼，閱人間幾多興廢」可推斷此時的吳存已經七十三歲了。宋元
易代之時，作者正好二十多歲，得以親眼見證這段歷史。儘管不願
參加科舉，還是被迫應試。在經歷了這些變化之後，此時的作者更
為豁達，享受著栽松種竹的田園生活和元代盛世的太平景象。由他
卒於至元五年（1339）推斷，這首詞大致寫於 1329 年，此時的作者
正居於家中，這首詞正是對家中生活的描述。1333 年，吳存主本省
的鄉試，六年之後的 1339 年卒於家中。

二、交　遊

　　交遊是考證吳存生平的又一重要論據。在吳存一生中，與其有
交往的不下十五人，其中，徐瑞、黎廷瑞、周南翁等人更是與他相
交甚歡。下面，我們將分別論述。

　　徐瑞（1254～1324），字山玉，號松巢。宋咸淳間曾到杭州應舉，
不第。元延祐丁巳年間，被推為本邑書院的山長。不久，歸隱家中。
此後與三五詩友觥籌交錯，相互唱和於山林之間，有《松巢漫稿》。
「延祐丁巳」即 1317 年，由此可見，徐瑞於 1320 年左右隱居故鄉。

　　徐瑞與吳存有著深厚的友誼，他們用詩歌記錄下彼此的交往。
徐瑞曾在詩作題序中寫到：「余與仲退讀書山間，壬午至戊子無一日
相捨。己醜仲退去此，余亦連年憂患。回首已九寒暑，念此樂不可
復得，感慨不已。作字寄仲退，覬其早賦歸來也。獨聽松風度九夏，
兩鬢無情生二毛。渠儂翰墨流聲遠，老我山林畜眼高。往日相從不
知樂，只今說夢竟徒勞。男兒肯受人拘束，相見頻頻賦大刀。」「壬
午至戊子」即 1282 年到 1288 年，此時的他們一起讀書，終日相伴，
共同度過了少年時光。1289 年吳存離開這裡，九年之後的 1298 年，
徐瑞寫下了這段情真意切的文字。

　　1296 年，當吳存再來山中之時，徐瑞寫下了《丙申二月既望，
仲退再來山中，意行談舊，送別悵望，寄兩絕句。其一云「別君烏

石岡頭路，一樹梨花照晚煙。總是舊來攜手處，東風回首十三年。」
其二云「入山不遠六七里，老我應行千百回。昨日與君談未了，今
朝策蹇又重來」。讀之黯然，次韻用謝》：

　　　　東風滿眼皆陳跡，老樹荒園更斷煙。今昔相看只如此，
　　但棄痛飲過年年。

　　　　夢中幾度尋安道，也似當年泛剡回。可是山中緣未斷，
　　又從雲外寄詩來。

　　在徐瑞去世之後，吳存寫下了《祭徐松巢》。這篇祭文飽含深情，
感人至深，作者在文中同樣追述了與徐瑞一起度過的少年時光：

　　　　嗟我與君弱冠相伍，七年青燈，飽聽松雨，聲之相應，
　　如伯塤而仲篪氣之相合，如陽律而陰呂。雖人事好乖，中
　　年多離闊之夢，而交情不渝山川，無遠近之阻。初余與君
　　與時齟齬，惟芳洲翁以二妙許。或者議其即且之甘，帶鷗
　　鷺之嗜，牏然使其身亨而志污，亦勝士之所不取。前二十年
　　詩筒縷縷，二翁招余以早歸，結一庵而遊處，余坐於貧，
　　竟負斯語，奈何古人千里雞黍？〔註5〕

　　在這段史料中，吳存交代了與徐瑞弱冠相從，讀書山中的七年
時光以及為生計所迫，被迫出仕的輾轉經歷。儘管徐瑞多次讓吳存
歸隱故鄉，但始終未能如願。當吳存於 1326 年隱居家鄉之時，徐瑞
已經去世。在吳存的詞中，有一首《最高樓·壽松巢次韻》。這首詞
大致寫於 1323 年，徐瑞七十歲生日的時候。在這首詞中，作者對徐
瑞的人品給予了高度的評價。儘管此時的吳存沒有回到家鄉，但是
彼此之間通過詩詞來互訴衷腸。他們將友誼從少年保持到晚年，以
至在徐瑞去世之後，吳存在祭文中以歐陽修、尹師魯與伯牙、鍾子
期來比喻他們之間的莫逆之交。徐瑞曾多次勸說吳存與他一起歸隱
家鄉，暢遊山水，但在生計的壓力之下，直到徐瑞去世兩年之後吳
存才回到故鄉，這也成為吳存晚年的一大遺憾。在《滿江紅·謝番

〔註5〕〔清〕史簡：《鄱陽五家集》卷 5《樂庵遺稿》，《四庫全書》第 1476
　　　冊，第 335 頁。

臣薦舉》一詞中，吳存揭示了自己家徒四壁的尷尬境地。《樂庵遺稿》也有一段記載：「先生早孤，三弟四妹俱上鞠於祖母，世更力役繁重，下吏掊克，家亦毀。先生委曲經營，授徒自給，畢弟妹昏嫁，不使一毫憂念。」家庭的重擔使吳存不能早歸田園，與朋友盡享山水之樂。在《摸魚兒·九日會周南翁子溪上》一詞中，吳存將徐瑞的號「松巢」嵌入詞中：

> 問籬邊、黃花開否，甕頭新酒篘未。故人有約酬佳節，一幅錦雲先墜。凝暮睇。正溪上、西風颯颯吹涼袂。行人笑指。□大似淵明，吟詩吻燥，忍待白衣至。　　曾報與，松下巢居居士。應來別墅同醉。三人對月歌還舞，千載重陽奇事。何況是。青雲士、京華冉冉催征騎。吾儕耄矣。願強健年年，茱萸在手，分寄五千里。

重陽佳節，作者與周南翁暢飲子溪之上，松巢卻未能前來。吳存即將遠行，在感歎年華逝去的時候，對友人表達了美好的祝願。鄱陽史簡在《松巢漫稿》中談到：「公每有詩句寄懷及諸弟宦歸，各營別墅，極泉池之勝。公詠棟其中，時與芳洲黎廷瑞、月灣吳存、山村仇遠、景文湯琛及板橋周南翁、竹南許季蕃友善。」

另外，吳存除和徐山玉有密切的交往外，還和他的同輩兄弟有來往。徐蘭玉，號雲壑，松巢的從弟。有文才，曾任散官，《樂庵遺稿》中有《上巳日徐蘭玉訪予溪上賦贈》：

> 近來久已卻肥甘，蔬筍蕭然對客談。風雨空過一百六，鶯花又負幾重三。麥黃滿地家家飯，桑綠如雲處處蠶。何幸時平田里樂，與君耕鑿老江南。

又《九日赴徐蘭玉郭峰別墅之集追懷庚寅舊遊》：

> 烏龍潭上一壺天，回首前遊五九年。雲壑新來成小隱，松巢久已化飛仙。屋頭泉入燒茶鼎，谷口雲生種糯田。借得客床圓舊夢，夜闌虎嘯不成眠。

「庚寅」為元世祖至元二十七年，即1290年，吳存通過這首詩追懷與徐氏兄弟昔日之遊，而「松巢久已化飛仙」一句則說明此時徐

瑞已經離世，所以這首詩應該寫於1324年之後。

　　徐君玉，徐瑞同輩兄弟，生卒年已不可考。吳存曾作《和徐君玉韻》〔註6〕，倪瓚也有《送徐君玉》〔註7〕。

　　徐可玉，徐瑞弟，生卒年不可考。有文才，曾任散官，吳存有《次徐可玉天池韻》。

　　黎廷瑞（？～1298）字祥仲，鄱陽人。咸淳七年（1271）進士，入元隱居不仕。有《芳洲集》三卷。據徐瑞在《松巢漫稿》中記載，「而月灣、芳洲二公里閭，密邇書筒郵致，輒申山中之約。或至歲暮，猶策蹇相過從焉。」

　　入元之後，黎廷瑞隱居鄉里，雖然吳存、徐瑞都曾出仕，但他們之間的聯繫卻沒有中斷過。只要三人在家鄉，他們必定相攜同遊，詩酒唱和。五峰亭、法雲寺都留下了他們的身影。黎廷瑞在《同吳仲退周南翁登法雲寺志上人流玉閣》中寫到：

> 偶與幽人期，頗愜滄洲趣。嵐影倒虛碧，天光澹晴素。煙橫雙鷺起，水落孤帆度。憑闌足清眺，隱几得玄悟。顧茲半日閒，愧彼經年住。更遲雪中來，臨風看琪樹。

　　吳存也寫下了《陪芳洲遊百花洲》：

> 昨日今日風日妍，東舍西舍桃李連。有衣且典洲上醉，無錢莫喚湖中船。群兒竹馬走爭道，誰家紙鳶飛上天。豈無長袖公莫舞，共對青春非盛年。

　　另外，吳存還寫有《木蘭花慢·清明夜與芳洲話舊》詞：

> 又清明寒食，淡孤館，鬱無憀。正杜宇催春，桐花送冷，門巷蕭條。芳洲老仙來下，粲黃冠、翠氅佩瓊瑤。兩客清談未了，三更風雨瀟瀟。　　青雲妙士早相招。同泛

〔註6〕這首詩為「高士鋤雲卜洛邙，重陽宴集意綢繆。鑿開郭璞山前路，占斷番君國裏秋。攜客登高兄弟倡，題岩紀勝姓名留。退翁一笑煙霞表，不負平生是此遊。」

〔註7〕這首詩為：「閩江之水清漣漪，隔江名園多荔枝。閩中女兒天下白，越波飛漿逐鳧鷖棹。歌清綿洲渚闊蕩，槳落日令人悲。蠻煙怪雨忽冥密，蔣芽蒲葉相參差。此中勝事不為少，徐郎遠遊牽我思。」

浙江潮。看眼闊青徐，氣橫燕趙，天路逍遙。明年此時何
處，定軟紅道上玉驄驕。萬里江南歸夢，青燈還憶今宵。

在黎芳洲去世之後，吳存寫下了《挽黎芳洲》：

當年赤手奪青衫，風引蓬萊碧海帆。師道晚行文學事，
澤民空署法曹銜。苔迷車馬平生跡，塵鎖詩筒舊日函。莫
恨芳洲秋色晚，瓏瑽玉樹總非凡。

吳存和黎廷瑞留下的詩詞成爲他們當日同遊的記錄，也折射出
他們之間的深厚友情。對於吳存來說，周南翁也是一位非常重要的
朋友。周南翁，鄱陽人，曾做過池州通守，他的生卒已不可考，但
虞集所作《送集賢周南翁使天壇濟源序》，成爲考證他生平的重要資
料。

先王之禮莫嚴於事天矣。國朝大德十年，始雜採周漢
唐宋儒者之說，爲壇於國南門外，曰「圓丘」以祀天。嘗
以大臣攝事，國有大典，禮當請命，則於是告焉。而竊聞
祖宗之制，天子與後親祀天，必更服。服甚，質禮甚簡，
執事者非世族，其先祖嘗與祀事者不敢與。今道家方士之
爲祀也，爲壇於其宮中，設祠具，用致上帝，治文書檄，
凡鬼神之可名者以多爲貴。用其弟子行事盡七日，若九日
乃成，然後范金爲龍，形負以玉，刻符凡二，一曰「山簡」，
置之名山深穴。一曰「水簡」，即大川沉之，曰將通信於上
帝，蓋近沈瘞者云。至大四年辛亥四月壬寅朔，有旨命大
長宮道家方士用其法爲祠。既祠，將致其所謂簡者於天壇
之山，濟水之瀆，而集賢周君南翁實受命以行。君嘗事上
青宮爲文學之臣，天子事天尊神之禮肇見於此。其尚克敬，
致之於戲，禮樂之製作大備，極太平之盛典將在今日矣。
使且覆命，當受釐用。漢文召賈生故事得使對，從容論説，
庶幾原理之本推致其節，文之宜而陳之也夫。〔註8〕（《道園
學古錄》卷五）

元大德十年（1306），朝廷建壇「園丘」於南門之外，以作祭天

〔註8〕〔元〕虞集：《道園學古錄》，《四庫全書》第 1207 冊，第 76 頁。

之用。並於至大四年（1311），詔令大長宮道家方士爲祠。由於周南翁曾經在上青宮做過文學之臣，受命行天壇濟源。同時，周南翁家中的悠然閣在當時也享有聲譽。趙孟頫、杜本、馬祖常、蒲道源、杜本曾作《周南翁悠然閣》〔註9〕、《題周南翁悠然閣》〔註10〕《悠然閣賦爲周南翁作》、《題周南翁悠然閣》來描繪悠然閣。

在周南翁去世之後，吳存作《登悠然閣懷南翁上官伯圭見和再次韻》：

> 悠然老子瀛洲客，騎鶴一去三千秋。斯人可與酩酊醉，當時惜不逍遙遊。霓裳一曲廣寒夢，弱水萬里蓬萊舟。公來何莫吾已老，西風落日登茲樓。

從這裡可以看出，悠然閣成了周南翁的代名詞。吳存曾作《摸魚兒・九日會周南翁於溪上》、《蝶戀花・閱周南翁所藏書畫，惜其迂懷雅好，因泣下不自禁，漫賦》詞記錄他們之間的交遊。徐瑞在他的《壬辰社日，芳洲領客梁必大、湯景文、吳德昭、吳仲退、李思宣、周南翁遊芝山寺，登五峰亭，瑞在其間。羽士洪和叟方君用載酒來會，以「雲飛江外去，花落入城來分韻賦詩，瑞得「江」字》詩中描述了他們之間的歡遊：

> 昔我落城市，日厭塵滿腔。攜書歸故山，三年師老龐。興來復此遊，名勝萃一邦。東風三日雨，孤吟倚篷窗。晴天澹新碧，扶藜度危矼。同袍二三子，聲應不待撞。意行得古寺，共尋葛藤椿。天風鳴珮環，冉冉白鶴雙。坐看廬山雲，大嚼傾酒缸。欲去復徘徊，返照明春江。

「壬辰」爲1292年，在辛丑（1301）年他們還有一次聚會，徐瑞的《六月三日，赴周南翁之招。時芳洲留梅山堂述行實，僕與觀焉。臨別以「高山流水」四字分韻，約仲退同賦，瑞得「山」字》

〔註9〕 這首詩爲：「青山與高人，一見如有約。悠然相莫逆，無語心自樂。凌虛步丹梯，攬秀有高閣。應同九皋鶴，翱翔在寥廓。」

〔註10〕 這首詩爲：「大江之東彭蠡南，周家高閣與雲參。秋風猿狖啼青嶂，暮雨蛟龍起碧潭。繞屋千叢生杞菊，過簷百尺長梗楠。何時共此登臨樂，指點山川與縱談。」

詩可以爲證。

　　許季蕃，即許竹南，鄱陽人，與吳存、徐瑞友善。在徐瑞去世之後，有懷念之作：「江北江南老弟昆，三生文會幾評論。詎知傾蓋頭俱白，悔不連床話共溫。洲沒草枯芳士歇，巢傾鶴去故枝存。至今惟有灣頭月，照我溪南水竹村。」吳存有《與許季蕃過梅花岩用松巢韻呈登庸》詩。關於他的生平記載，主要有陳旅的《烏程縣譙門詩序》：

> 　　郡邑有譙門尚矣。譙門者，謂其高樓於門上也。蓋樓一名「譙」，「譙」又呼爲「巢」，故車之有樓者，亦曰「巢車」云。元統三年冬，鎭陽宋侯丞烏程見縣之譙門陋且敝，顧謂其人曰：「樓之美者曰『麗譙』，非惟以望遠也。以政令之所由出而容觀，不可以弗莊也，奈何陋且敝若是？」乃輟俸入規力以繕治之，易圮腐爲崇固，改殘落爲輝華，民不知役而功成於是，相與求詩於士大夫，以譽美之，邑文學許季蕃求余敘。余謂昔周古公之爲門也。詩人歌之曰：皋門有伉，又曰「應門將」，將喜其門之能高而嚴正也。今郡邑視古諸侯之國，而烏程爲東南壯縣，天下有道君子得盈禮焉。然則是門之成也，亦可以作詩而歌之矣。季蕃言宋侯又能興造邑校，以崇教爲急務，余蓋嘉侯之能作新，斯人不獨在是門也。故樂道之。〔註11〕（《安雅堂集》卷六）

　　「元統三年」爲 1335 年，這一年冬天宋侯丞看到縣裏的譙門簡陋而且破壁，決定重修烏程縣譙門。作爲邑文學的許季蕃求陳旅作序，因此這篇序的寫作時間大致在 1336 年。由此也可看出，許季蕃的生卒時間大致和吳存相當。

　　王仲儀，生卒年不詳，新安人。吳存有《新安王仲儀訪余不值，又來浮梁得會縱遊，數日而別》和《次高彦文韻送王仲儀》。關於他的生平，有汪澤民的《王仲儀文集序》：

> 　　至正戊子冬，澤民展省婺源，再宿武口溪，滸里士朱

〔註11〕〔元〕陳旅：《安雅堂集》，《四庫全書》第 1213 冊，第 74 頁。

仲紀持王君仲儀文集請予爲之序。蓋朱氏嘗從仲儀遊者，因獲讀之，撫卷太息曰：「博矣哉！」賦詩、雜著、歌行、銘贊、題序、碑誌，凡如干首。大篇短章浩瀚明潔，蓋其筆力馳騁若懸崖瀑泉，一落千尺，噴薄轟隆，目眩心掉，雖樵人野叟亦駭其爲奇觀也。若鼓迅霆奮，疾炎驅暑以解蘊，隆執熱者莫不挹清涼以快適於一時也。惜乎！不以之黼黻鴻業，被之管絃以歌頌太平之盛，遽止於斯爾。雖然士求無愧怍於在我者，遇不遇烏足計哉！延祐初與仲儀同領薦書北上，予上世居婺源長塗，旅邸接話，言之益敦，里閈之好，後竟不得再握手，而仲儀永訣矣！平生詞翰，朱氏會粹，靡遺，固可表見於世。抑言爲文所以載道，豈空言哉！觀時思白雲二記，凡人子於其親愉色婉容悽愴怵惕，存歿慕戀之誠委曲詳悉，發之無毫髮留，蘊足以引孝思。屬薄俗，蓋無智愚無賢不肖同具，此天有不可泯焉者。噫！予衰白滋甚，生哀墟墓，夙夜不忘。使仲儀猶在，當相與三復斯文。痛哭流涕，念罔極之恩，而雪無涯之戚矣！

　〔註12〕（《新安文獻志》卷十九）

　　至正戊子（1348）多，汪澤民宿武口溪，應朱仲紀之請，爲王仲儀文集作序。因此，這篇序的寫作時間爲 1348 年。在這篇序中，作者對王仲儀的文學成就給與高度評價的同時，追述了與王仲儀延祐初被薦舉北上，旅邸接話的往事。在此之前，王仲儀一直居於家鄉，有楊載《送王仲儀歸婺源》詩爲證：

　　　　學道山中歲月長，中年已見髮蒼蒼。爲延簪笏開松逕，因蓄詩書蓋草堂。季子不期爭富貴，公孫莫厭舉賢良。告歸苦值兼旬雨，幾度黃流撼石樑。

　　從這首詩可以看出，王仲儀北上之時已經是中年，那麼他的生年大致在 1270 年左右，卒年則在 1348 年之前。

　　仇遠（1247～1328 以後），字仁近（或仁父），號山村、山村民。錢塘（浙江杭州）人。他優游山水，足跡遍及江南各處。與徐瑞友

─────────────

〔註12〕〔明〕程敏政：《新安文獻志》，《四庫全書》第 1375 冊，第 271 頁。

善，吳存在《題松溪卷》中寫到：「卷中如貢、仲章、仇山村，皆余知己。陳華仲，宛陵士也。因書繫感》：

> 仇池仙之臞，吳語特高古。貢公冠峨峨，江左文中虎。三年不通問，俱作泉下土。忽開松溪卷，如對二君語。廉藺千載人，凜凜鷺鵠舉。塵網朱絲絃，欲拂爲誰鼓。陳三固無恙，千里隔桐浦。掩卷歸松君，梅花暮江雨。

又《伯溫如杭寄仇山村》：

> 周郎明日杭州去，問訊山村安穩無。我恨不垂溪上舸，君當一訪市邊壺。夢殘東彙漁樵社，思入西山煙雨圖。老去釣竿無著處，他年還欲拂珊瑚。

從這首詩也可看出，吳存與周伯溫，即周伯琦也有交往。周伯琦（1298～1369），字伯溫，號玉雪坡眞逸。鄱陽（今屬江西）人。周伯琦自幼隨父遊京師，入國學。曾任海南縣主主簿、翰林修撰、宣文閣授經郎等職。張士誠降元後，周伯琦滯留平江。張士誠被朱元璋攻破之後，周伯琦才得以還故鄉鄱陽。有《伯溫近光集》和《伯溫扈從詩》。

鄧覺非，生卒年不詳，蘇州人。善畫蘭。龔璛有《送鄧覺非餘干教》〔註13〕，吳存也有《水龍吟‧送鄧覺非歸吳》：

> 琵琶亭下春波，滔滔流入三吳去。東風也似無情，不約木蘭舟住。中有仙翁，芋衫烏帽，筆床談麈。道越鄉雖好，昨非今是，終不似，歸來賦。想見莓苔三尺，玉琴清、杏梢初雨。青青衿佩，童參冠伍，徘徊江暮。我意尤長，公行不顧，一聲柔櫓。趁輕風徑上蓬萊頂，去天尺五。

吳師道（1283～1344），字正傳，婺州蘭溪（今屬浙江）人。元英宗至治元年（1321）登進士第，授高郵縣丞等職。吳師道工詞章，與吳存以文交遊，莫逆相繼，曾作《德懷堂記》、《送吳教授歸番陽序》。他在《德懷堂記》中稱讚吳存：「推問番人言君早孤，逮長，

〔註13〕這首詩爲：「大隱留吳市，餘干問越田。象山皆教忍，學者更家傳。多士芝蘭室，古人書畫船。東亭重懷舊，詩滿綠陰前。」

愛三弟、田廬、服器，自取寡約，餘悉弗有人皆以爲難。撫教諸子，
循循雅飭，閩門內外肅雍，無間言。凡其鄉人與四方之學者咸尊事
之，蓋其天性純篤而眞踐不渝，故自身而行於家，自家而孚於人者。
如此，其視讓國天下，雖有大小之殊而同於爲讓，可以無愧斯堂。」

李謹思，生卒年不詳，字明道（或明通），號養吾，餘干人。咸
淳中試禮部，釋褐第一，入元卒。有《送易數梁生序》、《餘干州學
記》。折節下交吳存，待之以國士。

以上臚列了吳存的大致交遊情況，由此他的生平也基本呈現。
吳存一生主要活動於江浙行省，培養人才，遨遊山水，他的生活方
式也代表了元代儒士的一種人生追求和生活狀態。

附錄四 《全金元詞》未收元詞彙錄

　　唐圭璋先生在做《全金元詞》時，由於條件的限制，漏選了一些元詞。隨著文獻閱讀的更加方便快捷，陸續發表了一些輯佚文章，如羅忼烈的《〈全金元詞〉補輯》、張紹靖的《〈全金元詞〉補輯》、寧希元和寧恢的《補〈全金元詞〉二十九首》、謝創志的《補〈全金元詞〉二十九首商榷》等等。這些文章發表於各種報刊雜誌，較為分散凌亂，對於研究者而言，不能快速方便地閱讀。為此，筆者就諸位研究者輯錄的元詞和自己見到的元佚詞進行整理，以期為後面研究者的進一步工作提供便利。與《全金元詞》補錄重複之詞已被排除在外：

1 江城子 楊維楨

送史才叟遷上饒吏，代馮元贈

一門三相兩封王，見說朗，美文章。收拾長才，青眼是黃堂。柏府槐廳朝暮直，披玉雪，倚冰霜。靈山懷玉鬱蒼蒼，古城隍，帶仙房。瑤草紫芝，隨處發天香。盡道如今方外好，金縷唱，錦帆張。

2 雙飛燕 楊維楨

十月六日，雲窩主者設宴於清香亭。洧厄者者樂平玉無瑕張氏也，酒半，張氏乞予樂章，為賦《雙飛燕》調，俾度腔行酒，以佐主賓之歡。

玉無瑕，春無價，清歌一曲，伶齒俐牙。斜簪鬢花，緊嵌凌波襪。玉手琵琶彈初罷，怎教他流落天涯。抱來帳下，梨園弟子，學士人家。

按：以上兩首爲唐圭璋先生補輯

3 望江南 元好問

如雪貌，綽約最堪誇。疑是八仙乘皎月，羽衣搖曳上雲車，來此會仙家。

（據姚奠中《元好問全集》卷四十四補，原注據《唐宋金元詞鈎沉》補）

4 秦樓月 劉秉中

瓊花塢，蘆溝殘月西山曉。西山曉，龍蟠虎踞，水圍山繞。昭王一去音塵杳，遙憐弓箭行人老。黃金臺上，幾番秋草。

（據《析津志輯佚·河閘橋樑》引補）

按：謝創志認爲劉秉中當爲劉秉忠，「弓箭」在《析津志輯佚》當爲「弓劍」。

5 臨江仙 閻宏

九月七日舟行送牧庵先生過樵舍，至吳城山，與靜得賦〔臨江仙〕，取吳城山三字爲韻，留山字邀時中作。

去歲迎君樵舍驛，今年送別重湖。青山知我往來無。揆材慚杞梓，聞道覿桑榆。　　勝日黃華重九日，喜浮五老眉鬚。清尊何惜駐牆烏。分風行咫尺，千里異荊吳。

（據四庫本《牧庵集》後附劉致《姚燧年譜》引補）

按：閻宏，字子濟，河南洧川人。江西行省檢校。大德十年（1306）卒，年五十二。此詞作於上年九月，時江西行省參政姚燧以疾北歸，閻宏等賦〔臨江仙〕以送之。

6 臨江仙 送牧庵分韻得城字 祝靜得

一代文章千載事，區區外物虛名了，知此老去難留。銜舟攜二客，

襆被送兼程。　　渺渺望湖樓下水，連朝無此秋晴。新霜紅葉錦如城。
重陽誰共醉，五老定相迎。

（同上）

按：祝靜得，名里未詳，大德九年任江西儒學副提舉。此詞，爲
與閻宏同送姚燧所賦。

謝創志檢《叢書集成》初編本《牧庵集》後附《年譜》引此詞，
作「一代文章千載事，區區外物虛名。了知此老去留輕。」「新霜紅
葉錦如城」之「錦如城」，作「錦爲城」。

7 天香引遊嘉禾南湖喬吉

三月三，花霧吹晴。見麟鳳滄州，鴛鴦沙汀。華鼓清簫，紅雲蘭
棹，青紵旗亭。　　細看來春風世情，都分在流水歌聲。剪燕嬌鶯，
冷笑詩仙，擊楫揚舲。

（《文湖州詞》）

8 拜和靖墓喬吉

正當時，處士山祠。漸以南枝，春事些兒。楓漬殷指，蕉撕故紙，
柳死紅絲。　　自寒澀，雌雄鷺鶿，翅參差，母子鸘鸘。再四嗟諮，
撚此吟髭，彈指歌詩。

（同上）

9 富春樂歲時風紀松雲撰熊夢祥

正月皇宮元夕節，瑤燈炯炯珠垂結。七寶漏燈旋曲折。龍香燕，
律吹大蔟龍顏說。　　綜理王綱多傳說，鹽梅鼎鼐勞調爕。燈月交輝
雲翳絕。尊休徹，天街是處笙歌咽。

其二

二月天都初八日，京西鎮國迎牌出。鼓樂鏗鏓儕霽篥。金身佛，
善男信女期元吉。　　白傘帝師尊帝釋，皇城望日遊宮室。聖主后妃
宸覽畢。勞宣力，金銀緞匹君恩錫。

其三

三月京師寒食早，苑牆柳色搖宮草。太室薦新皇祖考。培街道，元勳銜命歌天保。　　紫燕遊絲穿翠葆，桃花和飯清明到。追遠松楸和淚掃。鶯花曉，人面莫逐東風老。

其四

四月吾皇天壽旦，丹墀華蓋朝儀粲。警蹕三聲嚴外辦。聽呼贊，千官虎拜咸歡忭。　　禮畢相君擎玉盞，雲和致語昌宮宴。十六天魔呈舞旋。大明殿，齊稱萬壽祈請宴。

其五

五月天都慶端午，艾葉天師符帶虎。玉扇刻絲金線縷。懷荊楚，珠鈿采索呈宮籲。　　進上涼糕並角黍，宮娥采索纏鸚鵡。玉屑蒲香浮綠醑。葵榴吐，鑾輿歲歲先清暑。

其六

六月京師日逢六，五更汲水勞僮僕。豆曲油鹽香馥馥。經三伏，晨昏鼎鼐調和足。　　垂舌獅龐伸復縮，榴花噴火蒲翻綠。雨過籍田苗秀育。皇家福，更期四海俱豐熟。

又

六月灤京天使速，恭迎御酒乾羊肉。原廟宗禋分太祝。包茅縮，百五十年調玉燭。　　史館宸儀天日煜，油然臣子羹牆肅。釋樂裸將從國俗。天威矚，不遐皇祖貽多福。

其七

七月皇朝祠巧夕，化生庭院羅金壁。彩線金針心呎尺。堪憐惜，星前月下遙相億。　　鈿盒蛛絲覘順逆，觚稜螢度涼生腋。天巧不如人巧懌。年光擲，長生殿裏空塵跡。

其八

八月雨京秋恰半，金閨勝賞冰輪碾。玉琯南宮音乍轉。霓裳宴，

穆清一曲雲中按。　　寶釧生涼侵玉腕，瑤觴九醞瓜新薦。月色人心同繾綣。深宮晚，一聲促織瑤階畔。

其九

九月登高簪紫菊，金蓮紅葉迷秋目。萬乘時還勞萬福。麾幢矗，雲和樂奏歸朝曲。　　三後鑾輿車硺硺，寶駝象轎香雲簇。玉斧內儀催雅卜。天威肅，藥人早已籠銀燭。

其十

十月天都掃黃葉，酒漿出城相雜還。燕送寒衣單共袷。愁盈頰，追思淚雨灰飛蝶。　　太室迎寒應祭袷，黃鍾中管應鍾協。邕裸神來誠敬浹。音容飂，常儀太尉應當攝。

其十一

冬月京中號朔吹，南郊駕幸迎長至。繡線早添鸞鳳翅。爭相試，闢寒犀進宮娥喜。　　龍裏中宮多寵貴，銀貂青鼠裘新制。白馬寶鞍銜玉轡。藏鬮戲，駕衾十酒人貪睡。

其十二

臘月皇都飛臘雪，銅槃凍折寒威冽。八日朱砂香粥啜。宮娥說，氈幃窣下休教揭。　　鼎饌豪家兒女悅，豐充羊醴勞烹切。九九梅花塡未徹。嚴宮闕，宰臣準備朝元節。

　　（據《析津志輯佚·歲紀》引補，原署松雲撰）

　　按：熊自得，字夢祥，以字行，別號松雲道人。江西豐城人。後至元間，以茅材舉爲白鹿洞書院山長，歷大都路儒學提舉、崇文監丞，以老疾告歸，年九十餘卒。著有《析津志》等書。【富春樂】詞十三首，紀元末大都及宮廷風習甚詳，爲元詞所少見，爲寧希元、寧恢《補〈全金元詞〉二十九首》所補。筆者據《《析津志輯佚·歲紀》校之（北京古籍出版社 1983 年版，212～224 頁）

10 漁家傲次韻答凌彥翀楊復初

當時承望求仙道，那知薄命如郊島。留得殘生猶自好。多懊惱，

塵緣俗慮何時掃？　　子已成童無用抱，醉眠任使和衣倒。今歲砧聲秋未搗。涼氣早，看來只恐中年老。

按：楊復初，名里未詳。此詞為答凌彥狦題其村居之作，當同為由元入明之詞人。

按：以上為寧希元、寧恢《補〈全金元詞〉二十九首》中所補詞，其中，無名氏的《木蘭花》和卓津的《巫山一段雲》根據謝創志的商榷文章已被排除。另外，謝創志補《全金元詞》佚詞一首：

少年遊

泊瓜州寄即休上人

薩都剌

風帆飛過海門秋。欲去且遲留。中酒情懷，離人滋味，都付水悠悠。　　沙頭泊（創志按：原誤作「帕」）有燕南雁，還寄尺書否。動別經年，相思兩地，無日不登樓。

（書目文獻出版社影印本《詩淵》冊一，673 頁）

11　侍香金童梁寅

寶臺蒙繡，瑞獸高三尺。玉殿無風煙自直。迤邐傳杯盈綺席。苒苒菲菲，斷處凝碧。　　是龍涎、鳳髓惱人情意極。想韓壽、風流應暗識。去似彩雲無處覓。惟有多情，袖中留得。

按：此詞輯自《四庫全書》1492 冊《御選歷代詩餘》卷四三，80 頁。

12　沁園春劉秉忠

月落簷西，月出籬東，曉枕睡餘。喚老妻忙起，沉夕供具；新炊藜糝，舊蓄鹽蔬。飽後安排，城邊墾斫，要占蒼煙十畝居。閒談裏，把從前荒穢，一旦驅除。　　為農換卻為儒，任人笑謀身拙更迂。念老來生業，無他長技，欲期安穩，敢避崎嶇？達士聲名，貴家驕蹇，此好胸中一點無。歡然處，有膝前兒女，几上詩書。

按：此詞輯自《四庫全書》1493 冊《御選歷代詩餘》卷九一，

86頁。

13　摸魚兒郭鈺

和彭中和《雙頭菊》

壓秋香並肩如舞，情緣天似相許。結根自是孤高者，何乃含嬌凝佇。似秦女。乘鸞仙袂凌風舉，精神清楚。便帶縞重金，環連迭勝，心事自相語。　　情深處，此事人間最苦。多少蝶來蜂去。蘋婆莖命同生死，尚恐翻雲覆雨。休折與。算太液，芙蓉不到人間睹。傷今懷古。想牆裏笑聲，池西流水，紅葉漫題句。

按：輯自《四庫全書》1219冊《靜思集》卷十，252頁。《四庫提要》云：「《靜思集》十卷，元郭鈺撰。鈺字彥章。吉水人，《江西通志》稱其元末遭辭，隱居不仕，明處以茂才徵，辭疾不就。

14　鷓鴣天宋禧

鵝湖寺道中

一榻清風殿影涼。涓涓流水響迴廊。千章雲木鉤輈叫，十里溪風罷稏香。　　沖急雨，趁斜陽。山圍細路轉微茫。倦途卻被行人笑，只爲林泉有底忙。

按：輯自《四庫全書》1222冊《庸庵集》卷十，467頁。宋禧，初名玄禧，字無逸，號庸庵，餘姚人。至正十年中鄉試，補繁昌教諭，尋棄歸。明初召修元史，外國傳自高麗以下，悉出其手，書成，不受職歸。有《庸庵集》14卷。

15　臨江仙張獻武王

稽首吾門諸道友，降心向外休尋。等閒容易費光陰。修行何是苦，不了我人心。　　滅取無名三孽火，勿令境上相侵。本來一點沒升沉。眞閒如得得，步步上高岑。

又

得得全眞眞妙理，無爲無作無修。自然清靜行功周。祥煙圍絳闕，瑞氣繞瓊樓。　　心似閒雲無掛礙，身同古渡橫舟。眞空空界

可相酌。白牛眠露地，明月照山頭。

又

虛幻浮華休苦戀，南辰北斗頻移。暗更綠鬢盡成絲。百年渾是夢，七十古來稀。　　奉勸人人須省悟，輪迴限到誰知？修行宜早不宜遲。從前冤孽罪要，免速修持。

按：此 3 首《臨江仙》輯自書目文獻出版社 1984 年 11 月影印明初本《詩淵》第六冊 4103 頁。張獻武王爲張弘範的諡號。

16 蝶戀花虞集

九里山前千里路。流水無情，只送行人去。路轉河回寒日暮。連峰不許重回顧。　　水解隨人花卻住。衾冷香銷，但有殘妝污。淚人長江空幾許？雙洪一林無尋處。

按：輯自《詩淵》第六冊 4112 頁。

按：以上爲張紹靖在《〈全金元詞〉補輯》一文中輯錄。

17 芳草渡錢霖（抱素）

隔浦潊，望路接花蹊，水縈蘋渚。映竹籬茅舍，等箸散滿平楚。往來耕釣侶，占煙波佳處。　　收縉後，鸚鵡洲邊，一派柔艣。鳴芳塢，連舞榭，鱠鯉人閒窺繡戶。正千樹，落霞漸老，繽紛墜紅雨。泛溪去杳，怕前度、漁郎重誤。柳影直，賣酒人歸喚渡。

按：以上爲楊鐮先生整理《玉山名勝集》中錄（中華書局 2008 年版，第 243 頁）。

後　記

　　昨天，我因肺炎病癒出院回家，看到書稿，內心感慨萬千。從2009年3月這篇論文定稿到2018年十月即將出版，九年的時間匆匆而過，而我自己彷彿經歷了滄海桑田一般，這其間最多是遺憾，遺憾劉揚忠和楊鐮兩位恩師未能目睹這本書的出版，遺憾他們在學術成果頻出之時卻永遠離開了我們。

　　博導劉揚忠先生最初選題的定位是希望我寫一部《元詞史》，以填補詞學研究在這方面的空白，但是，由於時間的限制，最後在畢業前完成的是《元代南方詞壇研究》的寫作。畢業時，老師叮囑我要繼續研究下去，許多蹉跎，未能完成，而劉師卻於2015年5月23日因病去世。老師的嚴謹，老師的寬厚，也將成為指引我人生之路的航標。

　　感謝我的碩導楊鐮先生，是他帶著我步入學術的大門，也正是在他的幫助之下，我才能在這條路上走得如此之遠。在論文寫作過程之中，作為元代文學研究大家，先生給予我很多中肯的意見，一直關注著這篇論文的進展和最終出版。不幸的是，2016年3月31日，先生在新疆講座之時不幸遇難。他的一生都在關注著新疆，致力於西域文學研究，正值學術盛年，留給我們無盡的遺憾和傷痛。

　　在這篇論文成書的過程中，師母鄭丹女士、師伯陶文鵬先生和大

師兄鄭永曉先生都給予了我極大的幫助，讓我永遠心存感激！

感謝文學所的各位老師們，你們的講座和學術討論啓發了我，正是在這份聆聽當中，我才能進步和成長！

感謝同門蘇利海、賈繼用、張若蘭、劉京臣給予我的幫助，三年的研院友誼延續到了我們未來的人生旅途。

感謝先生高志強，作爲一名工科生，從自己的角度對這篇論文提出了許多寶貴的意見。正是在他的幫助和鼓勵下，我實現了少年時的夢想！

十年快要過去了，想想兩位恩師，初心仍在，希望下一個十年，能夠不辜負兩位恩師的期望！

陳海霞

2017 年 12 月 28 日